鍾文音

少女老樣子

一個女兒與母親的城市對話

【序曲】夜未央城

在多窩裡移居，是我輩後人的行腳。

他鄉是故鄉，故鄉是他鄉。

而我也總是在多城裡移居，台北紐約巴黎上海……。然離離返返，我總還是回到哺育我的母城台北。

然而生活我城卻又常感無處可去，這城有許多女人，光陰殘敗如在墳上長出的草，任其滋長而腐朽。

很多年很多年，我看著自己和這座城市一同慢慢老去，我終於感覺餵養我的這城是在我體內流動的羊水，常讓我失溫，失望。

但即使如此我卻離不開它，一如母親。我愛它的一切，即使是悲傷。

這城的傳說都是聽來的。

阿嬤說，母姨說。她們屢屢哀嘆錯過搭上財富列車。總是言之鑿鑿說當年從南方北上時，女人看中忠孝東路五段，卻因男人幫喜歡妓女戶才會住到艋舺與三重一帶。她們總說那時候啊，東方之城不過是一片綠油油的田，或者是槍聲不斷的靶場。但我所見的東區早已是高樓大廈遍地起了。

女孩們只見到名牌，就是沒見過稻穗。

這城的傳說都是聽來的。

老地主說，老一點的男人說。某台大男友總愛提起他的外公曾在廈門街開麵包店，他描繪的舊時汀州路圖像還有鐵軌。說話時，整個汀州路人車如流，騎樓排滿了人，大家都在等著吃到飽的麻辣鍋，這城年輕人總是願意為美食為偶像而排隊。但關於這裡曾有鐵軌的地景，說來歷史不久，聽來卻已如遠古紀。

這城失憶，無史。除非經歷，除非寫下。

於是關於我對這城的地景書寫總是牽連在人的身上。

關於我的東區，牽連的是情人。發生在台北明曜百貨的某樓層，哪一樓卻不記得，總之是搭電梯扶搖直上時會端然憶起。這台北的透明電梯所承載的不是肉體而是視野——城市愛情花園裡的荒涼視野。這百貨公司有台北第一家雙聖圓桌武士餐廳，那裡記憶著年輕的我第一次吃異國披薩和冰淇淋的某種青春的簡易快樂。城市咖啡館靠窗的最末角落位置，是我喜愛的城市空間。就像看電影或搭巴士，最後一排位子常是我的首選，我喜歡我的瞳孔倒映著城市人的流動樣貌。

愈是繁忙之都，晃遊其中特別有一種快感，好像別人如蟻生活，而自己卻可偷得浮生。

在台北晃遊，以記憶的場景為座標。百貨行與夜市，書店與咖啡館，舊城與新城，物質與精神，知識與愛情，白領與藍領……沒有這些層次，居住城市還有什麼意思。

關於這城，是隨機晃遊，是記憶痕跡；也是一個母親與一個女兒的城市差異與對話的往事風景。

我透過我眼我心我筆來看台北，
我透過鏡頭倒映城市的流動樣貌。
隨我一同看、一同讀，我的母城，台北。

少女城，老樣子……

貳．老樣子

壹·少女城

我但願，我是這樣的台北女人：
苦楚中灑脫，溫柔裡堅毅，世故又天真，
繁複又單純，明白又糊塗，跌倒再爬起，
是花朵也是大樹……
在女人香中擁有大丈夫相，
自己也可以是自己的情人。

這是我所喜愛的台北女人，
一個女人可以是一個世界……

我得說
我喜歡生活在我的城市
我想我根本就是這張華麗地毯上的一滴髒漬
我同它入污，從污裡開花

我得說
我不喜歡生活在我的城市
這城是屬於少女的，台北人不喜歡歷經風霜，
不喜歡天荒地老
這城對金錢對新物有近乎宗教狂熱
這城喜歡拆東拆西，喜歡塗塗抹抹
於是台北無歷史，只有屬於每個「我」的刻痕

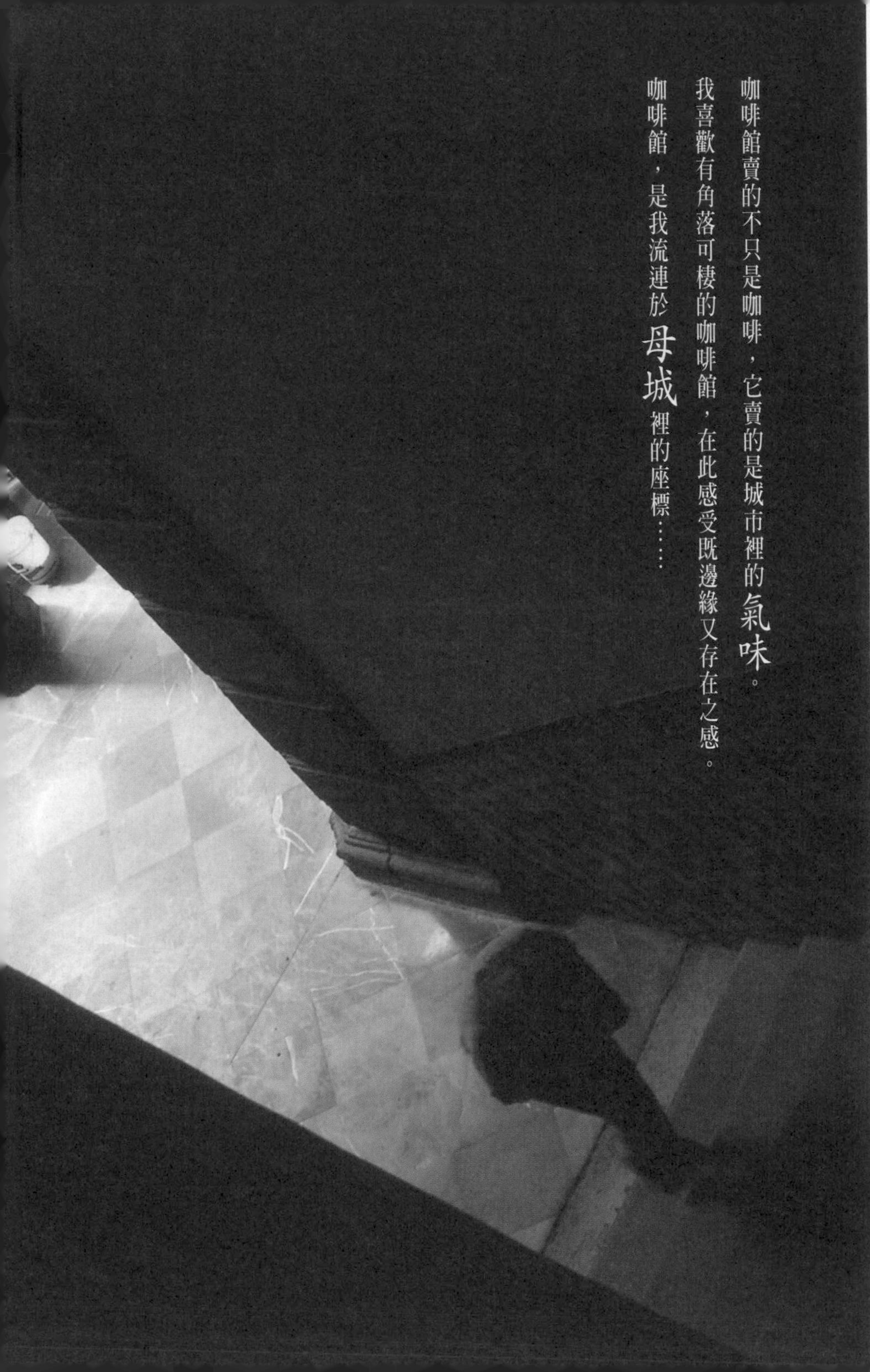

咖啡館賣的不只是咖啡，它賣的是城市裡的氣味。

我喜歡有角落可棲的咖啡館，在此感受既邊緣又存在之感。

咖啡館，是我流連於母城裡的座標……

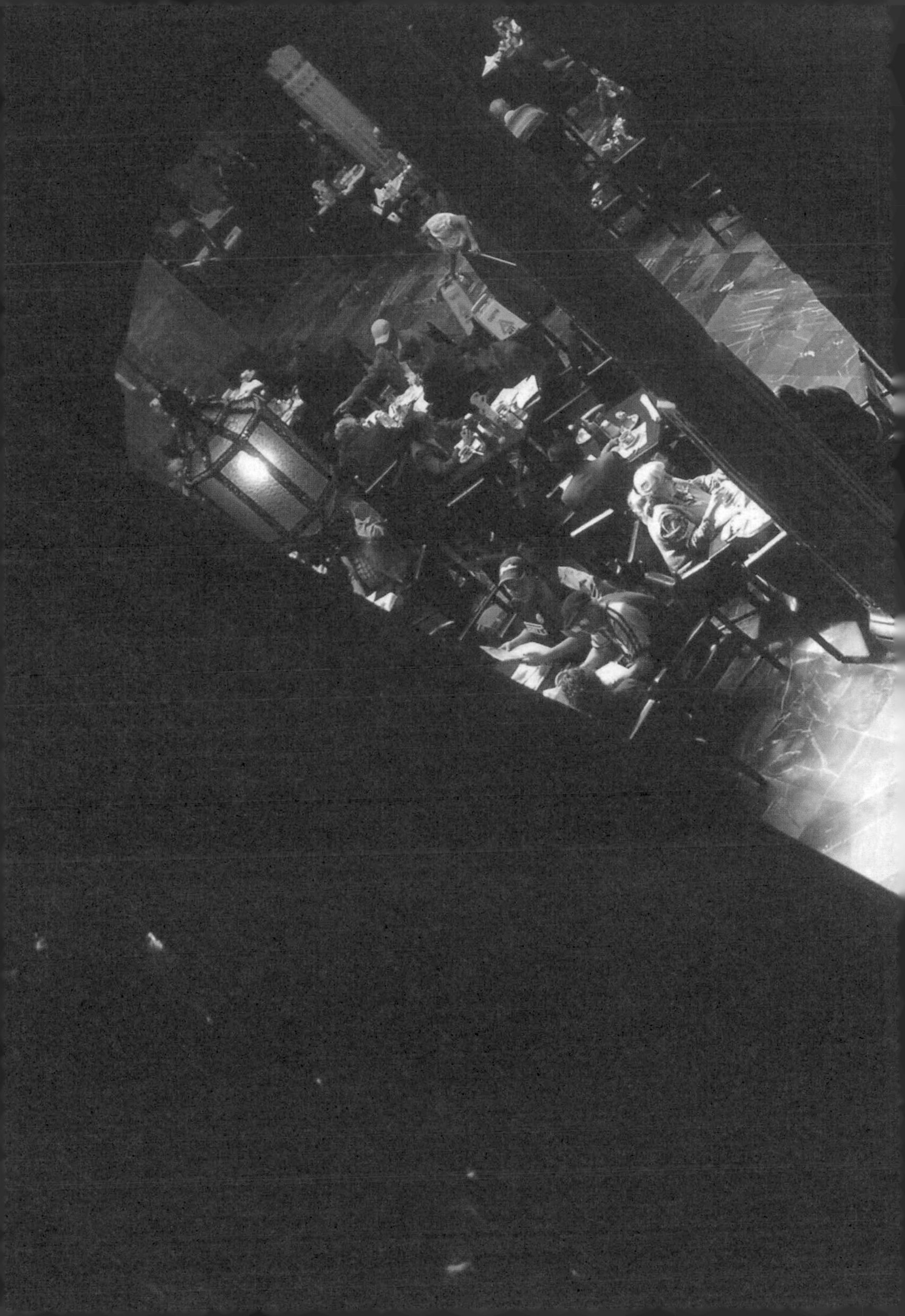

城市，絕對是靠物質世界所拼貼出來的時間地圖。
台北女人，漂亮或可外顯，美麗卻得由心生……

西門町 老女孩

那時我們走在路上正討論關於直接這件事，他喜歡直接，我喜歡迂迴。他搖頭嘆口氣說，可見妳是喜歡被虐的。

我忽然也跟著明白了。沒錯啊，像死亡或情變，一旦不直接切割會形成時間的凌遲，畏懼將油然而生。他聽了摸摸我的頭說，不要讓別人虐待妳，以任何形式。

他喜歡直接，是個說話常用倒裝句，且執意要走出電影院時天還是亮的男生。他要從黑暗裡走出虛幻時，現實的天空仍燦亮。

說白一點，你就是只能白天去看電影，連黃昏時間都不行，我說。

嗯，這讓我會感到電影是假的，要不看什麼恐怖片殺人片走出電影院，結果外頭也是黑摸摸的，會有虛實不分之感。

這男生「直接」離開我的生活後，我仍有很多年處於愛情被虐的精神狀態，且常黃昏走進電影院。又或者是外頭天還大亮，但走出電影院時，世界已被黑幕罩下了。

我沒有被他改變，時間過去，品味頑固。城市無永恆，每個時間點都有中場離席的暗影。我和許多人交會然後分道，我走水路，他走陸路。

在巔峰時間淪陷城區時，急竄四周的人流加深了我的孤獨。這時我會走進電影院，不在意這電影是否已看了幾回。讓黑包圍，這時影像的虛幻比現實還眞實。

那些年，老舊電影院恆是散著尿臊與死老鼠氣味，還有拓貼在某些角落的滷味、炸雞味、髮膠味、皮鞋味……以及瀰漫著一股混雜得說不出的魚臭。銀幕上有時會斷片，有時會插卡，手寫字不外是某某某外找。這還是很人性的菲林時代，毋須提醒關手機，毋須對號入座。戲院很大間，大到足以隔絕外界，把碎片的自己完全吸納。一百元看兩、三片，有時還贈送幾段養眼A片。進電影院天是黑的，出電影院天也還是黑的。

沌雜的城市，彼時青春是逆光的，永夜的光陰，唯一的亮是來自後面那一束白光。絨布面椅子起毛，黏沾不知名液體，木頭椅螺絲鬆動，被毛躁小子坐得搖搖晃晃。空蕩蕩電影院，像是我們自家超大型放映室。

這天銀幕上忽然出現一個移動的大氣球，在布幕上飄搖，和男主角托馬斯疊在一起。我瞥了一眼，是原本坐在同排另一端的男子起身，我看見這在白幕上移動的氣球走向我來，我心裡感到惶惶，卻又安立於座。只是心想，那麼多的位置他偏偏要挑坐我旁，像是執拗要坐在老弱婦孺區的勢態，一點也不想「禮讓」。

「布拉格的春天」，這天已經看第五次了。又是他，一個和我同看「布拉格的春天」五次的陌生男子，就在托馬斯對著女人命令地吐出關鍵性的字詞：「脫下！」時，他轉頭問我：「走吧！」

我像是夢遊似地竟跟著他站起來，好像我們是一道來看電影的情侶。黑暗裡，撞到木頭椅子的膝蓋一陣疼痛，但陌生化的刺激瞬間遺忘了疼痛。

布拉格的春天換成台北的春天，壓向我的是感情的坦克車。

這暗巷賓館也散著一種成分永遠無法解析的臊腥味，如血色的地毯凝固著像是滯留了幾世紀的菸味。窗簾有被老鼠咬破的許多洞，篩漏一些如星子的光，街上的霓虹燈捻亮了，有時有些車燈掃近又滅去。

眼前的男子有一種奇異的神經質，肌膚顏色慘白，一掐卻肌肉很帶勁。窗外的車聲有時嚷嚷，有時呼嘯而過。他只想找人說說話，解解悶；而我只想被可愛陌生人帶走。

他問我：「有錢回家嗎？」我懷疑也許總是看起來瘦小的我當時看起來還未成年。我點頭，還掏出錢包打開給他看，「有，我有錢。你看……」男子嘴角抿了一下，似笑非笑，又是一種奇異的神經質。就那一刻我才看見他的臉，一張很外省掛的眷村軍人臉，穿著緊緊的牛仔褲，卻理了個平頭。

那是一個被迫當軍人的軍人神色，一個在同一個午後時光連續看五次「布拉格的春天」的陌生人。他像是國中朝會時校長宣布歡送某某考上軍校的那些男同學長相，那些因爲時代關係被光榮地送去讀軍校想要報國的男同學，國中時間長得總是特別高挺，但成績也總是特別平平，甚至是差的。

他們後來的青春大都在和筆友寫信時才感到有些出口。

聽說早年有許多人交往筆友尋常有一半來自讀軍校的，彼時大家生命都無聊，讀軍校的同班同學彼此介紹，興起寫信，信多是些抄襲來的文謅謅情書。

城市人草莽的少女時光滑過，眼前這名男子已沉默地自行轉身，彎至另一個更暗的暗巷。我繼續遊晃在燈火流離的西門町，繼續想著披掛著紅色緞帶布條被全校師生歡送去讀軍校的那些國中即長得挺拔的男同學們，他們都到哪了？在還是少年的軀體裡，他們忽然披上報國的紅綵緞前往一個圍城度過人生……

我聞到屬於那年代早熟特有軍校生的苦悶空氣。

我中場和一同看了五次「布拉格的春天」的陌生男子一起離席，然後又各自奔流在光影幢幢的鬧區暗巷。獅子林百貨裡有少男少女在打電玩，模擬射擊不斷射穿紙人，紙人漸漸破碎；灌籃高手前站了一排人，籃球投來投去，發出寂寞的咚咚咚響，機器不斷吐出「加油！」「投準一點喔！」……永遠是百貨公司加電影街和遊樂場，國賓樂聲眞善美……，記憶就宛如平交道走入了地下化，自此也蒙上了陰暗幢幢的光影了。

走在電影街，有時會瞥見那留在某個空間的往昔幽影，世代從來沒有把這些氣味送走。晃蕩西區，不免就聞到了屬於還沒被世故化的天眞之性。或許有些捍衛道德者鄙夷這樣的邂逅之性，然我卻願意賦予那青春黑暗面裡的最大包容。凝視自己的青春殘骸其實不容易，或許我到現在都還沒世故化，於是凝視起破碎的過往也沒有太多的艱難。

西區也不獨青春血痕，魔框的是少女遺事。

午休時光，穿著白衣制服的大餐廳廚師們蹲在騎樓下哈著菸，他們看女人的目光如解剖一尾魚。東區的百貨太是財團的霸氣了，我喜歡百貨公司有點風華又有點落寞之感。像是走過紅包場一般，那些貼得琳瑯滿目的紅包場女人經歷過和百貨公司一樣的命運，有過建設性的激情，也有過破壞性的激情。

「你不要囉唆又嘮叨，你不要哭哭又笑笑，有什麼話，留著到明朝，我們要歡樂今宵。」紅包場裡的歌女與老人對望，孤寂瞳孔任歌聲流過廢耕的心田。

老兵凋零，在紅包場復活。噴火女郎、五燈之星、小調歌后、過氣美人……，邊緣人安慰畸零人，天涯歌女、最後一夜……故事百年流喘在這座城市的老區老街老店裡。

麥當勞玻璃窗內，一名老人用數位相機幫著某少女拍照。主動想要幫少女拍照當然是一種企圖邂逅的身體語言。

成都路蜂大咖啡香味撲鼻，雞仔餅和核桃酥挨在玻璃罐內秀著古早美色，裡面都是上了年紀的死忠客人。

我行經這少女城的核心西區，最老與最小，最腐朽與最青春，燃點與冰點，都在這裡了。摸摸此心，也是老的。我知道無數坐在老派咖啡館裡的人或者是麥當勞裡的人也都是，年輕時在此晃蕩的心是老的。

那樣弔詭的現代速食店內坐著許多許多一待就是一天的老人，這畫面的對比一如阿拉伯新式麥當勞走出了什葉派最保守衣著的黑衣黑紗蒙面女，黑衣黑紗蒙面女裡面穿的卻是香奈兒、迪奧、古馳……

逆光的青春，一切就這樣地馳過了色衰的人們……而同時間最時髦最野性的少女小貓咪也正在此區的暗巷跌跌撞撞，以飛蛾之軀撞進燈火最闌珊處的老人體內。

「不知是世界遺忘了我們，還是我們遺忘了世界。夜留下一片寂寞，世上只有我們兩個。我望著你，你望著我，千言萬語，變成沉默……」〈蘇州河畔〉，唱啊唱。

我們彼此遺忘了彼此，在歌聲裡我想起了你，喜歡直接的你。最懷舊與最前衛，都在這裡了。

關乎西區憶往，竟是有著宛如老兵般的少小離家老大回的心情。

青春逆光，永夜的光陰，陰女之身沒有受陽面的日子。

中場離席的陌生男子是否還記得「布拉格的春天」？歷史不復回歸，一切都只有「一次性」。（像大陸說的一次性衛生筷，我們稱「免洗」，極其務實性。他們稱「一次性」，何等時間性啊。）不復回歸的認定，所以沒有永劫輪迴，於是注定了道德的深刻墮落。我在西區嗅著，聞到了這樣的墮落，關於一名少女的曾經和所有前仆後繼者的暗影幢幢。

東南亞 放映中

想像的這裡是夏日有椰子尋風兜盪，風裡摻雜著爆米花香，混著機器輪軸轉的捲片油味。一束白光穿越髮絲，把不按時進場的人影和幕中的人生交疊著，有人看到激動處跟著澎湃，有人在木椅上磨蹭著時間。

午後，東南亞。我的座標是在亞熱帶的一條市集，市集以身容兩、三人並行的寬度來勾勒它的消費方寸，以時髦年輕低廉的服飾描繪了它的庶民學生性格。甜不辣、刈包、四神湯、臭豆腐、麵線、油炸品、牛肉麵、豆花、青蛙撞奶是它日日吸金的養分，人們亮著油光光的嘴唇與口腹滿足的神色再將腳步一路移往東南亞，一座有著隨性但具偏安氣息的電影院。

台大哥哥在此念書近十載，常尋他而去，順道看電影。彼時整座城市是大工地年代，捷運紅燈閃閃爍爍，車子彈跳在凹凹陷陷的路上，四處灰塵，滿眼碎片。鐵皮屋宿舍外吊滿汗衫褲子，簡陋陽台有第一代的外勞男工跟著島民喝保力達B摻米酒，裸露上半身吹涼風，有人對我吹口哨。

東南亞戲院很不東南亞，卻總和吃連在一塊。

妮娜小姐，有人外找。哥哥的學弟，哈啦台大舞會，說了半天，缺少一個伴。很盧的人，說了半天我不會跳舞還是沒聽懂眞正的意涵，和他盧完，電影也快完了。沒關係，去廁所再偷溜回來看一場。童年時兩個小孩常湊錢合買一張成人票，以爲成人票可抵兩張孩童票。男生更是根本不買票，他們就是有能力混進電影院。

彼時還有藝術片生存之地，轉到二、三輪的電影片滿足鄰近學生的娛樂性與某種知識慾，從景美女中、世新至政大、台大的學生在八〇年代可以說是東南亞的常客。通過它，年輕男女花上四、五十元換得一場醉心的電影，黑暗中總是甜膩地感到幸福得近乎悲傷。

不過就是幾本書、幾件衣服、一些零食、少許磁帶、部分影像、高掛吃到飽的熱騰騰餐館……恆是環繞東南亞這一帶生長的食物鏈，是尋常學生的精華之所。

而當年像我這種和此地無關者長途至此看場電影，吃碗甜不辣，當然不會只是爲了貪看場電影，我喜愛的是那種在下戲後跨上男友機車後頭時的依偎之感，一路馳回淡江也是常有的情形。又或者在公館一帶挑揀便宜好看的衣物，男友則往唱片錄影帶店去，反正總不會無物而返。下戲後若心情還盪在電影上頭，兩人便在車上聒談著，騎士不時回頭辯解他的觀點，冷不防一個紅燈就闖過了，後方傳來他車按著喇叭的聲響。

那都是些什麼電影呢？老實說，我曾經很在乎，現在卻又可有可無。年輕時一切都感同身受，十分入戲。

感同身受並非了解，只是容易動情而至涕淚縱流，黑暗中擤著涕，眞假不分。

像電影裡的茱麗葉畢諾許，在祖國的命運中悲傷自己的男人身上永遠殘留著其他女人的氣味。幾年後，自己卻成了薩賓娜，在紐約下城的工廠畫室與許多藝術家舉著香檳酒開著派對，然後有人開腔問妳的祖國可一切安好？中共導彈的威脅很嚴重吧？我開始在異鄉想起我的祖國，銀幕上特麗莎舉著相機大膽拍向坦克車的畫面停格，〈嘿！裘蒂〉的歌瞬間蒼涼響起。

商女不知亡國恨。

我的祖國記憶停在東南亞，觀看社會主義的革命與男女三角情愛的迷離。戲院的黑暗成了我異鄉的一個悲哀之姿。

那裡的方圓幾里曾經是高談之所，然而當年那位充滿革命熱情與藝術才情的騎士俊影卻早已成了個商人，且聽說變了肥胖。

彼時我們看完「阿瑪迪斯」，一部天才與庸才戰爭的電影，莫札特的安魂曲迴盪在返校的路途，未料我們俱成了庸才，魂不得安。

當年的騎士身影，如今還不若羅斯福路的一座地下道還讓我印象深刻。

地下道老人腳前一只缽，一頂帽子把顏面壓得低低的，他不斷叩頭地討著、乞著。電影散場，逛完街，再轉回地下道外取摩托車，老人的姿態一如初見。

多年後重走地下道，多年光景換了個老人，乞討的姿態依舊。乞討的老人綴成我記憶最陰暗的角落，乞討竟是這城市的永恆存在，比學生時代的戀情都要長久。

老人之後，有象人、有斷手殘人趴在地上乞討……。

銅板墜向一只鉢的聲音在地下道的腐朽裡幽盪，在我聽來是夏日裡的悽惻陰風。學生式的漫漫無邊喧嘩穿過乞討者，亮晃晃的物質瞬間吸走了眼睛之前觸及的悲情，這是年輕的本錢，容易感傷，也容易遺忘；無人可責，無事可擾。學生情人的儷影是公館一帶的經典身影，除此街上將顯孤寂。

「好朋友」相館留有我大學戴學士帽的傻樣子。我遠從淡江沿江溯河至此喧城拍張大學照，無非是周圍的人和哥哥多是台大人，當時他們說「好朋友」拍得最好了。而我還是個傻樣子，留著長髮打著層次，現今看來眞有點那麼想笑，就像摩托車後頂著一張被泥土噴得滿臉的明星照般好笑。

羅斯福路和新生南路口的速食店門外總是見到等人的身影，炸雞的味道隨著玻璃門溢出。老外也常可在這些街區大量見到，來此讀書或是交換學生、工作或教書之類的。記得有回依樣在此等人，一個老外向前搭訕說著話，我記得他是因當時忍不住噗哧一笑，只因他叫「麥當勞」。

這裡於我是烈性的革命情感。

當年這一帶最多禁書，最多邊緣、便宜的書，於是大力聞著，總能吸進幾口書的陳年味。台大人，於我是烈性女子，理性交纏著情緒，熱血沸騰至每每要揭竿而起。

相較之下，我沒有這個因子，我寄居淡江的心永遠只爲日月輪迴、日落月升河水悠悠所傷所感，世事竟是陌地賞花，不關己身。

然而至椰林大道找好友瞎聊，或是找哥哥等人也還是無上高等的愉悅。偕同去吃碗冰，買件洋裝，看場電影，順手向他們A幾本書回家，也做了多回這樣世事不上身的端然明目的喜悅。

我想是因爲年輕。又因爲公館這一帶的多種氣味讓我著迷，既有高高殿堂的學術氣質，又有極爲庶民無比的小吃犒賞腸胃，如今思彼時歲月，每件事定然要親赴才得見，仍要感到有如夢之感。不若今之網路，不見也相歡。

以往是東坡居茶室熱潮不息，今日是星巴克咖啡香誘人。我記憶東坡居，不因東坡才情，只因大腿曾被此間滾燙茶水打翻，當場燙成了個傷疤的記憶遠事。

疤痕，是此地留給我的生命印記，心靈與肉體的。

共飲東坡美人茶的友人俱已各散他方營生。

好朋友中的台大人爲情傷焚至死的記憶，是勾起我對這座大學城的困昧印象。

然寧可忘卻，路才能續行。

在「大學口」配好一副眼鏡，再繞去大學口服飾店逛逛，繞過唐山書店，今天不想用腦過度，只往「大學口」胡椒餅攤走，吃完一個胡椒餅，正好行至羅斯福路上的「大學口」紅豆餅小攤，買幾個餅逛至東南亞，金石堂書局一帶有不少人潮往市集逛去。

東南亞，香港、台北、上海、曼谷，四個廳光鮮地閃著上映的片子，皆是爛片多，四廳宛如旅館的時鐘般，讓我時空頓然錯愕。

紅紙上寫著徵服務人員。孩童時我曾想過當放映師，以爲如此可天天看電影，也許此夢留待晚年。只是到時不知電影院是否還會存在？而我在東南亞四座廳徘徊一陣後，只想去吃碗甜不辣，什麼電影也不想看，或者我該寫上一個「×××有人外找」的字條遞給門房，請放映師幫我打在銀幕上。

然我連要找誰，想寫上一個要找的名字竟都感到困難了。

時光究竟是一去不返。

還是去吃碗甜不辣吧。

台北百貨

秤斤大拍賣，大亞百貨公司走出記憶光譜。

再也沒有比內衣內褲秤斤賣更讓昂貴物質霎時廉價不堪而頓顯荒謬的片刻了。

看著秤台上堆疊著搶購的女人不斷擺放上去的內衣褲，紅藍白黑紫……在磅秤上頓時像是色情祭壇。

胸罩，電腦自然拼音法常自動跳成「凶兆」，此跟著女人一生的物質名詞在鄉下女人的嘴裡被說成了「奶罩」，這個字詞更具寫實精神，更具衝撞力量。

經過秤斤大拍賣的奶罩內褲花車，看著仕女們與店員盯著秤的指針移動，恍然我見到一堆跳動的奶波在指數裡攀升擠動。

曾經在來來百貨公司的許願池盯著丟滿銅板的世界發起怔來，當時務實派的母親妳還直搖頭說丟銅板眞能許願？現在若是妳看見連內衣內褲也可以秤斤賣時，不知妳會搖頭還是點頭。

一座百貨公司成零貨現場，像是倒帶影片，所有被置入的物件一一撤離。黑管鐵衣架、穿衣鏡、光溜溜被解體的模特兒、玻璃櫃、塑膠花……。

關於大亞百貨總和搭火車或客運有關，約略都是因爲早到車站了，遂到此晃遊的記憶，靠窗邊的

二、三樓咖啡座我還頗喜歡，在那個位置可以清楚目視在天橋階梯上上下下的人之臉孔姿態，緊張兮兮的緩慢踱步的，學生老人情侶前影背影如流水淅瀝嘩啦晃過。下雨時，城市人在雨中撐起各種顏色的傘面，喇叭聲像是飢餓猛虎，一匹匹怒吼的野獸日夜響在繁忙車站都心，而我當年總是好整以暇地在咖啡館等著當兵前來台北會我的情人。

然當時我看著當兵的他，卻有一種分手的不祥之感（當時分手是不祥事件），窗外忙碌不已，雨水繼續飛濺。

大車站的人流總是掛著非常寂寞的匆匆臉孔。

在萬年百貨地下美食街扶手梯旁的賣涼麵少婦已然老了，怕賣了有二十年了吧。賣的食物永遠一樣，以前和堂姊來這裡吃時，常沒位子，一個下來了另一個又遞補上去。我總是點著涼麵搭配一碗蘿蔔湯，加一個海帶或是豆腐皮，永遠是到萬年百貨的最愛。

萬年百貨美食街看起來一點也不美食時尚感，相反地有點老土，剉冰、賽門甜不辣和涼麵像是我的口味鐵三角，有多一點錢就跑進當時角落裡的小美，坐在咖啡色的玻璃窗旁，點一盅香蕉船慢慢舔著。

樓上的日本水貨才是小女生的最愛，彼時讀高中的堂姊很時髦，堂姊年輕時長得很美，我伯母是村裡第二號大美女（第一號美女是我姑姑。聽說伯母從嘉義迎娶進來時，全村的少男少女小孩都跑去看新娘），他們北上後，成了我在台北寒暑假常落腳之處。堂姊總帶我亂晃，買些日本髮夾或是袋子之類的。或者還帶去溜冰，不遠處的白雪冰宮，我東跌西跌，從小腳踏車就不會騎，平衡感有問題，堂姊在旁笑翻天。有回溜完冰後，放在鞋架的新買布鞋卻被他人穿走了，當場我的一張臉就快要哭出淚來，我想總不能赤腳走在台北街頭吧，這是堂姊常混的地盤，她有點不好意思讓我遭劫，趕緊跑去和冰宮的人交涉，冰宮的人找出了有某少女遺忘在那的一雙白布鞋，我穿是太大，但總比赤腳好。後來結束假期回到家後，還心疼著那鞋子。

有了第一個史努比手錶，得之於大一時的生日禮物，聽友人說是購自於萬年百貨。於今我是非常害怕走進這棟百貨，像是自己會變成怪婆婆似的，不敢混進充滿著沒藥乳香之類的少女少男之地。我的時光隧道通向此的甬道似乎被堵塞了，被自我的逐漸老化退逼到自我的洞穴，一碰到那些可愛的小女孩，我的心就被推得遠遠了。

大葉高島屋有三怪，一怪即是美食街有巨大的水族箱。二怪是有好幾層樓的停車場，三怪是屋外有個小型玻璃金字塔入口。

地下樓水族館定時餵食秀，小孩兒總被大人高高放在肩上，流著乳酸口水喃喃伸著胖胖的肥短手指，說著魚魚魚。

白天一過，黑暗降臨，這百貨公司前庭的透明屋在燈火通明狀態時卻別有一種童話故事的夢幻感，那些出出入入的貴婦在我看起來都有點像是可怕的巫婆、撒旦的情人，有的貴婦噴的香水讓人發暈，妳一聞就知道那昂貴的香水裡摻有太多的人工香料。有的人眼嘴緊綳如石，有的臉肉歪斜，有的眉像烤漆剝落，有的老了還戴牙套。戴著牙套的小孩總是張著嘴對路人扯牙一笑，銀燦燦地映著透明屋的燈管，以爲這棟樓的內在正演出著可喜刺激的黑色劇。捻上熄燈號的百貨公司頓然像是鬼節面具節般，所有的時尚物件都陷入不見天日的玻璃內，靜待隔日有錢人的欽點。然我所歡的異質此時才展開，世界寂靜之後只餘黑，安靜帶點逃避的黑。

大葉高島屋的內部呈環形，有透明電扶梯，這是一家最奇特的百貨公司，那麼多樓層的停車場底下是物質世界，那空蕩蕩的粗莽停車場輝映著亮眼的昂貴百貨，怎一座花園與廢墟就這樣並置在一棟樓呢。

女人鬆開抓滿的紙提袋，在百貨公司臨時提供的桌上塡著十幾張摸彩券，那些摸彩券得消費幾萬才能換來？

關在百貨櫥窗的塑膠模特兒，到了夜晚也許會群體活動，且聊著白日她們所見的女人。宛如夜間動物園般，午夜的百貨公司塑膠模特兒展開派對，那時候或許我會想到百貨公司走走。

童年時特別著迷於百貨公司廣播即將打烊的時光，我和妳總是在各樓層走著，像是在吸收物質的最後能量，好回去有個好夢。

如果我們找個地方躲起來呢？我問。

躲起來有什麼用，除非能把東西拿出去。妳說。

那躲到美食街，就可以吃東西了。

妳這麼一丁點雞腸鳥胃能吃多少！

母親一直潑我的冷水，笑我童癡。

物質的力量

以前哪有夠吃啊，有夠可憐。生吃都沒了，還曬乾！母親的旱土往往無物可上桌。我有餓昏的經驗。

我記得有次我返家時妳看起來軟朽朽地躺著，我喊了聲夭壽啊，會夭死。不止一次，我常起來找不到吃的就去上學，到了國中更慘，中午常沒便當可帶，福利社那幾年聽說貪污，在縣政府勒令關閉下就是有錢也沒得買東西吃，何況妳也沒留錢給我。我的飢餓史從小學到國中，我似乎也可以寫一本台灣版的《飢餓的女兒》。

唉，那時陣做事沒日沒夜，顧賺錢，天還沒亮就爬起來到大盤商那裡，都忘了妳。害妳吃得瘦皮包骨的，長不大。

我是少數長得比母親矮的女兒，通常女兒都比母親高，我想定然是發育期我因常餓過頭了，再加上從小就有個爛胃。

曾經物質是我們母女的困境，甚且生活裡沒有物質的力量這種形而上的思索，因爲當物質只是一種基本面向的溫飽時，物質是沒有力量的，物質僅是物質，物質是一種需索後的消耗，尚不足以成爲一種得意的或彰顯的「擁有」，擁有者的那種物質力量。

至於匱乏倒是生命中的常調，匱乏者生命底層多所陰暗晦澀，日照不足而生長傾斜。

長大後，我對於物質曾經陷入一種非常時光般的淪陷感，只要身處物質世界就有一種如獲得資糧般的慰藉。

物質的力量有時也會反撲，物質成了靈魂的反向拉力。

物質的密度與敏感張力可以看出一個人在生活中累結的品味與習慣，但是最後要能不被物役，物質才能成爲內在眞正的力量，而非一時慰藉。

我對衣服本來就沒有名牌崇拜，但對於美麗衣裳和事物常著迷，自不再上班後都在用老本過日，所謂老本就是，我因爲某種心情迷惘而購買的衣服和飾物，已經夠我美麗一輩子了。

生活過紐約後，自此一直喜歡黑色長大衣，一度喜歡到病態。我曾很敗家的有了多件長大衣，但多屬在國外極冷時方可穿，在台北穿顯得過重過暖。

我想尋找一件合身但材質輕巧的大衣。

一件駝色大衣。

滿櫃的黑色系衣服，想要有他色進駐。

我想輕盈。

可我的心其實還是喜歡黑色，黑色的神秘，像台語說的「黑矸裝豆油」。可我眞的太多黑色大衣了，店員說妳若再買黑色，別人根本不知道妳換了衣服。

可我想的是每一件都不同剪裁和材質啊。

人過三十歲愈想要回到簡單。最華麗穿著的時期恐怕是二十七、八歲的尷尬期，那時常刻意裝扮。之後，又想回到簡單狀態，特別是不上班後。不上班的專職寫作生活，讓我的衣服有一半以上都穿不著，穿不著還有個原因是我變懶了。

現在出門最多是泡在咖啡館，一件牛仔褲或裙子和黑衫就打發。有幾回因爲約會關係，特地打扮，朋友見了很不習慣我的「貴婦」風格，連帶自己也不免哀嘆，我還眞是從裡到外和貴婦風格皆相差甚遠。我的兩端極致還是華麗頹廢和極簡，至於貴氣完全不搭。

想起DKNY這件衣服的離別畫面，想起這件衣服就會想起已故好友南西，那年在紐約她送的，因爲身材發胖後轉贈給我。她熟知紐約市名牌打折區過期拍賣處，我和她去逛過幾次，也是因爲這樣買了幾件名牌衣服。

於南西那或許是一股實在的物質力量。

她自殺前一週還去舊金山旅遊，當時聽和她同去的小米說南西還是四處逛商店，對時尚充滿了興味，像是生之慾般的熱切，卻在回到紐約的當晚自殺了。

物質的力量究竟給她慰藉，還是予她虛空般的夢幻泡影？

我們對感情如同對物件般的擁有一種「所有格」，一種歸屬，可歸屬又是什麼？她連軀體都可棄，裝飾軀體的物件反而擁抱？然物件今何在。

移居他地要趁年輕，告老再返鄉。當時我們在紐約時年輕的想法，我想起在空無一人的曼哈頓玩雪之景。

多魔幻。那年曼哈頓城市的魔幻全因爲一場雪，而南西於我的魔幻，全因爲物質的最後迷離。飛去舊金山遊街河買了所有的華麗衣服，然後飛返紐約，驟然當夜辭世。

物質是拉人往下墜的力量還是往上升？

台北女人日日要穿行各種地攤貨。

剛從貴州回來跑單幫的女生點著一盞小燈泡，晚上九時，說要收攤了，賣我便宜一點。然後我們聊起旅行。這是台北街頭跑單幫者的有趣，我旅行經年，卻從未想過可以做跑單幫的生意。我想我喜歡物質的方式是一種發現，而不是因爲要做生意。

城市絕對是靠物質世界所拼貼出來的時間地圖。

當一家美容店穿著像醫院白制服的美容師拿起角落裡的鐵鉤子拉下鐵門發出的第一聲響，時間是九點五十五分，完整拉下來正好十時。

屈臣氏收起騎樓的雪肌精和成堆的衛生紙和洗髮精，全是身體外在的用品在指引光陰流逝的殘缺。

時間又移往了半格，即使店家已經拉下鐵門，仍然可以想像著屈臣氏的裡面，仍殘存著大量白天裡嘉年華的那股喧鬧。

年輕時我滿想開一間服裝店，我想易位感受女生在買衣服的內在思維。

許多擱置在騎樓曬著太陽和吹著風的打折衣物，陸續被疲乏的女店員半拉半拖地拐進店內時，這一條熱鬧的街將開始走向它的遲暮與睡眠。

我很高興穿越了物質世界，願意接受身體的自然法則，直往精神的自信原鄉奔去。但我仍願意去標記這城的物質美麗，因爲這也是撐起城市外觀的妖異炫豔圖騰，是消費帶動了流動的身體風景。

形形色色，有人愛美，有人不愛裝扮。畢竟外型的美只是一種附加，眞正的力量還是靈魂內部所激出的美。

漂亮或可外顯，美麗卻得由心而生。老掉牙的道理，卻難以企及。

一切可訂價

繞了又繞，繞了又繞，名車在眼前兜轉。

女人終於在林森北路長春路口看見那輛發著稠亮光澤的名車。女人尋他而來，他將給女人一些物質，關於一種給予，關於愛。

然後車內很快就成了男人女人最近最窄的距離空間。

之後，他揚長而去。

而女人在城市漫遊逗留。

這是慣見台北之景，一切都可訂價的城市，包括靈魂。

這座城市的下水道氣味常難聞如狐臭，幾隻黃昏開始出沒的黑蚊在我的臂膀盤旋。一些長相奇怪，身材不知抹上多少塑身霜看起來像是大哥的女人，又像是公關小姐的女人正出著門，雙乳晃動著蒼白，深深的溝渠還掛著昨晚的凌虐痕跡。城市儼然是個大妓院的氣味至此已昭然若揭，抽掉慾望就垮掉的城市。

才午後而已，城市就急著暴露滄桑底層。

路上散發一種區域的獨特性，午後兩、三點的光陰，日本料理店的師傅頭戴白帽身穿白制服，坐在騎樓的機車上，和綁著馬尾的服務生說著笑，調著無關大小的情，歐巴桑在擰乾抹布。林森北路的小姐頂著一臉浮腫，帶有狐狸味的衣服還掛在身上，她們和KTV小弟在金爐前燒著紙錢，金爐很大紙錢很多，片刻整條街的騎樓火光乍燃如祭儀，一種充滿新事物和舊宗教怪異並置的氛圍，迸發在城市的慾望街心，一覽無遺的燃亮在我眼前。

我前進時企圖想要閱讀台北風景，卻常常更加迷失在迷亂失序的街頭劇，台北街景常無節奏可言。

整條街都是煙。

我想起小時候對面房子著火，夜裡劈哩啪啦地斷裂巨響，有人跳樓，有人尖叫，有狗在吠。隔幾天整條街擺出長桌，桌連桌，物連物，小孩在長桌下鑽來鑽去。祝融之神離開後，未亡者皆以虔誠的心祈福這得以依恃的一切，以滿滿的物質來慶賀這樣的倖存日。

日子飛逝。眼前警鈴車聲滑過逛街人潮，人潮一陣觀望，繼續購買。生命誠可貴，名牌價更高，城市人小小生存的哲理懂得鑽營懂得變通懂得依靠。

猜猜今天是星期幾通常靠的是目光所觸及的環境氛圍。就像此時，在天母東路沿著麥當勞一帶往前走，黃線部分停滿了車子，這些車子裡面仔細看可是貨物滿滿，亮晃晃的手錶，全是仿的。

就像有的人家裝潢寧可掛一張梵谷的複製品卻不肯買一張台灣畫家的眞跡畫作。買年輕的畫家作品絕對不貴啊，但是寧可買一張梵谷複製畫是爲了什麼？是眞喜歡梵谷，還是因爲梵谷叫得出名字。

買仿冒品是什麼心態呢？

捷運出口處男人正倒出滿坑滿谷的仿冒皮包，每個皮包都像是實驗失敗的半成品棄兒。

我杵在咖啡館的二樓，對面是家髮廊，晚上十點半還燈火明亮著，一個設計師還在忙著一個燙頭髮的女人，女人打著呵欠，聽不見吹風機的呼呼作響，聞不到美髮沙龍特有的濃烈俗豔香氣。這麼晚了，爲什麼還要把頭髮吹得如此端然繁複？不是該上床了嗎？還是美美的香香的也是爲了上床這檔事。

突然一個女孩坐到了我咖啡座的旁邊。

突然她問我手機是不是NOKIA。

我想起我那支掉在義大利往巴黎火車上的另一支手機，這幾年也用掉不少手機了。

因爲她剛剛才去買手機，沒有想到開機所顯示的是英文，她說英文看不懂我想只是螢幕問題或許可以幫她。

才開機沒多久，她的手機就響了起來。

窗外，一輛很炫的車子熄火，走出一位中年男人，入屋內接走這位年輕女生。他看年輕女生的眼神像是一個買到好貨的客人。

窗外一輛計程車下來一對男女，看起來像是剛從酒店出來的人，兩人走路有點跌撞搖晃，女的扶著男的，正走向暗巷一家閃著霓虹燈的旅館。

這是台北，一切都在訂價中。

即使感情無價也是一種價。

夜慾歇息地

台北人擺渡夜慾，下榻或休息在旅社、賓館與飯店。

旅社賓館多所簡陋，隱身在小巷，飯店多明亮直接。

台北人當然不會沒事跑去住旅館。情人節前夕，驅車上高架橋時，老遠見到一顆粉紅的氣球飄在索價高昂的旅館上空。我感覺那顆心閃動的不是愛情而是數字。

旅館，和人有關，是台北男女身體的愛慾排演場。

「以前男女朋友大都住家裡，有的人因爲想要早早離開家所以就趕快結婚。」妳說。我聽著老想起以前有個老畫家說的往事：「以前和女朋友約會，都要去旅館解決慾望，可是以前不像現在旅館那麼多，到貴的飯店又住不起，於是約會時就騎著摩托車邊梭巡著有無旅社的招牌，有一次老遠看見旅社霓虹招牌便興匆匆地驅車前往，結果到了才發現是一家旅行社，行字不亮，只留旅社兩個字發著誘人的錯誤招牌。」畫家笑說他就是這樣才很快就結了婚，因爲結婚後就可以不用再找旅社或旅館了。

旅館在孩提時總予我諸多暗想的不潔感，未料後來我旅行經年，不時地在各地的旅館之間日夜移動，旅館成了我最熟悉的家。

大學暑假也曾短暫爲某個突然失戀的友人代班，在旅館打工一陣，那是一家面向淡水河的西區飯店，每一間房間都可以目擊水色。

友人失戀，哭訴著她一時之間是無法再到旅館打工，她看到那些剛躺過男女的大床與那些相關聯的形形物物她會嘔吐或者暈倒。

而我好奇心重，之於我所不知道的世界，總想聞一聞看一看氛圍也好。當我踏進褐色的兩片自動門時，感覺背後還有某個老男人的目光劈來，當時心裡還自嘲自己是小雛妓，實則是個小雜役。

打工時須先至清潔室換上工作服和吊帶裙，綁上白色鑲有蕾絲邊的頭巾，接著和另一個歐巴桑婦人一起推著放滿工具和衛浴補給物的小車和吸塵器，一路穿過豬肝紅的地毯，走道散著幽幽壁燈，昏黃光線裡推著，走道漫長，兩岸女聲啼不住，彈撞聲伴著某種哀樂不明的嚎叫。

聲音彈進窄道，也被我的小耳朵吸進。

我總不敢回頭，只是看著腳和推車的前進晃影，歐巴桑更是一臉的堅毅，見怪不怪的模樣。

推開男女大慾過後的房間，廢墟式的殘留碎片與溶解的液體，之前在走道所被逼近的情慾響動，突然像氣球爆破，凋零的疲相醜態畢現。像是大戰過後的殘垣狼藉亂景，氣味分子攀上了濕霉味，經過空調攪拌後，空間從許多角落釋放出各種氣味，臊餿騷……，地毯目睹這些男女的身體變形與扭曲來去，棉被如毛蟲蜷起，然蝶影已無蹤。

浴室地板濕答答，未關緊的水龍頭還在滴著水，東躺一條白色毛巾，西躺一條白色毛巾。保險套和衛生團在垃圾桶裡擠眉弄眼，又或者在高潮墜下時被任意擲在床畔，滾到床底，成爲人們大慾過後的薄薄存在證據。

洗刷廁所，拉直被單後塞入床墊。從推車裡拿出各式各樣補給品，洗髮精肥皂毛巾梳子牙刷拖鞋。每個水杯洗好後都得注入熱水，如此玻璃杯才能潔亮。

在歐巴桑先行走到外頭的那會兒，我走到窗旁，在拉上窗簾之際，我常倚窗望著前方的淡水河岸，霧凝著風，水氣空虛，我當時想人可眞寂寥啊，旅館如此短暫地收留了情慾，也帶走了情慾。

只餘打工妹與歐巴桑各自寂寥地收拾慾望殘局。

在七層樓的旅館面對著台北城市的母河，美麗與哀愁的淡水河，河邊擁擠著城市街道，日漸築高的河堤，後方是熱鬧的西門町。

屬於旅館的故事總是有更多是無法說出口的，總是感覺陰影多於光亮。

旅館，情慾沸騰之處，又或者只是睡覺之地。於今卻常成了台北人自殺或殉情處。關於人性原始的黑暗與赤焰，屬於歇斯底里等等鬼魅特質皆歸給了旅館。

失眠小綿羊與考試機器

咖啡，起先是個洋氣的名字，在我那個土不啦嘰眼界未開的國中年代。

我喝咖啡的歷史算早，在國一即首次初嚐咖啡。當時都是喝麥斯威爾或摩卡咖啡粉，包裝和現在幾乎沒有太大差異，玻璃瓶罐內裝栗色小顆粒，舀上幾瓢，注入熱水，看栗色在熱氣中旋圈轉動成黑油油的水光，然後添加印著飛鷹的白色煉乳與維新方糖。

當時最奢侈帶著洋味的物質。

那幾年我有個至交阿芬，家境很好的她對於各類物質有特別靈敏的洞悉能力，許多新品或是好貨都是通過她來到我的無知生活。

當時我們兩個小女生於今想來很像一對戀人，老是窩在一起。在阿芬家的頂樓，看星空，點蠟燭，吃歐斯麥巧克力餅乾，喝摩卡咖啡或品伯爵茶，聽感性時間，也都忘了聊些什麼，然後日子就這樣荒蕪了下去。眞無法想像當時到底在想什麼，如此早熟地以儀式來享用物質，建構感官世界。

然則國中在資優班裡的我其實是個活在自我氛圍的人，每天面對大小考試厭畏，眞恨不得轉到普通班好天天玩耍放牛去。遂常常跑到租書店租小說看，那時身分證就這樣長期典當在小說漫畫出租店，對於學校課本也就多所荒疏。老想著要是不睡覺的話，就可以撥點時間來讀課本和參考書了。

有一天，就在隔天要考試的前一晚，想起阿芬曾經給我一罐摩卡咖啡被我藏在床底下，免得被媽媽發現丟棄，其對不明物體向來的處理慣性。

在昏昏欲睡的晚上九點遂從床底悄悄取出咖啡，趁家人入睡後沖泡著。

黑色油水在目光中成形，一種特殊的氣味溢出，這氣味當時聞起來懵懂不明，說香不香，當然也不會是臭的，就是很有個性的氣味，很有個性意味著鮮明，刺著鼻息末梢。所謂第一次就是莫以名狀，繼之再喝，我們會說：「聞起來像咖啡香！」

第一回，我輕淺一口，覺苦澀不堪，然過了幾秒，卻有回甘之美，便又啜飲，繼之想起阿芬還給了可以久放些的三花牌奶精粉和糖罐，加了一些在黑水裡，看著白色在黑塊中兜轉繞圈，再之化爲無形，黑色被征服，白色也被解放，黑白兩色又還原成咖啡的原色，我看著這樣的美感經驗，感覺有一種自我儀式的莊嚴，爲了一個夜晚，得以改寫時間，爲了一個蒼白青春在體制裡可能的冀望與救贖。

加入奶精冰糖更覺入口，遂連飲而盡，倍覺有神。

這一喝，起先以爲是熱氣在體內甦醒著靈魂，等到在幽暗中聽到客廳傳來敲著十二點的鐘響時，我竟仍無睡意，興奮地摩拳擦掌背誦英文單字和分解著數學、物理題目，心想明朝定然可以考個高分，睡不著的小綿羊在爲考試機器加足馬力，咖啡是那充滿精神的黑油。

精神飽足了整晚，卻在清晨快天亮時睡神來訪，書桌就成了臨時的床，趴著入睡，直到媽媽來喚才把頭抬起，桌上的口水浸著一種咖啡香氣，體內很虛，彷彿所有的力氣都在昨晚用罄了。到學校也顯得步伐懶懶洋洋，抬便當時還非常無力地幾乎鬆了手，讓同伴搥打一番。第二堂英文考試卷一發下來時，我的眼皮已經厚重地無法撐開了，那一堂是由班長代為發考卷和監考，老師並未到，於是我邊點著頭打著瞌睡地填著考卷並無人發現。那回考試我得了個大鴨蛋，因為交白卷，考卷上盡是瞌睡時原子筆在手中失控地亂劃著虛線。

我的國中歲月終於有了個極端的對比存在：一百分與零分、第一名與最後一名的紀錄，這全拜咖啡之賜。羔羊完全被考試機器打敗，至此在學校大量沉默。

我後來才知道咖啡因對未曾常喝者的威力，可惜不能在課堂上喝咖啡，否則我當年的學校生活就不會那麼枯燥無味與昏昏欲睡了。夜晚清醒，白晝昏睡，原來我適合讀夜間部。

就這樣，國中第一次喝咖啡，摩卡沖泡咖啡，加三花奶精，結果整晚睡不著，到學校卻睏得要命。

至於我第一次上咖啡館也是在國二暑假。

最早喝咖啡的地點是來來百貨。來來百貨當時在西門町很時髦，內裡有個大大的許願池，美麗的小姐在此許願丟下銅板，我總幻想著可以入池把銅板撈起來，阿芬在旁聽了說：「妳真要撈起銅板，那豈不是把別人的願望也撈起來了。」我聽了看阿芬一眼，覺得此姝還頗有想像慧根。她續說下次叫她老爸把家裡一樓花園也弄個池子，請同學來家裡許願一定很有意思。她這一說，讓我想到我家附近被改裝成宮的一樓人家，宮的佈施箱和我在來來百貨的許願池在終極意義上是一樣的。善男信女總是許願後才丟入錢財在佈施箱裡，許願是根本所在。就像我第一次喝咖啡，祈求咖啡守候我貪睡懶惰的靈魂，祈求咖啡賜我堅定意志，幫助我守夜。

咖啡是幫我守了夜，但卻無法幫我考試。我終宵徹夜清醒，隔日卻昏昏欲睡。功虧一簣也不能怪許願不成。

在來來百貨，好像是三樓吧，我忘了樓層，總之是靠街有著大片玻璃窗，若坐在其中一方，淡水河夕陽正巧落在玻璃窗，那畫面是我們強說愁的青春凝結。咖啡館在當時雖說豪華，但於今想來就是俗麗囉，塑膠植物，貼皮座椅，有蕾絲花邊的窗簾……。

當時煮咖啡的器具就是用酒精燈煮的虹吸式，下身圓圓玻璃罐，上身裝著現磨咖啡粉，煮的人搖搖木棒，小燈苗閃著藍光。此法煮的咖啡因甚濃，一喝常常竟夜不眠，和阿芬聊到鳥鳴聲四起。一杯咖啡即索價百元，二十年下來和今日物價相差竟不大。

頂著齊耳短髮一臉青嫩出現在當時以豪華著稱的咖啡館，是個奇怪的身影吧。當時我們是利用假日前來玩耍，常和阿芬穿同樣的衣服，像雙胞胎般地捉弄著人們好奇的視野。

而錢總是準備得剛剛好，所以要很小心地計算著，也不能糊塗掉銅板，否則可無法走出咖啡館。我們想要泡咖啡館的氣氛是多過於爲了喝咖啡，如今回想還是覺得當時眞眞是時髦，甚至曾經穿著制服就跑到咖啡館去的情況。第一次進去咖啡館時，小姐還刻意說我們只賣咖啡喲，意思是說如果我們要喝果汁應該到電影街。「我們就是要喝咖啡。」阿芬說，我則睜著黑白分明的眼睛望著陌生的空間，看著情人座椅上的男女說著話。小姐引我們入座，丟下兩份點餐單，看隔桌有水，阿芬便忙忙召喚小姐給兩杯水。還好有她在，足以撐住場面。

我們兩個初次進入咖啡館時，東張西望，阿芬還刻意壓低嗓門以顯得老成，我則老是睜著瞳孔的模樣，感覺如此的台北假期真好。

我喝著咖啡和阿芬說著笑，等著百貨公司打烊，把我們兩個一坐坐幾個鐘頭的小女生轟出咖啡館。

九點半走出百貨公司咖啡館，徒步在電影街。往昆明街走，漫步在無邊無際的繁華台北，不知歲月為何的時光幽影裡。

酗咖啡原本是為了不眠之後可以好好讀書，豈知第一次的經驗卻造就了我許多不眠夜讀小說的夜晚。

微積分物理與幾何數學全被拋在腦後，唯獨酗酒的李白還記得。

於今，已無法算計我喝咖啡的杯數與進咖啡館的次數了，從台北到國際，流連的城市座標是咖啡館。

午夜咖啡館，一個男人突然坐到了我的對面，好奇我單身的狀態。而我正在遙想我品咖啡的第一次。

阿芬，早已遠去扶桑國，嫁作商人婦。

兩人咖啡座獨留我和一團廢棄的思想。

喜歡的咖啡館芳名

許多人都有過開咖啡館的念頭，可眞開咖啡館恐怕會被賣咖啡的重複動作與必須顧店給逼至了無浪漫懷想。咖啡館賣的不只是咖啡，這已是普世裡所知的氣味，也是咖啡館內化的符號了。我喜歡有角落可棲的咖啡館，咖啡館留有一個寫作者的流動印記於我是光燦的影像。咖啡館讓我這個無業者得以有進入公共領域的機會，在此感到一種既邊緣又存在之感。品咖啡時，常在喉內搜索著第一次這黑汁進入舌蕾喉間的幽黃記憶。

曾經想要是眞的開了家咖啡館，那麼店名就叫做「霧中風景」或「事物的狀態」。這類店名後來也被興取著，如「海邊的卡夫卡」即是走此風格路線。

但近來反向思考的名稱多，像是賣檳榔的竟有取作「道德檳榔」的，裡面的女郎薄紗在光中透明著身體線條，運將黑著牙齒嚶咬著綠墨墨的檳榔與石灰，隨口往地上吐出一口大血，眞不知是哪門子道德。但這樣的反諷，恰恰是其效果。

師大和永康街那一帶的店家多有特殊名稱，早期以「南方安逸」爲代表，其餘像是「布拉格春天」、「地下社會」皆是九〇年代初期台北人常去之地。現在少去了，此區商圈店家是開開關關。巷內「柏夏瓦」曾因一個朋友而有陣子常去，那於我是一段奇怪的時光，現在都無力回想那些個幽黯幢幢的氛圍與自我的迷失與迷魅。

那些人竟連想起都覺得疲憊。

寫台北餐廳難，常寫了店家又易主。

中山北路七段上曾有一家餐廳名喚「天長地久」，SARS風暴後很快地撐不下去關門了，往陽明山山上還有家老牌的天長地久，聽說和山下這家同名餐廳是親戚關係。天長地久店主聽說有個好玩的名字大約是叫「吳銘誠」之類的，我聽友人說起時還大笑著，台語諧音聽來像是「無眠床」。

類似天長地久名字風格的就是舊情綿綿，同樣在中山北路，舊情綿綿名氣更大，因設計師登琨艷故。可我對天長地久有一種比較接近自我的觀望，主要原因可能是地緣關係的注目。「天長地久」「舊情綿綿」皆屬台北懷舊年代的命名，現在這些名字早不流行了，像是菜市場名那種淑芬淑華的過去。但後期的台北店家名稱做作，也像是後輩取名字的拗口嚼舌或是過度瓊瑤化之失眞假感。

後來流行直接或取同音異字店名，有家賣餅的店招牌寫著「燈亮有餅」，燈泡閃亮和霓虹字體發亮時表示有餅生意開張，小小餅店生意好，燈亮有餅，可以減少開車族停好車要買又沒餅的麻煩。

中山北路六、七段是著名成衣店，巷弄曾有家叫「家有水貨」，我倒喜歡，水貨當然是指自己帶的舶來個性品，但水貨又有雙關語，像是「禍水紅顏」之感。

在青田街的「兔子聽音樂」，裡面裝潢以燈和每張椅子皆異爲其特色。茶器的優雅是北歐風，冷調高雅簡潔。淺藍色，有蒂芬妮包裝袋的顏色，燒的燭台底座也優雅。我在那種太優雅的地方會有點不自在，我比較喜歡頹廢華麗些的風格。

師大龍泉街巷弄曾有家老牌咖啡館（布拉格），約是和米蘭昆德拉的電影（布拉格的春天）同時期，咖啡館外雞蛋花總落得一地，午後二時才開，這家店我通常都和有潔癖的人來。

兔子聽音樂，這個店名可愛，可能是屬兔的人開的店吧。若是主人屬虎，就一點都不輕巧雅痞了，叫「虎子聽音樂」，倒像是要開在叢林野地才大器過癮。兔子，是聰明溫柔但需要多窟的動物，屬兔的朋友我認識不少，不過現在他們已是老兔子了。

雅痞來的店都有一種看似隱藏其實是非常經過設計的設計。空無一物比裝飾過度難。

二〇〇三，和一個老兔子的戀情座標，為此那一年我在這些光潔明亮的咖啡館茶館佯裝優雅，並且戒菸。

坐在玻璃窗裡品茗，看著外頭的尋常人家，那麼眞實的尋常人家打窗前過，推著嬰兒車的媽媽，拄著枴杖的發顫老人，晚自習下課的學生，冒著青春痘的女學生，看起來正在變聲的小男生，遛狗的中年歐吉桑，進入內分泌失調的更年期歐巴桑。長得好眞實，而我們玻璃窗內的人卻裝作人模人樣的，優雅喝茶，優雅用餐。

兔子聽音樂地下室曾是家小巧宜人的風和日麗唱片行，小眾的孤獨品味。

離開兔子聽音樂，屬兔的他忽然在車內盯著我近看，突然說出的是：「妳再不保養，皮膚會愈來愈老喔。」他忽然吐出像極了我媽的口吻。

時光殘酷，離開兔子聽音樂，我瞬間被瞋心烘烤了一回，就老了。

老兔子回到他原本出發的窟了，他選擇過名流生活。我每回想起他，就會連帶想起普魯斯特寫過的一句話：「虛榮心把他導向那個上流社會的生活，……他在藝術方面的博學用之於指導貴婦人購買繪畫作品。」繪畫作品到了現代還可以轉換成指導購買家具、設計品……。

最後一通電話，他說那我們二十年後再相見，老兔子忍不住吐出如偶像劇的台詞。

二十年，於我是終生不復見。兩年都如斯長，況二十年。

25°C低溫城市愛情

老兔子打電話來，說若我剛好在台北就可以見個面。

剛好在台北，只因爲剛好在台北才要見面。

這邏輯有點可疑。

我住八里，每回別人打電話來問「剛好」其實都是指向刻意，哪裡有這麼剛好的，我不會不明白。

接著他說感到害怕，關於打電話給我，因爲想念會誤事。

想念會誤事，不錯的台詞。

我卻想拉回現實，於是說想念不會誤事的，只有想念卻不去承擔才會誤事。人生沒有剛好的，人生是願意去奔赴的，願意去爲了一個目標而奔赴的。

我像是個佈道家的口吻。

上午沖完澡的全身還濕淋淋，我就坐在木頭地板上支著電話回說了一堆無聊的大道理。對方還在氣著自己因爲一時的想念所造成的彼此口語執拗，我卻被對方勾動後，被不願意放棄見面的執著習氣籠罩著。

沐浴後的濕水含著玫瑰甘菊迷迭香精氣息，一直滴落在我的木頭地板，起身後，地板一沱濕水，倒有點像是淚水。

結果還是在光點電影院碰面，25°C咖啡館。緯度25是咖啡豆最佳生長條件，不知適合愛情樹生長的條件是幾度C？電影Betty Blue標榜37°C。

37度太熱了，我喜歡低溫。

愛情有幾度C？我問，他摸摸我額確定無發燒。

同轉去新樂園藝術空間。新樂園，苟延殘喘的台北當代藝術。

畫廊還有藝術嗎？當所有的台北皆以市場爲導向時。

新樂園展著年輕人的網路作品，學生味濃，還不夠穩。

二號公寓和伊通公園等藝術空間，都是當時和老兔子遊蹤的台北地圖。

還有這家台北二十五度C咖啡館。

愛情幾度C？

不知道，應是沸點與冰點。

後來也在此分手，終於從二十五度化爲零點。

離開老兔子後，依然晃遊在咖啡館，我成了這座城市的感情餘生者。

前方有對男女，男人穿著上班族常見的藍色襯衫，女的則穿裙子且顯輕盈，男的樣貌約大於女生十歲有。

忽手機響，男人卻走出玻璃門外接聽，女的不時用餘光瞟著外面的男人。

我忽然想起老兔子的姿態也常是這樣。凡接手機必走到外頭，我忽然明瞭，原來這姿態是一種暗示，妳不能聽見他說的話，他早已有了她者，必須和我隔離的她者，金錢數字大大多於我的人。

我不曾見她，但前面這女人，讓我連結到像是另一個她者。男人聽完手機，推開玻璃門，女人從咖啡杯抬頭予男人一個微笑，像是雲淡風輕不在乎他接聽的電話是誰打的且還不能在她面前說得坦蕩蕩，眞是高明的女人，這類男女，台北一堆。

而我這種喜怒形於色者，該從感情戰場退位。

咖啡館空巢時光

台北咖啡館一天有兩個空巢期，毋須用眼睛看錶，只須用耳朵聽音。

突然空間安靜了下來，在身後的人不知何時走光了，這時我知道是中午了。再者是突然車聲增多，窗前一暗，咖啡館人陸續離場，下班時間到了。喝下午茶的貴婦回家卸下裝扮，談生意的也都閉上嘴闔上電腦。

舉目四望只剩我一人還窩在角落，這情況在天母一帶的咖啡館特別明顯，連星巴克都只剩寥寥無幾，墜入一種安靜的難得時分。要不對街的商店也都無人，意味著吃晚飯時間到了。晚餐時光的無人狀態尤勝午餐時間，台北人還是重晚餐，雖說營養師不斷告誡晚餐少食，但晚餐畢竟多數人才打開胃口，晚上是掃除心情熱滯之時，至於胃腸蠕動到了夜間趨緩似乎無人在意。

看到店員交班覓食，通常店裡有兩人，一人外出先吃或是提著食物，兩人就躲在櫃台後方吃。這是下班時間，若有來逛街者，多是孤魂野鬼似的愁容，像是無處可去才胡亂逛街以打發時間。

我經常所處的咖啡館對街有成排的時裝店家。服飾店的比例最高，在空巢狀態的時間，店員多數閒閒地幫櫥窗的模特兒換衣，模特兒被扒得光光的，店員在新衣新款的架上東比比西量量，好費思量，我在對岸看了竟替模特兒感到冷。穿好上衣，拔下上半身，整個模特兒往人身倒斜一半，再套上褲子或裙子，完成下半身再套上上半身。拔手拔腳，上下支解的瞬間動作再拼裝，模特兒又有了引誘的姿態。店員再拿起飾品往頸上比劃，或是加條圍巾，戴上帽子，鉤上手提袋。

我像個偷窺者，偷窺城市美女的秘密供奉儀式。

其實我也餓了。

關於在城市的寫作地圖與時間流蕩的閱讀其節奏是我在房子待上兩、三天後，定然又有兩、三天是在外面的。我其實喜歡在窩居狀態中的移動。出去幾個鐘頭，便可不想再出門地安居在家了。因而城市佈滿了我寫作發呆的遺跡，遺跡串連成一張地圖。

今日蘇門答臘，明日黃金海岸，隨著咖啡豆我移動我的想像腳程。

我曾幻想可以當個尋香人，當咖啡豆採購專家，終年在世界各地旅行。後來我果然步履移往世界各地，但卻只是流蕩在咖啡館，並想像著那些遙遠咖啡產地的栽種者一生都沒有喝過一口拿鐵。

我在台北的咖啡館有幾怕：怕音樂放錯，怕小孩出現咖啡館，怕上班族在桌下抖動他的雙腿，怕上班族手機講不停開口閉口就是股票數字，怕將咖啡喝得很大聲的人，怕膩在一起做功課玩親親的學生，怕老人喝咖啡喝到一半就先打了盹，怕帶外食氣味鮮明的食物到咖啡館的……。

唉，咖啡館又不是我開的，還挑客人呢。

比莉哈樂黛正唱著〈How much I want you!〉

我是這座城市的遊魂，我喜歡這樣的姿態。熟女夜未央，目光恆是燃燒，血液和這座城市的日夜輪迴一起脈動，一起顛倒夢想。

我甚且喜歡待到咖啡館打烊，就像看戲要看到拆篷，那種下戲後的寂寥。背後有人在收椅子，擦地，收銀機算錢，洗杯子……。

在咖啡館可以知道一天的時間，也可以預先感受節慶。星巴克換上紅色杯子，點數可以換熊寶寶，耳邊鎮日可聽得柯恩的〈哈利路亞〉，我就知道極具城市消費性格的耶誕節腳步近了。

玻璃窗外天黑得快，咖啡也很快就涼了。

聲音城的竊聽者

在城市的生活是被聲音牆築起的，聲音把城市砌成很窄很窄的隧道。

生活隧道極淺眠，耳朵極靈。老屋牆薄，鄰家說話與廚房聲音貫耳，或者水塔馬達抽水聲都讓我難有好眠。台北人愛裝潢，愛蓋房子，無時無刻我的耳朵都有聲音。又或者騎樓忽然就被佔了，喪家圍起塑膠棚，原本善意的誦經法事喧騰，讓死人無法復生卻讓生者足以想死。

我常是被聲音轟出家門，卻又被城市聲音轟回了家。

如此來來回回，從一個空間換到一個空間。古城布拉格讓卡夫卡無法寫作，新城台北常讓我頭痛。

有寫作後輩問我，到咖啡館寫作是爲了聽流言嗎？我笑著簡單說是啊。其實不是那麼回事，因爲聽來的只能是碎料或廢料，離可轉化的邏輯性情節還很遙遠。

我去咖啡館有個很奇異的理由，我這個終年不上班的人，穿戴整齊前往咖啡館，是去啓動內在機制，告訴自己得做點事，不要每天關在家裡。

那些年我常去天母一家咖啡館叫CHICCO D'ORO，直到它有天忽然無預警的關門，加值卡頓時成了廢卡。

無預警，近來常聽的新聞用詞。

加值等於貶值。

卡片的剩餘價值是可以用來權充刮痧板。

起先我叫它黃色咖啡館。從招牌到侍者制服到餐單皆是一片深檸檬黃，冰冷的鋼鐵配著骨董吊燈，黑亮大理石桌旁是白色椅子，吸菸區是雲彩白的大理石桌子配上黑色椅子。

這裡的義大利焗烤麵味道道地，且端來時夠燙。

在咖啡館戶外抽菸區的夜晚故事上演益趨火辣。同性之愛和異性之戀其實內裡都是相同的，皆以嫉妒貪愛爲底蘊。

我常覺得自己是個竊聽者。

愈晚聲音愈怪，各種聲浪交會滑過：我那個同學不好看，外型吃虧，但是她能力和個性都很好，她的眼睛很小，戴隱形眼鏡要戴半小時。另一個女生說，叫她來找我，皮膚不好換果酸，長痘痘就吃葡萄籽，還有抽脂豐胸啦，近視去做雷射啊。

在場唯一的男生說話了，請問這樣要花多少錢？二十萬，花個二十萬換一生有何不好，大夥嘰嘰喳喳探討整形。

右邊一桌傳來擤鼻涕的聲音。

暫時分手吧，男人說。

分手？你就不會再理我了啊？

年輕女人哭著，男人不耐煩又說，只是暫時分開嘛！

感情哪有暫時的，女人哽咽著，淚水成了籌碼。男人轉身，以為要走了，結果轉回拿了很多紙巾遞給女人。

咖啡館的流言，關乎的都是感情的分合與恩怨。

我這個城市咖啡館竊聽者，沒有人發現我的耳朵。

天母這一帶的咖啡館地圖常更換，因爲隨時有關門的店，一張租被撕下，一張租又貼起。有時日日行過，就見那寫著租的紅紙褪成了白，天母多的是田僑仔，房子也不急著租的模樣。

一個女人行經美容SPA的看板下，神色索然，高跟鞋敲得地磚叩叩叩響。瘦身女王正把賺得的皮肉錢以更物質的寢宮和法拉利來表彰那些從人們身上抽得的油水錢。

鄉下的抽肥車突然跑進了我行經一家美容店的腦海裡。

一輛閃著紅燈的救護車火速地奔駛向榮總，身體崩毀前，皮相之美當家。

我這個城市竊聽者也該回家了。

城市異語

媽，妳身分證字號多少？

我看看。電話那一端接著傳來說：第一個英文我不會唸，看起來像是9倒過來。

我想了好久，還是想不起來哪個英文字是9倒過來寫。

奇怪，我跟別人都是這樣說，人家一聽就明白啊，就妳不知道。母親常參加鄰里相招的旅遊團。這些歐巴桑常聽不懂要去那裡，反正「人招就去」，於是竟有人去了「琉球」四次的笑話，搞不清琉球就是「那霸」「沖繩」「Okinawa」。

隔幾天我乾脆親自去拿她的身分證看，原來是p。

9的倒寫是p，其實也沒錯啊，母親有母親的生存智慧。

就像這麼多年來，她聽不懂看不懂國字，但她有她自己記憶文字的方式。我想在台灣已然佔四十多萬人的外籍女子也是這般記憶她們的異邦文字吧。

在台北午後咖啡館也常聽得一些奇怪的語言，那些利用下午在咖啡館談生意的業務行銷專員，常聽得他們吐出「扣打」（額度）、「肯密秀」（佣金）的變形英語，聽來就像是母親常用的語言變形。

台灣語言早已進入雜交之境，各種語言飛沫的變形在耳膜間。

只是任何的語言再好聽，也禁不起一群人同時吐出。

前方正有幾個日本女生，鶯鶯燕燕，忽然全成了麻雀。語言乏味的人總讓我不帶勁。

另有一團人說話姿態顯然驕傲，他們維持的是原鄉語言，只因這語言透露一種怪異的自我優勢。因而不論一張臉掛的是黃色或白色，他們說話就是拉大嗓門，像是因爲講英文而有了高人一等的音調不斷地迴盪在我的耳際，他們好像以爲別人都聽不懂英文似的高揚著聲調，而殊不知在咖啡館旁的聽者已經因爲他們說話的腔調與內容而感到頭痛不已。

即使生活在台北，他們還能如此地以異國母語自居，只因此地是天母。

咖啡急轉彎，一家在巷弄的咖啡館，咖啡毋寧只是附屬，更多的異國食品才是妝點這家店的主要風情，玻璃櫃內那些起司臘肉火腿香腸肝醬燻鮭魚牛排，瓶瓶罐罐的小黃瓜洋蔥芥末香料，各國啤酒……這家似乎是一種高檔的異國食品提供者，相對於那些提供給泰勞越妹賓妹的商店，你絕對不會說這裡的異國充滿了迷亂，光是那中英文對照就像是一種身分的認證。

我第一次來喝咖啡和吃貝果時，從來客的樣貌與買此地商品的樣子感受出來者都非常喜愛此地的外國食物，進來者如果是老中就會有一種上了年紀Old Money似的那種人，或是因爲天母地價而發跡的小土財主，或是住在國外好一陣子的台北人，樣貌談吐都帶有一點外來風，說話不時夾幾句英文。而幾乎沒有年輕台灣人進來，如果有就是嫁給外國男人的台灣女人。還有不時有推著嬰兒車進來的老外夫婦，外國女人下臂通常碩大，兩乳搖晃，整個人像是吸食了過多油脂地垮垮的。

在這裡聽不到對於中國菜肴的名字，不斷貫進的字詞是迷迭香葉子的好還是粉末的好，薄荷醬義大利的好還是德國的好？

甚至在天母受美式教育的台灣小孩和純中文式的小孩連長相都顯得很不同。

不知爲何外國人在台灣說話都特別吵，尤其是妞。天母的星巴克，若有外國妞進來，只消兩、三個，音量便足以銷毀一間咖啡館的安逸。

不斷地聽著她們尖叫地吐出上帝！上帝！

我望之興嘆，對於這樣喧鬧的分貝。

同時天母西路的吵是混合著救護車開向榮總的疾馳尖鳴。

台北是這樣的城市，轉個街就可能完全從鬧到靜。

我幾乎是在外國妞的聲浪中被逐出星巴克。

最後我想去喝茶吧。

明月堂，日本風，禪意店，喝茶的都是有點年紀的。而喝咖啡已經不再有老少之分了，這項活動已經成爲台北人的內化行爲。

喝著喝著，太安靜了，我反而睏了。遂趴在桌上打盹。醒來天色已暗，白駒過隙飛過眼前，春雷突在窗前巨響，一道白光射入榻榻米，在日式店喝茶的驚蟄，這種在公共空間打起盹來的經驗在熱鬧咖啡館可絕不曾有過。

來客是貓還是狗

咖啡館應該有貓，屬於情調的黑夜的空間都該有隻貓。

但熱騰騰提供食物的餐廳應該養狗，狗讓人好食慾，貓讓人想靜止。

有人開狗餐廳，有人愛狗成癡，天母最有趣的店名是「神仙菩提狗」（但很快就關門了）。

在天母星巴克咖啡館目睹一個女客正和服務生在爭著爲何狗不能帶進來的規定。

妳是嫌牠髒嗎？

不是，因爲我們的規定。

狗都可以上捷運了，你們這裡卻不行，這是什麼道理？

但我們這裡是餐飲店，怕狗有……

我的狗那麼乾淨，怕什麼，我覺得人也會有啊，有的人還沒有我的狗乾淨呢。

兩端高分貝對話，服務人員電話請示，答案是狗獲准進入。這座城市愈來愈善待寵物了，但是流浪狗命運依然在此國度慘澹。

在台北咖啡館櫃台點咖啡不會太有趣。

比如我說一杯濃縮瑪奇朵。

對方忙說那是小杯的喔，說著還拿起小杯子給我瞧。

小杯，濃縮之意。每回點這個，就會被再確認一次尺寸。邊說還邊用食指和拇指比劃。又或者點小杯，也會告知你希望你改換中杯，因爲只差十元。點中杯，他又希望你點大杯。這種問話在國外不會發生，這些問話其實是一種干擾。

台灣很少人喝濃縮咖啡，櫃台服務生每回總得再強調一次。聽了我屢屢想笑，這暴露了我們這座城市還眞不是懂得喝咖啡的啊。這一問，把所有的台北國際觀都給驅走了。

我去了那麼多國家的咖啡館，點濃縮咖啡從來不會被提醒這是「小杯」的喔，這是哪門子的問語，這樣解說讓我頗厭。（當然服務生是好意，怕客人誤點。）因爲畢竟便宜又大碗的拿鐵總是最受歡迎，因拿鐵咖啡普遍人都能喝。

老一輩人是例外，比如我爲母親點一杯拿鐵，結果母親還是喝不慣。

母親妳稱這種自助的咖啡館爲「自己買」咖啡館，也就是自己要走到櫃台點且自己端的意思。

凡事凡物當然都是自己買。妳說起以前笨笨的去自助餐廳傻傻地等了半天，才知道是要自己拿鐵盤點菜的笑話一樁。現在到處都是自己要去櫃台點的店了，從便利商店到連鎖咖啡館，自由感已經超越了溫飽感，成了城市人們的訴求。

妳第一次到台北喝咖啡，看見這麼多人很驚嚇。妳並一直嘮叨著好貴好貴，三合一一包不是才幾塊錢而已嗎。

速食麵一包也不到二十元啊，到外面吃一碗牛肉麵不也要一百元。我答。

唉，怎麼換媽媽呷米唔知米價啊。妳嘆息一聲，直叮嚀著我要省錢，還說喝咖啡會老得快，說著說著還把手伸過來掐了我的臉頰一下，「好枯乾啊！」

喝咖啡會老，妳又說了一回。

老了，妳就沒路走了。老媽子對黑黑的咖啡說來是沒好感。

貴婦團的午後光陰

在下午五點以前，這裡絕對是聚集最多日本女人的咖啡館，座標在天母各種咖啡館，也有不少金髮者，美國學校學生。

充斥日本女人語言空間的咖啡館，從不見日本男人，日本女人正確該說是日本年輕媽媽們，她們都是這樣度日，在這個異鄉國度的咖啡館，等待小孩下課，接回小孩後，等她們共同的男人，一個父親一個丈夫，一個早晨出門還有著極高溫暖的男子回家時可能疲憊可能沉默可能抱怨又可能突如其來暴怒的當家男人。

日本媽媽善於等待善於委婉的姿態從來沒有被改變過，但其實姿態是扭曲的。

我常想如果這樣的生活需要度過十年（以上），底層的精神難道不會出問題。或者她們像大多數的凡夫俗女，壓根兒就是不會想太多地日復一日，等待小孩大了，自己也等老了。

但等待小孩放學的婦女是時髦的，裝扮還算有型。我在咖啡館望著她們總猜想她們都做什麼活動呢，離開一家咖啡館後？

後來發現，在天母咖啡館有時會見到一些奇特的女人團體，其實團員有許多都是來自於年輕的媽媽們，內涵深一點的辦讀書會，姊妹會，茶道會，插花會，旅遊會，自助會，瘦身美容婦人在聚會的狀態，東扯西聊，像是刻意出現的樣貌，全穿著抓住青春尾巴的卡其褲，上衣是極簡的黑，開著名車。

有錢婦人學習一些玩意，嫁得有錢老公，日日裝扮自己，聽得出有一些是靠贍養費的女人。非假日咖啡館，閒閒的午後，這類女人以群聚姿態出現，迅速攻城掠地，是此區域貴婦集結的現象。

陌生女人忽然問我喜歡跳舞嗎？

這群女子等會要去跳舞，跳探戈，邀我同行。台北探戈是她們組成的跳舞俱樂部，我說除非像電影「探戈」那麼帥的舞伴才去。我的腦海卻跳到台北歐吉桑在跳著社交舞的畫面，頓然興趣全失。其實究探內裡，不論是否有帥哥舞伴出現，其實在台北我壓根兒就是無法進入任何一個活動團體，我深知我無法，並非不喜歡自己的城市女子，而是我必須到異地去陌生化了自己才能有扮演，跳舞是一種扮演，姿態上的扮演，我要進入前必得先陌生化自己。

跳舞和書寫於我完全是兩種迥異的活動，先不說內外、靜與動的不同，而是跳舞我必須陌生化自己，而寫作恰恰是我必須進入我自己，我藉著跳舞之類的活動可以忘記自己，但我必須藉著書寫才能認識自己。不寫作我會覺得自己很陌生，不跳舞我無法遺忘自己。我寫作，在自己的城市。我跳舞，在他鄉的城市。

跳舞，台北女人新興的活動。佛朗明哥、探戈、騷莎，舞出女人的情慾，流出悶在皮膚底層的汗垢與長期孤獨的壓抑與憤怒。

捷運與公車 速度與冷漠

妳出巡於外，還是腳蹬孔明車和兩條腿。

我是開車族，二手車送修時，就成了捷運族。

母親妳很怕老了之後生活大城市，因爲妳畏懼文字、機器與速度。

在妳未搭過捷運時，妳一直拒搭它。於是妳先通過我的述說才認識了它，降服了它。

快速列車如龍蜿蜒的長相，無人駕駛的車廂，以每隔五分鐘一班的班距向前滑行，裸露的矮房屋頂從拱起的橋上可以一覽無遺。

無人駕駛？

電腦駕駛的。

電腦也會滾土豆，妳點頭說的卻是廣告詞，妳馬上理解了。

這列車開往哪裡？

動物園。

妳說哪天我們去動物園看大象林旺。

林旺早死了，我低聲說著，不敢質疑妳的記憶。

不開車時，我喜歡搭公共交通工具。把眼睛望向外面，望向城市的某個方向，望向雨中的某個人影，但是就少把眼睛望向另一雙眼睛。吸進了大量的冷空氣，也把冷空氣釋放出來，直到把自己變成了個既冷且生硬的繭，在城市裡我們都只是蛹繭，無法翩翩飛翔。

雨天時，若搭上木柵線，我喜歡站在第一列車廂的第一面玻璃前，看著雨霧中的反射鏡反射出自身模糊的影像；並從斜斜的角度裡望見大量的黃色車子在車陣中。夾雜著濕氣和汗味的車廂，被冷氣吹拂在四周。

我特別講述給母親知道的是不可以像公車一樣上車丟錢，須先在入口前於機器上按鈕買票。母親一聽到機器和按鈕，眉頭就先皺在一塊了。她說，我又不識字。我幫妳買張悠遊卡，一刷就可以過了。

有油卡！妳點頭說好。

我知悉母親對新事物充滿了想像的好奇，一如當年她津津樂道新上市的花布設計或是哪個植物有了新品種。母親的期待有了新的依靠，對她而言這是一座看得見的城市，想像的空間可以觸及之地。可以寄放孔明車嗎？妳接著問，我說某些車廂可以。妳又更開心了，忽然感慨地說就不用受公車司機的氣了。

眞的可以少受氣。

在台北搭公車無法優雅，公車很少停在乘客眼前，總得追上那麼幾步。而且看見司機打開車門，還得心懷感激。

近幾年公車在競爭下改變不少，司機會廣播到站站名，有回搭278公車，見司機旁邊有個號碼，乘客身分證字號尾數和上面號碼相同者，「下回」可半價。

再者是見到司機穿著紅色外衣和戴起紅帽也能知曉耶誕節快到了，司機腳下有一袋糖果，我在刷卡時還在想誰會眞的彎下腰來拿糖果吃時，身後的妳竟然就眞的彎下身抓起幾顆糖果了。

吃吧！以前哪有這種好康事，不要被公車小姐推下車就不錯了！妳遞了一顆義美糖果給我。

我發現以十多年前的記憶來搭乘台北公車還是可行時，我不知該對我的記憶高興，還是該替這座城市的不變喝采。

自從退居郊區，台北於我直如進城出城之感。

把車停在捷運站，轉乘捷運再搭乘公車已是某種關於台北行的方式之一。在捷運的停車場泊滿汽機車，宛如是東京地下鐵站旁的腳踏車，暫時被主人擱著，等候主人自城心賺錢歸來，拖著一身的疲憊再騎走。

22號公車。記錄著曾經十年前我的身影。

彼時我住北醫莊敬路的某棟頂樓加蓋，和雜亂的水表及角落因濕氣而無性生殖出來的雜草與老鼠共處的日子。22公車路線依然，直駛筆直信義路，出現同樣路線的競爭者是「信義幹線」，我依然選擇22，像是爲了某種高尚的懷舊理由。經過世貿後，我的心開始有點陷入返鄉的雜蕪感，我不知爲何要坐上這輛公車，爲了走一趟莊敬路，仰頭看看那棟樓住了哪個女子？我想我不好奇，但我想走一走莊敬路，在莊敬路上，我曾經一點也不莊敬的日子。

22，台北車站忠孝西路搭上它，沒有五元銅板，遂投了兩個十塊錢銅板。哐噹相疊相撞的銅板落了底，我尋了個位置入座，四周非老即小。剛剛那兩個十元銅板互觸發出的叮噹響，讓我的思緒掉到妳，我總是不可避免地一定要提起妳，像是說故事者一定要提起「從前」或是寫小說者動不動就抬出個「夢」或「鬼」般。

母親，妳這個角色於我的書寫實在是對比得太好用，我這個臣女像是不斷出賣帝后秘辛的人，其實當我說起妳，內心總是蒙上難以述說之境，述說者無詞了，於是抬出更荒蕪的角色上舞台，好讓世人明白這個提筆者的匱乏與任性。

我彼時聽到銅板聲興起一種莫名的惆悵痛感，是因爲這幾年幾回聽妳說起坐公車總想省錢，妳投的銅板是老人的價錢，爲了省那幾塊錢妳在上車的片刻總是忐忑不安，怕司機突然要看妳的老人證件，司機會開罵人的。可妳從五十幾歲起就用起「老人票」的權利了，未六十五仍執意這樣下去，爲了省那麼小的銅板錢卻寧可把自己弄老一點。

就像母親妳搭計程車時，總是指揮著司機往右往左，走哪一條路，就深怕被繞遠路多花了錢。我記得以前妳打牌或買彩券可凶猛的，我想妳總是輸大的，卻省小的，母后的帝國原來是這樣極度地傾斜著。

妳說上公車片晌驚得要死的心情時，我聽了總受自我畫面延伸影響，想像妳低垂的臉孔，總是因爲這樣的想像而非常受折騰。妳忘了年輕時妳還曾勇猛地摑過車掌小姐的臉啊。

要是妳見我多投五塊錢定然會叨念的，因爲這樣的對比，我和妳兩代的生活總是產生非常具體的斷裂畫面。書寫台北，缺少妳這個人的歷史述說，就有如舞台沒有燈光，將黯淡無光。

台北車站

「以前總是要拜託開卡車的順路載我們上台北或回轉南部。」妳說。嗯，坐在巨大的聯結車後面，和受親戚之託的陌生司機同行，有時司機只開到交流道，我們母女只得下車，距離故鄉或是台北目的地都還好一段路呢。我和妳兩個人，一大一小，就這樣一路走著，又或者搭到肯停下載我們的便車。

台北車站的地標建築在新光三越未高高築起前是希爾頓飯店，現在這一帶堪稱台北「地王」。希爾頓易名成凱撒大飯店，曾令我錯愕，像是一個熟悉的朋友突然易名般。天橋轉成地下道，天空在頭頂消失，攤販也消失。到處有穿著制服的女生跑到街上散發廣告面紙，她們頂著天使臉孔，要我們加入美容瘦身或是健身行列。

都吃不飽了還瘦身，妳說，妳還殘留飢餓年代的恐慌感。

走在車站附近，宛如是進入燈火如光速飛馳之地，以前走在天橋上，很愛停下來眺望車流往來。週五下班下課潮時間，也是某些人必要的返鄉潮。我在週五黃昏深陷此局面，只能慢慢地在車站附近晃著，晃的緩慢速度在此區域是錯誤的節奏，於是我不免總是被許多趕搭車趕上課趕約會的冒失鬼東撞西撞著。

廣場到處有人堵住前方去路，抓著人作問卷。

在捷運地下道用餐，每一桌都挨得好近，熱煙騰騰，唏哩呼嚕的湯汁在筷子與唇舌邊來回流蕩，溢出了湯湯的邊緣，鄰邊空的座位總是置放一、兩包行李。

台北火車站匯集各線，入站火車從板橋開始進入黑暗地底經年，而我是這一、兩年才有一些實質搭乘的感受。台鐵火車誤點是常事，擁擠時火車上販售的便當竟然才到第八節車廂前方就全數賣完，軟餓地躺在椅子上，抵台北時在捷運美食街餓的時候都會想吃碗拉麵。

空間小，每張桌子擺得近，旅客挨著吃，像是日本拉麵有的隔間成一格一格的，每個人都面壁專心吃麵，逐品湯頭和麵料極微細節，剛開始吃時還會探出頭來和友人伸起拇指讚好。

捷運的拉麵店是我和他者吃麵最近距離的空間，我和任何一個旅客挨近地吃著麵，像是一道來的朋友，在尖峰時間捷運的一家拉麵店裡我和陌生人挨得很近。

吃完若有時間也多是晃去誠品，車站的書店成了一種打發時光的消費場域，知識性退了位。

有一回夜晚從清大回返台北西站，走出西站進入旁邊的地下道可以直通捷運，夜晚十一點多的地底有一種異樣的空間感，白日捷運大街的商家都拉上鐵門，很長的隧道似乎走不盡，旁邊若有人跟在後頭，便會不自主地心跳加速步伐加快。

從台北西站進入地下道行至捷運，在夜晚走起來覺得路好長好長。不知你是否也有此經驗，夜晚走在自己的母城地下街道卻感覺非常害怕。這害怕裡頭有一種原因是出自於自己對空間的陌生，我陌生於台北甚比紐約，這是怎麼回事？

每回從其他城鎮回到台北時，會感覺還是住這座城市來得習慣，這裡的咖啡館街道都有一種我們自身相容的對應空間。（但是如果我從巴黎回到台北，就不會突然覺得台北變美了。）

現在有了高鐵，速度又把這座島嶼刷上新的感官顏色。

另外，各種捷運的出入口成了「交易」站，常見一人在站內，一人在站外，看著手裡帶來的物品，一看就是網路的買家賣家，物品面交，約在捷運站。站內是不想還要花個錢出去，站外的人也不想花錢進來。

此爲捷運提供的交易場地與網路拍賣的新延伸現象。

台北客運站

有很長的時間我不曾進入搭乘客運的空間。

搭客運者有很多外籍新娘，她們搭往桃園中壢一帶最多，我也被她們看了一眼，不知她們會覺得我是做什麼的？

總之，不會有人猜是作家。作家是個虛詞，並不存在我們眞實生活裡的人物。

許多人坐在塑膠椅上無聊地看著電視新聞，藍色橘色塑膠椅是城市公共空間最常見的家具。塑膠椅連接成排，仰頭看電視螢幕的，低頭看報紙吃便當的，腳邊通常擱著廉價贈送的旅行包，某某旅行社或是證券商的贈品。

寄物櫃上方特別註明嚴禁寄放「動物、骨灰、爆炸物品」，誰會在寄物櫃裡放「動物、骨灰」？十足小說感的畫面。

幾十年來的「乞錢」戲碼仍在上演，流浪漢、小女生、隱形黃牛，此爲車站的鐵三角（現在多了外勞）。小女生跑來對我說她掉了錢包，她說：「我沒有惡意，沒有惡意，我只是掉了錢包而已。」（我沒有瘋，沒有瘋，我只是來借個電話而已——馬奎斯短篇小說在台北車站上演，如劇場的停格片段。）

其實我的際遇也曾經和小女生一般。

我的錢包就在走下客運時不見了，一時之間沒錢轉搭捷運，但又不能向別人訴說我錢包掉了之類的事實，這城市還有人會相信這樣的事嗎？謊言已遮掩了眞相。

問題是總得回家，只好硬著頭皮在捷運的詢問處隔著玻璃訴說著：「我錢包掉了，先生可否先借我錢買票，我一定會再拿來還你……」叨說一番，那先生竟也面無表情地聽著我把整個掉錢的過程說完，接著他面無表情地轉身從資料夾裡取出一張空白紙。

我看了內容才知可暫時通關，表格有如借據般，從哪裡搭到哪裡，票價多少，多久期限內要歸還等。

這老兄也不早說，害我在公共場所陳述聽來像是謊言的遭遇。

自此我才知道捷運有此「借據」服務，迷糊掉錢包的人暫時是回得了家的。

南陽街集體劇場

台北再也沒比南陽街更魔幻的街。

若是透明化街上的大樓，拉開視野看去，將會看到一種可怖的景象，每一個空間都坐滿了學生，密集班的頭上還綁著「必勝」白巾，完全的集體與強權管理，到了中午也都在進行著集體的睡眠，然後醒來，在集體中進入死K書考試的反覆動作，一旦一年過後，考上名校，又是好漢一條。

經過這裡，和學生相關的事物皆備了，其中又以吃為主，到了中午成串被考試打下來的準考生出來覓食，每個人的身分都寫著「重考生」，每個人的臉上都無盡的疲憊。重考生相聚，日後不會用「同學」字眼相稱，因為補習班的一切都是過渡期，過渡到一個正常的主流價值的軌道，誰願意提及，或攀上這樣的邊緣關係，說某某是我的補習班同學，多麼名不正言不順，誰不極力擺脫這樣異常黏滯的生涯，國四班高四班，多一年卻沾上一種辛酸感。

當然這條街也有很多不是重考的，相反的是為了考托福，放洋海外，或者謀公職的考試。總之進入這些房子裡面的人都有一個前進的目標，因為前進的目標而甘願一段時間的異常擱淺，擱淺在非常異常的空間與時間。

很可能補習班裡的人日日相見也不知道名字，也不會記得長相吧。而那些台上的名師也多取了兩個字的化名，我們等公車時常見到儒林補習班某某數理名師等字眼，廣播廣告不斷地宣傳保證考取，否則退費，還有諸如什麼標榜第一志願資優班等等。有家補習班就直接叫「台大」，真是酷到極點。以前常有人開玩笑說他是台大畢業的，當聽的人開始露出某種你不錯的眼光時，說的人倒是自己先笑漏了底，原來是台大補習班畢業的。

補習班的師生關係和補習班同學一樣，都是露水姻緣。考完大考如陽光現身，露水消失，正式姻緣方進到學子的身分裡。

名師不是教你如何會讀好書，而是教你如何快速抓住考試要領，考得高分爲一切目標，就是囫圇吞棗也得記憶。或者他們會發明很多撇步，用奇怪的記憶連結，來讓人記住單字或是考試答案。

我每每行過這條街都有一種非常怪異的眼光，仔細看著和我錯身而過的學生面孔，這些生命暫時被落陷在格子生活式的空間臉譜，多半表情很少，像是被囚禁過久的人，臉上不太動彈，眼神也多空滯。或者心裡看見什麼好玩的事物也不敢多所逗留，因爲補習班的考試時間在催促著他們。

異時異質的城市魔幻大街，有著集體表演性格的舞台感。

台北東區遺族

等捷運，我總會無聊地食著字，眼前燈箱看板廣告印著「慢慢發生　漸漸變壞　再也不回復」說的是失智症，我卻想起的是愛情的樣貌。

下一站：忠孝敦南站。東區到了。

還十幾歲時初聽到台北東區，總聯想那些時髦的公主與王子相會流連的許多場域，像是永遠無法企及似的時髦生活。

及至大學畢業後租屋在那附近，倒覺得東區一點也沒有多麼時髦的身影，台北的黃金里路是不明顯的，台北讓各種人都可以出出入入而不會相形見絀，除了採貴賓會員制的私密空間外，台北城市對一般人算是沒有太多糾葛與掙扎之地。

東區連結的是我的愛情遺跡，愛情的凋萎關乎世故的清醒。

這一天，我像是東區遺族般地重回這塊我曾經租屋頂樓所住過踏過望過兩年的台北遊蕩歲月。從城市建築海域正要垂降的火紅夕陽已經在身後搧著遲暮氣味，我從延吉街忠孝東路口走出一棟掛著「宜蘭同鄉會」牌子的大樓，我想著台北大樓裡隱藏著多少某某「同鄉會」的這種奇特組織。

人們到異鄉總是習慣組成同鄉會或是宗祠會之類的組織，就像大學裡舉辦的校友會一般地聯繫感情或是作爲一種同盟。

我從不知道台北有這麼多這樣的同鄉會組織，忽想起某一年寫故里雲林時，曾接到一通中年男子電話，說是雲林同鄉會的某某幹事，很高興看到我的故鄉文章，希望我可以加入同鄉會等等。我聽了覺得甚無趣，回說對不起我從不加入任何組織。我總以爲人可以靠理性與感情聯盟，而毋須名號。但城市需要名號，就如愛情需索身分，名正言順就可結盟。

東區交通黑暗期，霓虹燈閃閃爍爍，路面坑坑洞洞堪比感情。

過往常在東區出沒，卻是事隔多年，第一次走進明曜百貨，以前的統領百貨變成加州俱樂部。頂呱呱還在，Esprit也在，這家旗艦店曾經創造打折時長長隊伍排著結帳的怪現象，如今連鎖國外品牌在台北太多了，反而Esprit接近NET之感。

統領消失，成了大雜燴的一棟大樓。百樂門不再樂。

這東區雖時髦卻常易主，故東區很台北，沒有永恆，只有存在。

以前常和友人到此看電影，現在成了城市男女的健身俱樂部，我的書寫永遠跟不上城市這一帶商街變化。

東區，關於ATT，關於216巷，關於東區涼麵關東煮，關於東區粉圓，還關於我的愛情前朝記憶。

才走一會，時光已忽近傍晚六點，許久未至東區，巡著可能的美食。覓來巡去，卻在某個「我和他來過這裡」的記憶召喚下，走入一家店。才入座就後悔了，加上還沒看清楚菜單時，一個大胖妞就木然地走來問著要點什麼？

我最厭有人在旁催促點餐，胡亂點了雞肉捲和旗魚羹，過甜的羹湯以及熬過頭的白菜和油豆腐，一直在我離開店家後仍持續反胃著。

整晚浮上來的種種餿食氣味，讓我狐疑著我去對地方嗎？怎這回吃的全然不是這麼回事？究竟是他的消失改變了我對食物的評價抑或店家的品質已然不復回歸記憶裡的好？又或者時光並不曾動手腳，只不過是那一陣子我自己的消化常出問題？

然就一個東嗅西聞的東區遺族而言，這樣的回顧經驗是差的，一如當年返鄉的外省人對原鄉的失望破碎，記憶因為一次錯誤的食物而嚴重地蝕去了我對情人的區塊，但我又想若情人尚在身邊，恐怕這樣的感受還是甜美的，即使羹湯過甜白菜過朽，情人在也等於感情完整，不至於傾斜。

那時吃罷魚羹後即忙不迭地後悔，繞去星巴克喝了杯黑咖啡，企圖壓住嗝上來的懸浮體，但依然沒用。這又讓我想起感情，離開一段感情，忙著去談下一場戀愛，也壓不住我們愛情耽擱過久且過期的嚴重干擾。

愛情質變，食物發餿，正符合我這個東區遺族，我立在我曾經熟悉於幾秒鐘紅綠燈會轉變號誌的路口，我知悉我再也不能任憑記憶召喚，我必須仰賴現有城市的資訊才能避免誤入歧店，九〇年代忽然離現在的東區竟已是遠的了，我這個遺族要重新在此復活，必須丟棄愛情的記憶，愛情記憶作祟的事通常都是舊夢幻滅。

經典的愛情地標發生在東區，「我喜歡妳把我放在妳的生命裡的經典位置，有一個位置放著我，我就很滿足了。」他說。

但也僅止於如此了，經典是實情，但說穿了也是一種安慰的言語，實則之於現實都是虛幻的存在。

作爲一個前朝遺老的我，該如何忘卻我所遺下的前朝美好？像冷掉的咖啡，顏色仍在，香味已殞。

只要地景尚在就是一種勾引，憑弔記憶只需給一個圖像。

很快地我來到光復南路後面停車場的許多巷子，巷子林立各種餐館咖啡館。

其中一家今已易名，然空間設計骨架皆同過往。我臉貼近玻璃窗前一晌，我和另一個他在此分手。他要我再靠近一點再靠近一點，我身前傾至對岸的他，他的頭移至我的耳畔忽忽吐出：「我愛妳，妳是知道的。」

我不知道，你這樣的表現我何能描繪愛的面貌？

絕然而去的人，要我相信愛的存在。

光復南路這家咖啡館庭園外的樹已經長得很高了，這些巷弄刻印著台北古老公寓的遺痕，和我這個古老遺族一樣，但我貶值了，它們卻升值了。

我在那家咖啡館的玻璃窗前看著那個我曾告別他的位子，我靜靜聽著他的決定，他說和她共買房子等等之事都是我所無法提供的。錢財的事我一點也沒轍，只能聽聞他的一切決定。

我大約看太久了，咖啡館的服務生走了出來，告訴我下午茶兩百元，蛋糕任意選的美事。我對年輕男生微笑說只是看一看，並佯裝看看錶說和別人約在前面的咖啡館，以後再來你們這裡。

服務生笑著走進去室內，晃動了一下大樹的枯葉，枯葉辭枝在風中蕩出一個漂亮旋轉弧度才墜地。

這城市埋藏著許多個體的傷心地圖和極樂地圖。

我記憶東區咖啡館似乎都和情人分手有關，若是步履再往前行至明曜百貨一帶，我將憶起和另一個他分手的畫面。

東區是世故的，一如情人的世故。

關於東區，沒有和母親的記憶，有的是我和情人的惘然足跡。

消費大港 信義計畫區

我曾住過莊敬路不短的時日，兩個租處共四年，那些年剛畢業，很希望自己是個沒有身世的人，每天都在躲母親的感情飛刀。

舊巢周圍面貌今已遽變，生活過的刻痕遭物質世界覆蓋抹殺，直如異鄉。

行經以金磚價位打造的樓房，意識瞬間跌入這一區還荒煙蔓草的年代，現在這些荒地開出的花朵都是鈔票。曾有個老先生當年來到此地時向鄰人借了一塊地種些菜，後來鄰人說老先生你乾脆買去吧，也好認眞做點營生，老先生以幾萬把塊買了塊豆腐大的地，設攤賣食。哪裡知道幾十年過去了，有一天有個西裝革履的中年人捧著兩千多萬現金要向他買這塊畸零地。

這是大都會才有的傳奇。

台北進入隨時誕生富翁的奇異時光。

闖進超大型人工區，像火柴盒一區區擺放的建築，雪花亮片般的霓虹是年輕的世界，在這裡別說是我，連二十五歲都老了。整個街區彷彿憑空彈起，新興的台北物質世界竟充滿一種組合感。

物質，物質，消費，消費，努力工作然後花費一空，然後再墜入另一次循環。

這說來不也是一種現世輪迴，輪迴不用等轉世，輪迴在生活在愛情裡日日上演。

我生活城市，我雖駭然於這樣的模式已然全面進入生活，也拒絕這樣的生活模式，但我卻無法拒絕美色炫目，人工當然也有美色，美也不獨自然專有。問題是，我們打造了什麼樣的人工景色？

生命恆處兩極，極城市與極荒野，二者皆我所愛。曾有人問我爲何喜歡城市，我或答以因爲維吉尼亞・吳爾芙喜歡倫敦，她喜歡日日受那城市轟隆聲色馳過。我或曰，城市像一張人性組合的大地毯，在華麗中藏滿髒漬，城市像是人們集體的大子宮，每個人浸淫在此，歷盡滄桑。

我曾一整年晃蕩在信義計畫區，因那時每週三在信義社大教文學課。總是提早到此遊晃，像是一個白日的無業遊民，周邊晃蕩著年輕卻很有錢的不知名貴婦，或者剛做完SPA或健身的女郎，新興百貨區，百貨區像一座燈火悠晃的港口，巨大的Mall承載著物質，有如港灣的貨櫃連結，唐代畫舫也不過如此。

塗抹厚妝的專櫃小姐不斷微笑吐出沒有溫度的「歡迎光臨」，對著遊人搖晃濃烈氣味的香水試紙，挨著化妝櫃台邊的女人正用厚厚鈔票換取薄薄青春。

青春之外，就是吃了。地下美食街，我行過一攤過一攤，每一攤都想駐足，卻也每一攤都不想吃。當物質世界太過巨大時，我的胃口會突然緊縮，或許這裡頭帶著某種驚嚇。

在物質世界流蕩愈久，心靈對自然的召喚也就愈大。

就像這裡，我是怎麼逛也逛不完，於是總是逛一下就又晃進咖啡館，在咖啡館裡，我可以看書看人，咖啡館一直是這座城市對陌生客的美意。

信義計畫區，誠品書店像巨大超市。

因外面車潮讓我暫時淪陷在信義計畫區的某家咖啡館。四周是無止盡的人潮喧嘩，我打開電腦寫了一則夢，和四周對應，我感到自己是一張超現實的畫。

在這樣潔亮的空間，聽見自己的心發出一陣憂傷的音節。音節很短促，很快我就離開了。

然後我來到信義社大，在教室的黑板上寫著：今晚讀《百年孤寂》。

巧遇普魯斯特

再也沒有這樣的剎那，人生罕遇的偶感經驗使過去事物重現的景象，充滿著電光石火。

那年，我曾經在此遇過普魯斯特。

當我從天母東路，穿過粉紅嫩白的流行色塊，跨過滿坑滿谷氾濫的慾望，我疾步彎至一條看似安逸的小路，極需偏安一隅以求安靜。約行過一個紅綠燈，紛擾的聲源漸拋於後，方才吃了太多甜膩色澤的眼睛略做休息，抬頭望街名寫著天玉街。天玉，令我有絲路氣氛的聯想。右邊望去是敦煌書局，「敦煌」的出現簡直天衣無縫的恰到好處。

我的大方位在天母。推門入敦煌書局，井然空寂的書店，買了本TIME時代雜誌，封面是《時代一百》選了二十世紀百位人物，百位人物的時空還原，時間以事件重現，持續的記憶，將靈魂逐一喚醒。百位人物，必然有瑪麗蓮夢露、約翰甘迺迪、拳王阿里、海倫凱勒、德蕾莎修女、戴安娜……一張張的黑白照片，尋求失去時間的人。

因爲生命豐厚或因傳奇精采，這些人不被時間流逝所左右，只會在《TIME》裡不斷被顯影，十年一輪要談他們，相關盛事要把他們湊合在一塊，二十世紀行將結束，當然得把他們抬出來刻劃一番。美國人眼中的百位人物，不再是活生生的人了；時間以功績展現，以被大眾記憶的程度，來挑中應曝光的臉譜，時間像是一個沒有人願意認養照顧的河流，但卻能自給自足。

因爲手上的《TIME》，牽動了時間流逝的軌跡，軌跡輾過意識的底層，就這樣地我自自然然的在台北這條繁華街道上想起了大文豪普魯斯特，他的逝水年華。

以至於原本天母天玉敦煌的「文字」所帶來的塞外之感在那一刻被「時間」瓦解了。

最妙的是，奇特的時間重疊在我走出敦煌的那一刻發生了。外在事物於內在意識的冥想中竟然如實現前，我看到敦煌書局對街的招牌上寫著「瑪德萊娜」法式西點。

平常如果撞見「瑪德萊娜」那可能極爲稀鬆平常，況且行於這條街幾回，從不知這裡有家糕餅店喚做瑪德萊娜，就在我想起普魯斯特的那一刻，手上還捧著本TIME雜誌時，一個對此時此刻有意義的文字符號出現了可疑的蹤跡。

我想定是我對於「時間」流逝的呼喚感過強，引起了普魯斯特從遙遠的青塚土壤裡射出了利箭，穿透了我的秘密想望，於是讓我望見了瑪德萊娜。

瑪德萊娜，Madelaine，一種用麵粉雞蛋和牛奶做成的糕餅，重點不在於它是如何被做出來的，而是它的文學身世，瑪德萊娜的回憶締造了普魯斯特不朽的時間感。

清宵細長的夜晚，不易入睡的普魯斯特將一小塊糕餅蘸茶喫，點心渣的那一勺碰到了他的上顎，頓時使他渾身一震，普魯斯特寫道：「我注意到我身上發生了非同小可的變化。一種舒坦的快感傳遍全身，我感到超塵脫俗，卻不知出自何因。我只覺得人生一世，榮辱得失都清淡如水，背時遭劫亦無大礙，所謂人生短促，不過是一時幻覺。」

一塊蘸著茶的糕餅可以引起人生短促等等之語，然而味蕾之後，普魯斯特又瞬間體悟到，第一口比第二口淡薄，第三口比第二口更微乎其微，「顯然我所追求的眞實並不在茶水之中，而在於我的內心。」

穿透時間的縫隙，腐蝕記憶的樑柱，一塊糕餅讓普魯斯特打造了時間的地基，生命的藍圖用了七大本文卷來建構不朽，爲小說的寂寞旅路設了後人難以行經的版圖，普魯斯特以文字繡花勾勒的文字經卷是降靈盛會，只有極爲少數的少數人可以獲邀進入，獲邀通行的條件是你必須也是個享受孤獨，享受無限緩慢及浸淫回憶旅程，以品嚐曼妙光陰品質的人等。

七大本文卷，以十五年的光陰織成，普魯斯特以悠緩至極點的時間來抵抗消費行爲，卻以最易被消費的糕點喚醒時間的靈魂。在當今之世，誰等得及十五年的光陰以文字以記憶度那漫漫分秒？時間穿不透當今之人心想望，當今之人心亦以大眾消費來逃脫時間的鞭齒。瑪德萊娜的糕餅出現在台北，但是普魯斯特並沒有一路跟隨到台北。

畢竟品糕餅容易，入文字的相思難，探作家靈魂的深度更難。

當電光石火打醒我陳腐的心之後，久違的普魯斯特片刻來到我心，我向作家告解，我也沒有讀完他那七大卷的文本，但是我卻深刻地記住了瑪德萊娜，我和許多的大眾一樣，食物是記憶的勾魂物，食物是延伸的文化地圖。

懷著顫抖的心推開瑪德萊娜的門，有點太過樸實的裝潢，內心稍稍有些微恙了起來（空間有幾何學，時間有心理學），最不滿意的是白日光燈一排排地在頭上現著過亮的溫度，把躺在鐵板上的糕餅食物映著慘白著身，快速涉獵一番食物的長相，時間以滔滔告急的速度要我快點選擇，於是我在一個寫著「法式糕點」牛奶蓬鬆狀的麵包鐵板前，挑起兩個看起來有著高貴優雅外型、應該有著瑪德萊娜血緣家族的糕點。

看起來不像是老闆娘的小姐正在結帳檯前看著電視連續劇，劇情的動作正在甩耳光。

「請問妳知不知道你們這家店爲什麼要叫做瑪德萊娜？」我還是想試著問看看。

「不知道。」小姐收了我的錢，沒有表情的說著，然後繼續看電視連續劇。

我帶著幻滅的心往玻璃門走去，玻璃門應聲而開，把電視劇拋得遠遠的。這是個有瑪德萊娜的城市，但普魯斯特並沒有跟著來到的城市。

回家把瑪德萊娜糕點攤開，撕了小片聞了聞，牛奶的香氣飽濃，我的胃感到愉悅，漸漸忘卻了慘白日光燈的麵包店。梳洗後，到廚房煮了杯咖啡，咖啡香在濃縮機器裡發出噗噗的白氣流，香氣已經全面佔領鼻息，香氣喚醒我想起普魯斯特說的：「一股舒坦的快感傳遍全身，我感到超脫塵俗。」如此入世的夜間私密享受，卻能有接近電波的快感通透周身，簡直宛似無性之性的奇幻之旅。

撕下的那片瑪德萊娜，我懷著莫名揣想的心情把它放入嘴巴的黑洞內，藉由牙齒和舌頭摩擦的溫度升高，我感到澱粉吸收過的雞蛋牛奶香流溢著水分，使之不斷地再鬆軟的狀態中，舌尖披覆著粉屑，口齒隙縫的唾液一點一滴地消融著香味。

這個時候，端起精純的咖啡至唇邊，先透過鼻子吸了氣味，再入口之，香滑濃郁的咖啡流過了原先被釋出的雞蛋牛奶香，於是一股焦香和著自然的乳味，我感到滿足。

雖然沒有像普魯斯特能夠在糕點蘸著茶，觸及口腔上顎時產生了吃時的那種「榮辱得失都清淡如水」的禪機，但卻也讓原本容易因爲缺乏甜點而略微顯得焦躁的心，瞬間安逸了下來。

原來，光是瑪德萊娜糕點來到了我的母城也是夠感人的，對於大眾而言，普魯斯特的時間宴會畢竟是如此漫長遙遙且望之彌高。

當甜點和咖啡香滿足胃囊之後，時間在清宵細長的夜晚，清濾了某些創作的雜質，我決定赴普魯斯特的時間盛宴。

下次，你可以問我，在他的時間迷宮裡，我受邀進入第幾個隧道了。七大卷，在如此快速的圍城裡，普魯斯特讓時間之慢，顯得如此地不可或缺。

當然，瑪德萊娜也居功厥偉。

其實，瑪德萊娜進入我口腔的剎那，我被喚起的是童年有一回和母親去吃喜酒，最後一道甜點上桌時，滿桌的大人都吃不下了，只有我左右手還各抓一個黑芝麻甜肉餅的光景，讓黑芝麻沾滿唇邊也不會被挨罵的喜宴記憶。

城市陌生客

那時我爲了減輕麗水街五千元的房租壓力，搬到更廉價處。

那是一個奇怪的地方，在永康街。四十坪大的房子隔了八個房間，最大一間五千元，我的三千元，兩個榻榻米大，一張床一個書桌一個達新牌塑膠衣櫥外，就沒了。浴室擺滿了各自的塑膠臉盆，各種顏色下的底盤貼有紅色鴛鴦，也有史努比或凱蒂貓……。

我的小房間很像囚室，窗戶正好面對著另一個人家，租處的房子比外面的一樓還低，我得跳上書桌才能看見窗外的廣場。和對面人家還隔著一個公共花壇，那人家正好走出一個歐吉桑，提著澆水器要澆花。

這花都是你在照顧的啊？我問。

歐吉桑嚇了一跳，我看見他背脊彈動了一大下。

他提著澆水器走到靠近我的窗前，他稍微降低身子在我的窗前探頭探腦地巡著一遍，「妳就住這麼點大的房間啊？」他問。

是啊。

我的廁所都比妳的大呢。

那你可以租給我。

他笑著搖頭，租人麻煩啊，有的不好趕也趕不走，眞逼走了還在你屋子給你留一坨大便呢。

然後我們開始聊種花。他說他種的這個花叫豬母乳。

我點頭說我認識它，我每天都跳上書桌，在窗戶前吃吐司早餐時邊看著豬母乳花迎向陽光綻放。

以前阿嬤常要我們去摘豬母乳回家好餵小豬仔。

其實它的眞名不叫豬母乳，是叫馬齒牡丹花。我對歐吉桑認眞地說著。

馬齒牡丹花……他喃喃自語可眞好聽。我的手越過鐵窗，指著豬母乳的葉瓣說，你看是不是很像馬的牙齒。

他也很認眞地跟著我所指之處翻著看著，像是看他的情人私處般，雙眼燃起火光。

我抬眼見到黃昏金夕移到這廣場了。

就在歐吉桑正要企圖越過鐵窗將其臉對著我的臉說話時，他的屋子傳出歐巴桑從屋內迴盪出的洶洶氣嗓，凶凶地她吼著，要他少和年輕女生在那邊廢話，還說我住的這棟房子和妓院沒兩樣，都是一些不知道在做什麼的女生，男人來來去去。

若住妓院或者還好些呢。我當時聽了這懷著對年輕女人有強大敵意的歐巴桑聲響時心想，我根本覺得我住的是牢房。

歐吉桑尷尬地笑了笑，指指裡面，臉上做著母老虎狀，然後歉身地回屋了，澆水器一路溢出剩餘的水滴……他是無法租我房子了。

對岸關門聲熄滅後，整個被外圍大樓環住的老式公寓半地下室又回復了安靜。只剩下我和豬母乳對望，橘色的小花像是小太陽，很可愛。唉，連它都比我快樂，我跳下書桌，站到達新牌塑膠衣櫃前，找出我最有質感的細肩帶洋裝套上，關上房門前，拿出女友給的一張名片，我不知道這張名片要帶我到哪個陌生的遠方。

隔了八間房的公寓在白天時光，安安靜靜。

都是遲歸的女郎。（我住了半年後，才知道那間五千元的大房間住的一個女人其實是兩個女人——她們是雙胞胎。）

租屋台北城，我們非常靠近，十分陌生的靠近。

在城市漂流的目光

有一回我在麗水街法式茶館喝茶，看菜單甜點上印有瑪德萊娜蛋糕，還附註著「普魯斯特最愛的糕點」時，我簡直感到涕零。驚喜地問著年輕侍者說你知道普魯斯特嗎？他搖頭說不知道耶。那時我的心瞬間又降到冰點，我想這就是台北啊，我們對於皮相名詞都非常厲害，但內裡似乎都很輕薄，只是慣常與習性的一種追求而已。

就像廣告，再一百公尺，水築館、巴黎春天、理想國、地中海、川端康成、井上靖……建築房產招牌一再擬仿眞實，卻虛擬人們的內在渴求，連川端康成都被抬出來，不知買主究竟有無閱讀過川端康成或井上靖的作品，若是知悉，購屋時心想宛如置身《雪鄉》、《千羽鶴》的氛圍似乎也是一種精神出口的虛擬吧。

中山北路六段的「天長地久」早已拆卸，猛然驚覺天長地久「有時盡」，「南方安逸」也不再安逸……門開門關，樓起樓塌，生存法則決定了都市景觀。但也有力圖抵擋變化的像是「四四南村」……台北的建築歷史環繞著內部的事物狀態。

台灣建築外觀能否提供一種視覺饗宴，進而成爲精神對望出口？我想別說是我，就是一般人也會猛烈搖頭，對台灣建築醜陋的失望吧。我想在台灣當建築師，就宛如在暢銷書裡談文學般無力吧。我們環境的土壤過於貧瘠，我們的眼界過於低窄，因此要把建築提升到一種純精神的位階與設計的完整性，還有好長一大段路要邁開。

我在紐約畫畫的那兩年，即使經濟極爲困頓時也還是能夠運用當地較爲廉價的工廠空間，往昔的香菸工廠成了藝術創作者的畫室、攝影房、雕塑室……這是一座城市的眼界，工廠可以成爲創作個體的生產體系，工廠本身的歷史建築也得以被保留。另我在巴黎住的半年期間，看著巴黎花都的中下階級如何對抗攀爬高升的物價，但我從未見他們失掉對藝術的熱情，源於對藝術的熱愛，巴黎這座城市即使在髒亂在黑暗中也還能微微發光，因爲它的建築本體撐起了一座城市的美麗畫面，異鄉人、畸零人、流浪漢、行乞者、街頭藝人……在此城市一樣沉淪得美麗，頹廢得很美麗。至少我以爲醉臥塞納河畔或是聖母院、歌劇院、聖保羅教堂石階梯廣場前總是好多了，在台灣若要選個建築來醉臥一場，好像怎麼選都不夠美。中正紀念堂像陵寢，國父紀念館周邊太乾澀、一〇一大樓看起來孤單得危險……也許最後還是只能落腳到龍山寺，去看看庶民的生活圖景吧。

在台北生活，已可寫成一本書，書名是：台北普羅女郎的頂樓生活史。普羅女郎在租屋過程，見證了台北建築的天際線與曲巷人生。台北人總是能殺出一條路，都市自有叢林法則，這棟建築起了，那棟建築拆了，這家店倒了，那家店開了，台北人最懂興亡幻滅，因為一直以來都是這樣，敲敲打打，開開挖挖，我們善於改變，極具彈性，學習迅速。

城市畸零地浮世畸零人，台北最高點（違建）與最低點（矮厝）都成了這些人的委身之處，雜蕪裡的韌性，是台北人的性格，也是台北發展的建築語言吧，這語言充斥著荒腔走板現象。

頂樓加蓋，台灣特有名詞，在此我有了觀看城市的奇特視野。從高樓頂樓加蓋的邊線往下看，在巔峰時間，台北人倉皇流離，在昏黃與橘紅的後車燈與煞車燈所瀰漫的燈河中穿梭挺進。在下雨的夜晚，柏油路全成了黑河，街燈四灑迷濛，游動如魚的光影。騎樓下，有等大雨停的人，有等公車的人，有臉上浮顯著殘妝的人……一場雨，集結雜遝著一群人在騎樓，等著一場命運裡突如其來的大雨滂沱，這是台北城的某一獨景。

講述台北城市建築，勢必得先看看它的性格。

城市建築離不開城市人，彼此互為性格見證。台北人早期善用畸零地，各蓋各的，老房子改建，就是有人意見兜不攏地不願被整合，於是慣常見到兩棟高樓巨人夾殺一個小矮人，凹陷的小矮人堅持著不願進化的洪荒遺跡。台北的「頂樓加蓋」是異鄉人的生存空間，就像上海石庫門裡面曲折的「亭子間」般，早期沈從文、郁達夫等人在初來上海大城時都住過這樣的狹小空間，上海城市遂有「亭子間作家」之稱，台北似乎可以增設「頂樓加蓋作家」之名。上海弄堂是一種結構外觀單純但蘊藏著複雜內部的空間，只要離開大馬路彎進弄堂里巷，前廳後院傳來的氣味人聲飽滿且雜蕪，總是讓人迷眩又迷路。台北城市雖不至若上海般複雜，但也是離開大馬路進入小弄小巷後，即進入另外一個曲折。

台北建築並沒有顯而易見的區域劃分性格，不若紐約、巴黎、維也納，東京等國際城市有著名的黃金哩路，像是第五大道、香榭里舍、環城大道、表參道等區域，活生生就是以黃金鋪成的道路，是物價昂貴的黃金地標。台北沒有那樣的招搖區，最多只有高檔區與低檔區等分別而已。

那麼墮落沉淪的街道區域呢？一旦被指涉沉淪，就和色情業通體交融了。

在萬華似乎看不到天際線，只看得到人的動線，往食與色、性與死裡匍匐攀爬。淡水河倒影的是一種即景凋零，反而對岸的台北縣高樓倒影甚美，台北城市的夜晚比白天漂亮，此已是鐵的事實了。夜晚的中山北路、仁愛路、敦化南路、民生社區還有實踐大學外的街道，都是我所喜歡的散步氛圍，這樣的城市才開始屬於陰性，台北的白天急衝衝地，是陽性。

台北首都雜蕪現象到了南方更是無與倫比地加速加倍，我多回在南方閒走時，看著南方人穿拖鞋上醫院上電影院上百貨公司，摩托車隨地一停，檳榔汁往牆上地上血紅紅地噴溢，檳榔西施的攤位橫亙整個馬路空間，就是再美的建築也無力可回天。

頂樓加蓋，標誌著一個漂流狀態的普羅女郎年輕座標。

她總是站在九樓頂望著週五下班的人潮，充滿燈火通明奔馳的未來世紀銀亮之感；或者下雨天，她俯瞰著腳下的城市，她忽然覺得自己是個天使，漂浮在亂世求生的上空。

但沒有人看見。

神愛世人 吉屋出租

我突然走在這條沉重的記憶之街，聽見自己的心發出一陣憂傷似的音節。看板上貼滿吉屋出租紅紙。

這條莊敬路住過兩個地方，兩處皆頂樓加蓋。

夏天直接曝曬的太陽極熱，冬天牆薄滲透著酷寒。荒蕪的頂樓，水管電表雜草，破裂的地磚與水泥地，有時出現惡臭，一隻死老鼠被人毒死在水管旁，水管旁永遠有著乾不了的水泥地，滲透著水漬。潮濕的毛，腐朽發臭的軀體，頂樓風光的一部分。

頂樓永遠有一種可能被侵略的外來危機感，小偷、強暴犯、偷窺者、內褲戀物癖者……都可能讓我們成爲新聞主角。

最早租的房子有兩個大房間，我住其一，另外有室友，當時剛畢業沒有錢租全層，遂忍耐著有室友。台北市的室友無奇不有，有一回來的是男同志，我對男同志當然是好的，但是我受不了那夜夜夜磨的激情與畸形施虐與被虐的高亢尖叫。後來是樓下的房東受不了同志室友帶來的陌生人已經多到無法控管的地步。其實我是在很久之後，才知道我那個男室友是同志的事，可見當時多呆啊。

隔壁的空屋再來了個和我一樣年紀的女生，輔大大傳的畢業生，最後她的離開是因爲她搞現在稱的所謂劈腿，其男友不知怎麼地爬過頂樓屋頂再垂下身體到她的窗前，完全不顧稍些不愼即會失足跌落致死的危險。女室友正和另一個因工作相識的男人在一塊，大學交往多年的男友撞門而入，先就一拳揮向女的，再之兩個男人扭打一塊，我在隔壁半夜聽見了重擊聲，碎玻璃聲。

女的還跑去開瓦斯，要同歸於盡，我差點成了陪葬品。樓下房東知悉急忙奔上來才阻止了此事，我當時躲在房間根本不敢出去。輔大女室友又被攆走了。再來是來了個高䠷的美女，更恐怖的事是這美女是在舞廳酒家上班，她帶來的許多男人都很奇怪，不是年紀過大就是過胖。

最後是我被逼走，因某一回舞女不在家，她的奇怪男人來敲我的門，我整晚都躲在窩裡，連廁所也沒敢上。就這樣我離開了那個紛亂之所，我懷疑那個神經質女房東識人的眼光能力，每一回找來的室友都在上演愛與暴力結合的社會劇。當時月租五千元，我卻賠上了無法睡眠的悽慘光陰。

我說不住了。女房東露出她會很快趕走舞女的說詞，但我已經快瘋了。我打包好物件，當時生活物品少，三兩包一綑，就可走人。

關上門，將頂樓鐵門面寫著的「神愛世人」拋在身後，且自此離開這個可能莫名成爲陪葬之地。

普羅女郎台北物資小記

（1997-2000）

1. 三個月上美容院一次。

2. 每週看一場電影。

3. 每天讀三份報紙。

4. 每三天買吐司半條、牛奶一瓶。

5. 每月買咖啡豆360公克，每週買（290-350元）紅酒一瓶，每週買菸一包。

6. 每三天逛街一次（如果有情人可夜奔他處，要付油費或旅館費）。

7. 每十天買CD兩片，買書四本。

8. 一季買牙刷兩支，漱口水一瓶。

9. 一季買空白筆記本五本。

10. 半年買米一包，叫一大桶瓦斯。

（2001-2004）

1. 一季上美容院一次。

2. 每月看一場電影，每週租錄影帶四支。

3.每天（可能）讀一份報紙。

4.每天買吐司半條、牛奶一瓶。

5.每週買咖啡豆360公克，每週買紅酒半打（有五瓶被別人喝掉）、每週買菸一條（有十一包被別人抽掉）。

6.每十天出城一次。

7.每月買CD兩片，買書三本。

8.一季買牙刷四支，漱口水三瓶。

9.半年買空白筆記本兩本。

10.一年買米一包，叫一大桶瓦斯。

（2005—）

1.半年上美容院一次。

2.一季看一場電影。

3.常忘了看報。

4.每週買吐司一條。

5.每月買茶半斤，每月買咖啡豆360公克，戒酒、戒菸。

6.每月逛街一次。

7.每月買CD一片，買書五本。

8.一季買牙刷一支，漱口水一瓶。

9.筆記本永遠寫不完。

10.一年買米一包，但常忘了煮。

這是從紐約返台後，我在台北的生活基本物資變化曲線，從生活所需物資也可看出我的生活口味與光景，從孤寂到熱絡，再從熱絡到清冷，甚至某些年份還帶著瘋狂氣味，也看出我的髮型終年不變的原因。

生活物資是呈現曲線的，有的需要有的可有可無。但生活裡唯獨有兩機不能缺：冷氣機與除濕機。

台北盆地夏日燠熱如處火爐，冬日東北季風從淡海一路呼嘯上岸，長居於此城，骨子裡浸滿了溽濕與寒氣。夏天我們不能沒有冷氣，冬天我們需要一台除濕機。台北城男女夏日太靠近，冬日卻太寒寂。

城市不打烊

以後到seven eleven繳錢就可以了。

啥米紗門？妳問。

不是紗門，是seven eleven。

就是妳走出巷口後右轉到國小旁邊的那一家店就叫seven eleven。我見妳仍然搖頭，遂指出方位所在。

就是柑仔店嘛，妳講西洋番仔話我聽無。

我是花了許多時間才教會我媽吐出「seven eleven」這兩個英文字，這也是我媽唯一會說的英文字，但她還是不懂得意思，後來的「ＯＫ」商店，對她就是非常簡易之詞。

他們的鐵門永遠都不拉上的啊，妳說。

對啊，開二十四小時。

便利之城一切便利，便利商店有便利貼便利沖便利愛情便利旅遊，一切便利。夜晚最驚心動魄的城市角落已不只是賓館了，便利商店更是夜晚犯罪的明顯溫床。半夜裡，一個昏餓的人經過這樣的一家有熱食有麵包有飲料有酒精有金錢的商店，多麼讓人動心的慾意未竟現場，只消靠近，兩片玻璃門即開，飄出茶葉天婦羅筍包芋頭包子等香氣。

我也喜歡逛生活雜貨舖，行過幾層幾層的許多閃亮物品，我的目光猶如嵌著兩座冰山，可手裡卻是拿著盤子杯子刀叉抹布，一一往籃子丟。造型貓狗熊，每一個都比男人可愛，都比男人更不具侵略性。雜貨舖充斥家的甜蜜需索，香精香皂，盤香燭台，毛巾牙刷，綠色盆栽，清掃用具，窗簾被套，靠墊枕頭……但是我放進籃子後，又一一把它們放回原位。我只是在享受那個擁有的過程，真放到我的窩，可能會被我砸碎了，要不然也給貓咪撞破了。

喜歡逆時生活

逛夜晚的超市，永不歇息的胃口是慾望的情人。清晰可聞的推車輪子聲不斷滑過滑過，或者遇見一個失眠男子，看看他挑的菜色。

長長的白燈管依然嶄亮如晝，有時空無一人。

有時會碰到睡眼惺忪或是眼白泛紅血絲的人也推著推車行過。我推著輪子，像推著嬰兒車般的緩慢，每個架上的物品都有我的目光注目。

成排的嬰兒食品，小小的玻璃罐上貼著嬰兒照片，衛生棉衛生紙成堆成綑，好嚇人的裝置藝術。將來這些物品最後的結局都是要進垃圾桶馬桶的。

陷入昏睡的超市，冷凍櫃冒著白煙，一尾尾魚片一隻隻雞胸一塊塊牛肉排一條條羊肋骨都在嘆息，裹著透明的緊身薄衣。

冷凍櫃的死魚死豬死雞死羊死牛白白地被剖切在那裡，櫃上頂部標誌著牠們的身世，標榜著嫩肉，屍身上方寫著「我們的牛肉都是宰殺自才生二齒的年輕牛，比起別家已生八齒的老牛自然是新鮮可口極了。」

我感覺自己就是那個生二齒的牛，我被愛情劊子手給提早宰殺了。

白天被挑剩的水果大都有被觸摸的傷痕，像車站剪票口的許多結帳櫃台呈關閉狀態，好像是無人的自動超市般。

我的推車充滿著食物，當我和某些男人推著推車交相而過時，我像是來自於一個豪華大家庭似的，車內佈滿了食物。而午夜推著推車的超市男，像是來自孤獨的星球，只見他們的推車錯落著僅僅三三兩兩的食物。

我愛買卻不愛吃，食物常常買了忘記吃，最後都過期了。

那位來家裡修電器順便請他看看瓦斯是否有漏氣的先生，他查了查後說瓦斯桶沒問題，不過妳的瓦斯桶可能快沒了，最多再煮五天。

結果我煮了一年。

我的中桶瓦斯一瓶一年都用不完，我的冰箱長年冰著發黑著臉的香蕉蘋果番茄，發硬的水餃，總是忘了吃，因爲沒有習慣去開冰箱。冰箱一開寒氣冰人，食物凍傷，食物都穿戴著孝服，裹上一層白白的霜衣，進入彌留狀態的食物。

一段時間，我清出埋葬它們，然後無意間逛超市時又買了它們。買回丟入冰箱，又忘了有食物存放冰箱這回事。

師大路與德惠街酒吧

不過是一條台北尋常的大街小巷。

台北秋冬，夜常落雨。

薄薄的雨絲和窗膩吻著，雨絲的弧度與夜色同消融。

拇指和食指只輕輕扭動了一下，車子的心臟便不再彈跳了，我安靜在車廂坐了一會，想想要去赴約嗎？

前車的後窗霧濛濛，一對糾纏的戀人雨夜的車廂內，哈出的氣息招惹著人們的感官。

身後聲音如浪，一波波打上耳際，背著哈囉Kitty手持大哥大的學生們仰頭望著紅紅雲塊狀的租賃廣告紙。

異鄉人的氣味沾滿整條大街。

再過去是昏昏黃黃的小燈影，風把小販熱絡絡油兮兮的臉迎前送後的，整條街都是香氣滋滋漫灑。

一個綁馬尾的西方男子身旁搭了個細眉姑娘，姑娘乍然浪笑一陣。我的耳裡竟是螺旋槳般地嗡嗡大作。

（如果我如此地向妳述說，妳一定會打岔說，美軍又來台了嗎？）

曾經我常去師大路的一家爵士酒吧，隱身在一棟公寓內。

木桌椅恆常隱入一片黑暗中，陰幽的微光裡仍可目視大塊的黑底裡，襯著絲絨面的紅墊子，老唱片安身在紅木格架裡，下有一只紅電話機。往內走，幾張深沉厚重的黑白照片映著紅絨布。

舞台上有個黑人吹彈著爵士樂。

聽著聽著，鑲著銀邊的大時鐘，指針二時。窗外的雨夜閃著藍藍的霓虹燈管。

母親年代的美軍退了，樂團散了。屬於我的年代登場的是什麼？

眼花撩亂的世界。PUB仍是城市人遯世夜樂園，清明和混沌共舞。

離開這家酒吧，細雨依舊飛飄，飄忽在五顏六色的城市燈管前。

和友人拐進一個宛若天使斷翅的暗巷小街，德惠街。

比師大路更平凡的小巷，卻營生著許多食物鏈。滿滿一條街的霓虹燈管明滅著，走進任何一家感受可能相同。隨意走進一家，美式足球在電視螢幕上放送著。吧台的女人金褐髮色、細眉，廁所走出來一對男女，渾身酒氣，熱擁著。女人在如此昏暗的燈下，看起來都變漂亮了。

冷氣將地毯殘留的菸味與餿味放送至鼻下，獨有的氣味讓人知道夜夜此地人如水過，妳不是唯一，妳毋須寂寞。

好萊塢寶貝，我見到杯墊寫著此間的招牌。想起朋友說過，他有個小學同學的父親在這條街上開婦產科，最大的生意是得常常去修補被搗爛的陰道，或是拿掉一種被叫做麻煩的「生命」之物，時間約是越戰韓戰前後。

（如果妳聽了，一定會搖頭又嘆氣。）

和洋人對望一眼，他們都是過客；喝了杯紅酒，酒色醇濃，結帳離開好萊塢寶貝。摩擦而過的吧台女郎，濃濃的粉味隨風飄來又淡去。

雨停了，夜已深，空氣簇新，離開暗巷，行道樹分泌著馝馞幽香。暗巷屋簷上一隻貓輕喵呼喊春天。

遊蕩無度，無冬無夏。

城市男女，娑婆群迷。

逃逸路線 草山溫泉

如果沒有意外，天母周遭一帶的各種岔路幾乎是我每兩週必來一次的散步之路，城市逃逸旅程。

一個人散步，多半爲的是沉澱思緒，所以在散步的路徑上也沒有太多複雜性，通常就是以能夠散散心爲主。

我常走的路徑之一是天母啓明國小後面山坡的路，那一帶車少樹多，坡度不高，適合在天母忠誠路一帶城市氛圍混得差不多後，感覺想透透氣時往山上行。從忠誠路過天母西路之後的山路也是我常走的路徑。基本上，在天母散步要有個心理準備就是要爬上爬下，這樣的靠山天母常讓我想起舊金山。

我喜歡隱藏在大城市的古道與深山。這是我行過許多大城市所沒有的獨特景觀，離城市很近的周圍就有無數的山徑可供爬行，或可說是城市人的綠色幸福。

若兩個人散步，那在天母又有不同選擇了。

通常在天母一帶適合儷人行的散步路徑都和泡湯或和吃連結在一塊，也就是散步是其中的一個附加活動。例如泡完湯在天母靠近紗帽山一帶散步是極爲舒服的，那有如肉身被加持般，對外在事物的感知能力突然清晰，一片落葉墜地的聲響都能聽聞至耳瓣的深處。

儷人行路徑，故也可說是泡湯外圍路徑。我最喜愛的路徑是中山北路七段的天母，過中山北路七段圓環之後一路往山上行，有兩條散步路徑常走，其一是水管路，水管路現在已經闢成天母步道，此散步路徑須爬階梯，階梯兩岸林蔭夾道，兼可賞樹賞花，聽流水聲。

至於泡湯路線的散步路徑，我常散步天母步道的另一個方向，也就是往驛湯招牌方向行，我喜歡黃昏時光行於此路徑。往驛湯散步的路徑也有兩個岔口，其一往慈悟寺，此路徑幽靜，由於盡頭不通，所以車很少，散步其中會經過奇特的石頭牆以及一家名爲阿水的茶館。另一條岔路經過泡湯，往紗帽山方向行。

常在此山徑欣賞梯田風光。

從慈悟寺一路行至紗帽山路徑，去泡個湯、吃點小食是人間美事，對身體五官五識的犒賞。通常我們總是兜轉在此山路的溫泉區一帶，不知落腳何處。四處走走看看，看見有古老庭園的先打進問，再至有現代SPA風味的泡湯屋瞧瞧，泡湯大池的多有景致，泡湯小房間無景，儷人行既想私密相處又想欣賞風光，總是難以抉擇。

就這麼，一路腳程走走停停，起起落落。

在大夥都還營營上班時日，城市男女奢華地拋擲光陰，「斥資」至北投山上泡湯嬉遊，泡累了臥眠不起。

儷人行泡湯之後，再從原路散步回原來的起點。總是泡湯後，散步腳程更軟更舒暢，幾乎是毛細孔全開全身鬆懈。兩具疲軟的身體攤在床上，任時光之蟲爬上。八萬四千隻蟲從八萬四千個微血管一一冒出，開著派對群舞在戀人的床頭。

湯屋的床頭。

戀人像是過度幸福以致被嫉妒且被廢武功地軟軟綿綿。除了雋永情人外，水是肉身最能徹底全然環抱的物質。四周湯煙的氤氳迷濛，如極樂之境，湯的誘惑替城市的冷漠加溫。

兩具肉身體溫隨著山風已漸次轉涼。

經過熱水冷空氣反覆淋漓對撞交錯的皮肉，交纏分離，分離交纏。台北濕樂園，繁花瞬間可成枯景，時光如何把握？

這時，山風兜來植物幽縷氣息，而肉身的硫磺味與香皂味也一路夾雜其中不斷散發而出。

黃昏，天仍幽亮，然一輪明月已升，離地平線近，散發黃澄澄色澤。那色澤讓我有一種錯覺，感覺月娘彷彿竊聽了整個午後我們所浸淫沉醉的秘境時光，以至於才浮顯了那樣絕對飽滿的鵝絨黃亮。

在亮暉裡，忽魔術時間現前，天暗未暗，黃昏猶似清晨。飽和的藍光兜覽整個天空氣勢，然而這樣的風景將在我閉目的一瞬裡消融於黑暗，就像我們下山後將旋即揚起的揮手姿態。戀人告別是疼痛的姿態，是不捨的姿態，是回首顧盼扭捏的姿態，是最不易但又時時須轉身的練習題，是最大的誘惑值也是最易貶值的姿態。

戀人清醒，慾望終點，從來處歸去。

所有的人都在通往家的方向或者交際的場所。急匆匆回家的騎士車流將很快地迎向一間間有燈光的屋子。車子一個兜轉，冷不防地山坳處露出一大片的閃爍碎鑽，一座燈火通明的城市已經燃亮了它的溫暖微光，城市陷落如一只巨缽，移動的人車是微小的骰子，車燈茫茫，風中搖曳。

一路，我們這樣地無語，像是心情連著肌膚一起被溫泉燙了一回又一回，終至只能沉默以對。

我終於明白在台北遊逸，最具誘惑美感的時間並非在夜晚，而是在傍晚且須逆時與逃逸原有軌道。

山下的台北，急匆匆回家的騎士車流迎向一間有燈光的屋子。戀人告別。

散步回家，帶著有湯屋的氣味回到靜靜的生活。如此緩慢的節奏，危險的心勾招了一景一物來到了記憶的深處。

台北午妻時光

城市人的中午充滿了密碼暗號。

男女通常僅一個多小時可溜班。

一路趕來和女人見到面時只剩五十五分可溜班，台北女人的午妻時光良宵苦短。

台北女人在天母，她的男人一身汗地走到其面前說等她喝完咖啡。北投泡溫泉太遠，去旅館休息又太浪費，男人說天母山上有家很近的湯屋，我幾回經過時都想著竟有離城市山下這麼近的溫泉。

驛湯，往陽明山的岔路。山路旁已然停了許多車輛，往階梯爬，是複合餐廳湯屋，中午餐廳都是人，沒有人是來泡湯的。櫃台胖而黑的小妹問，吃飯泡湯。泡……泡湯，兩個字被男人截斷地說著。

許多人在看著他們，女人感覺那目光裡的刀光劍影。

水池貼著標語，禁止帶寵物入浴池。女人覺得好笑，覺得這種時間自己來這種地方是一種寵物心情，我是寵物，男人也是寵物。

男女能共浴，必得彼此互爲彼此的寵物才行，才能大白天裡互相理毛，互相揭露每個細節觀看摩娑，互訴傷口。

女人心想本來要好好地在凝脂中讓男人遺忘時光，讓他在氤氳裡忘卻催促他的光陰，使其從一匹狼變成良人的招魂時間。

鈴聲響，女人以爲是手機響。

卻是男人不慌不忙說：「我該走了。」把溫泉泡湯成像是旅社的買客鐘點，女子頓感挫折。

生活在台北高壓力城市的兒女必須懂得混世，懂得偷點時光。

偷時光，是上班族度日解壓的方式，手機幫台北混世男女更有機會把握時光切片。

把時光丟進湯屋，好讓憂愁化爲湯煙。輕率容易改變夢想，因爲混世慣了。

混世，爲了輕盈。

兩個人，加速，交錯，壓縮，彈回，最後偷得的光景成爲一抹微笑，或是一滴含有硫磺味的淚珠。

性是幸福的原生料，悲傷是性的回收物。

男人的車離開視線，她帶著持續飽脹和被食吮過的疼痛回到城市，如劍扯裂劃開的疼痛，疼痛也是愉悅身體行刑的感受，和在長長馳騁背風西進後，下馬啜飲一杯沙漠薄荷茶之飢渴感相似，愉悅與疼痛的互相越界。

重回咖啡館，聞著硫磺，記憶裡再也沒有如此的氣味，足以對應此時才浮上的愉悅與疼痛。

混世兒女一場大白天裡的泡湯。一個鐘頭如一個世紀。因爲逆時如逆光，總是只看見事物的黑影輪廓，但卻又總是難忘。

碧潭小記

在大城市，纏繞人心的無非是金錢與男女風月。台北有情人的愛，自也有情人的恨，不是情人看刀就是情人自毀。早年想不開的台北世間癡女子，夜奔碧潭，撲通往潭水一躍，平添冤魂幾許。又或者小倆口划著船突然不知何故吵了起來，一氣跳下，竟也有因此溺斃的。划船最美，可離危險也最近。碧潭，台北男女的心情浮動處，危險之地。

這回走碧潭吊橋，有點頭暈目眩。一直覺得身體軟綿綿的，像是感冒過後的虛弱，但又沒有感冒，看來是睡眠不足或者心有懸念所造成的恍惚與無力。但又不致嚴重到無法出門。

後來聊起，覺得那日可命名為「ok day」，男人還戲謔地特別聲明是小寫的ok喔，小寫字代表著沒有那麼的「好」，僅僅是可以接受的「ok」。

混世兒女沒有投潭。

他們投到了慾望的潭水裡。

在碧潭旁的飯店，清楚記得男人在這家飯店的窗口望著窗外時，告訴了我關於他過往的情慾事件。窗外湖光山色裡有情人搖著槳和踩著電動船來回遊蕩。莫負良宵，莫負良宵。夜風如水，皓月當空。

而我恍然卻看見有人真的投潭了。

少女時買的卡片或是日記本總有碧潭小舟風光，卡片小舟旁總印著李清照的字句，就是載不動許多愁之類的，當時容易感動，夾在書本兀自神傷者總是有的。如今碧潭卻也真的載不動許多愁了，這愁於我不是感情的，而是風光的。鋼筋水泥大橋橫跨大漢溪，確實讓人心情頹喪。

出了飯店的旅人，走碧潭老吊橋，兩端是大大的石墩，橋一端有卡拉ＯＫ酒家，奇怪台灣的廉價酒家都長一個樣子，使用廉價的夾板，夾板整個把房子圍起來，閃亮著霓虹。就像城內許多廉價酒家命名什麼「緣」、「小歌城」之類的，卡拉ＯＫ是唱歌也是性的前奏，而店內許多坐檯的都是媽媽桑。

山邊曾有茶館，若是月圓時分至此飲茶賞月，氛圍已是台北城市的難得之景了。許多年前畫家鄭在東和作家舒國治等人常至此品茗賞風月，於今這票人也大都往對岸的繁華去了。

他們人移到了對岸，然台北城市總是不會塗抹關於他們的生命浪蕩歲月。

一日遊街

白天。

很久不見台北的白晝了。

某天裡突然被太陽曬醒，燙燙的臉頰，炙炙的肌膚，塵埃在光束裡浮游，而軀體躺在木板地上，任陽光紫外線攀爬毛細孔，任空氣氣若游絲地載浮載沉，任濕氣黏附在白漆剝落的牆。

在台北生活要有一種任性。

勉力地想著台北，想著台北的白天面目，進入視際的卻是灰撲撲的天空，高低參差的天際線，鐵窗銜吊的一家子衣服，窗台盆景的小花小草，流浪經年的狗……

一躍而起，抖一抖空氣中的浮塵，拍一拍衣袖上的塵埃，決定套上鞋子，披上外衣，進入城裡。

不確定台北的面目是否依舊，但確定的是可以找到某些和記憶重疊的部分；台北的歷史從來都是變化的，變化到足以今朝相逢，今夕改之的，但我確定，我就是確定，有些東西不曾消失。

才出門，下水道的聲音的氣味，馬上讓我感到一股熟悉，那種混合著臊味餿氣，讓我確定我身處台北城，只有台北這樣的高密度，台北這般的人挨著人，過剩的食物，過多的雜物，淅瀝嘩啦地滑入了城市的大小血管，匯入了心臟，跳動的心臟又把氣味輸送到你的血管，蔓延的支主流血管，魔掌似的滲透，於是我無處不在地聞著味道。

聞這味道，彷彿吸入整座台北人那集體發酸的胃水。

因而我相信台北城的魂其實已經入了我的骨頭，即使離開城市，城市也不曾離我而去。

白天的台北城市，和我遊走任何一個國外城市不論感覺和視覺，皆有極大的差異，不只因爲它是青春生活的根，更多是這個城市本身的氣質。

白天的各個時段有各個時段的溫度和氣味，會遇到各式各樣的人，台北人，台北的人。

屬於台北的記憶一再被迫改寫，改寫記憶的內幕。

昔日和老情人常常約會見面的地點是中山北路和南京東路口的中山分局，某日裡，經過那交會口；聲音轟隆，灰灰魂飛，怪手張揚，抬頭一望，傾聲劈倒。

中山分局。中山分局不見了，又出現了，拆掉改建，這座城市和女人一樣——喜歡整形、不時得改頭換面。

曾經張望倩影等待的開放空間騎樓，瞬間成了圍城，塑膠布幕一頭把記憶罩下，瞬間罩住了往日情懷的亡魂。

摩斯猶在，悵悵進入，吃米堡，薯條，從二樓望下車水馬龍的大路，對街的服飾店玻璃窗的模特兒，衣衫薄縷，時尚風情，幾經改寫，現又走了回頭路。

於是我發現，書寫台北的白日，有如是挖掘內在的墳墓，一丁點一丁點的東西在消失，也一丁點一丁點的物質在新生。

消失的是墳內肢體，新生的是那墳外野草；以及蔓生的，不可勢擋的暖風斜雨。

想起前幾天，車行中山北路也有過類似的心情迴盪。

一路的香楓遮去了疲醜經年的紅磚道。

香氣不復尋，機油味衝鼻。

機車漫流的長長煙河和汽車的方塊推擠，擠成一個Z字形，有時連Z字也不成形，成了草書。

市立美術館。收藏殘缺不全的台灣美術史作品，進去數次，失望過，也驚豔過。畫作離開展覽空間，就少了層次。

老遠就目擊北美館這棟灰澀的建築物體，只因旁邊的軍營早已外移，露出了大片名爲公園的草坪。

隨著崩解的記憶，白日裡遊走城市，感覺像是移步他鄉。

生活的偶遇，在這個城市高頻率地作用著，但快樂並沒有伴隨偶遇而來；相反的，常看到的是自己在台北城市裡日漸被削薄的身體，日益豐厚的靈魂。軀體被削薄緣於記憶體一再被硬生生地插入，改變了城市的程式。開放的心在這城市遊走，還是可以得到些補償，想像和創作的某些補償，以記憶做抵押，如是我借貸了這座台北流逝而重返的時光。

水都之橋

台北建城跨越百歲，至今還無法還原這座城市的身世。

台北曾如威尼斯，這是神話嗎？還是遺族抓住幻想不放。

妳說，那時河水小溪貫穿大城小鎮，還是個水道和川溝還沒有加蓋的時期，勤儉持家的婦人會到小渠或河岸邊擣衣，頑皮小孩常常一個不小心就跌倒在小溝裡，挫傷了膝蓋。淡水河在颱風時節常暴漲，水淹台北城的那條洪水線是台北人難忘的記憶。而漲潮時節淡水河也總漫漶上岸，過往沿岸聰明人家便在河岸沙地種些蔬果。

如今沿著河水的堤岸有一樓高，台北子民離河水愈來愈遠，再也不是水都了。而曾經我是那堤岸上的女孩子，常開著窗戶對著河水唱歌。也在天氣晴亮時，見到鄰家女人把木窗推開，就著光化著妝，常常粉末伴著風向和空氣飄走，飄入了水裡，河水表面上飄遊著胭脂的薄薄香氣，如玫瑰花瓣連成一張水毯，搖啊搖地晃盪著，像姑娘們臉上鋪的薄膜。

可撕的薄膜，可喜的香氣，關於台北的舊時記憶。

水城畫面沒見過，但見的是水泥掩覆水色。

早年新生南路有水流穿越，有柳樹植於旁。台北水城似有機會成爲一座宛若威尼斯的水都，但最後什麼都沒有，只有洪氾的淹水畫面，淹沒了一座城市的驕傲。

看得見的內部，人們容易觀看卻缺乏想像，且常以既定的表面模式來認定事物的存在，於是人們常忘了去觀察看不見的內部。知道了一座橋如何完美地懸在兩端，了解到建築基礎工程的原理，從而明白造就一座屹立不搖的橋之主因是因爲地心引力、重量、壓力和張力的互爲因果關係等。這或許就是小王子說的：「看見的不一定都是眞的。」看不見的內部充溢著神秘的力量，那才是事物的本質。

左岸右岸，我們每天要經多少橋？以我自己爲例，入台北城南新店，必經關渡橋、中山舊橋（已拆）、新生高架橋、碧潭橋……有鐵鑄橋、圓拱橋、鋼筋水泥橋、舊木橋……。

二十年前，這裡還有著碧綠深藍的水紋，林立的樹影；從內湖、大直、士林一帶通往台北城，都得經過這座中山橋，一座存亡興廢議題最多的橋樑。日據時代的橋，橋墩的線條和材質述說著年代有些遠了，但橋說拆就拆了。小孩兒從兒童樂園一路遛到橋上，探頭望著河水，覷見了美麗如印象畫派的拱形倒影，有些樹葉飄落到了河床上，優游著水波，興弄著光影。

橋的白天之美是美在和陽光交歡的線條，那線條之美，美在自我的流動完整。一根圓木、一塊大石頭，或是一隻友善的狗、一對散步的戀人、一個傷心者的橋邊懷思，都能架構一座橋的內部神秘與那不可見的人之心橋。

台北人無法想像視野所見無橋。

我住淡水之北，說來奇怪，談戀愛的對象大都住淡水之南。台北於是有了城北城南之分，以愛爲經緯線。

就這樣，那幾年我每隔幾天就要從水北往水南驅車而去，無數的橋搭起我前往愛情之所，隨著愛情的消殞，橋成了我黯淡的歷史，但它仍是這座城市的當代。

城市的時間刻痕

你如何不看錶而知悉這座城市的時間感？

首先是關於一天的時間。

菲傭和老人出現時間多在上午十點或下午兩點至四點間，異鄉人推著輪椅老人出來散步已成台灣新景觀。

當日暮四合，路邊一堆人提著塑膠袋齊聚路邊時，我即知曉約是七點多了。

外籍傭人或老人齊聚，張望著街頭，他們還有剩餘的價值。行經而過，聽見各戶人家的菲傭印傭趕緊利用空檔地嗑呼聊天，而倒垃圾老人多所沉默。

在街上聽見各種長短音的口哨聲，口哨音量愈密集，愈是接近下班巔峰時間。口哨聲音若來得快也去得快通常已是學校放學，下午四點多。

連鎖咖啡館人少了，不是中午十二點了就是傍晚六點了。兩波低潮都是因為吃正餐時間到了，人們離開咖啡館前往餐館，就像離開情婦回到正室老婆。咖啡館人最多的時間，不外是上午十點十一點和下午的兩、三點。

看見連鎖咖啡館在疊起寂寞的椅子時，晚上十一點多了。

我喜歡（非假日）晚上十點過後的台北。

這時候進城，穿過我的河流，越過關渡橋，若有幸還可以遇到滿月高懸河心，八里關渡夾殺出來的遠方是迷濛的社子島，一座孤立在城市的島嶼，島嶼中的島嶼，那裡曾經住著一個我相交極其多年且相知極其深的友人，然而有一天突然他消失了，像是從島嶼邊緣縱入淡水河似的頓然消失無影無蹤。

每回我總在驅車時，像是被一種魔幻記憶勾招似地幾度瞥頭回望那不遠方的社子島，不論車速多快多慢，從關渡橋回望社子島似乎已經成爲我的過橋慣性。那確實是一座奇特的城中之島，在霧氣深濃時節整座島嶼瀰漫著漂浮感，我總想棄車跳水，一路游到那島。

關渡橋月色總可以告知我日子是初一或十五。

逆向回到城市，在大家都回到衛星城時，我才緩慢進城。彼車道白光閃爍，連結成一束束的光芒，而此車道的我眼前只有零星的紅光。一進一出，城市時間在車子的不同燈光裡演變，城市上班族以車燈白光迎向城市，然後以尾巴的紅光和城市告別。

這個時候進城，從拉下鐵門的商店以及紅線停滿了車子的狀態當然即可知道已然是夜深了。

我最喜歡一座城市不熄燈卻也不營業的狀態，美麗服飾依然在櫥窗裡發亮，咖啡館侍者已經把椅子都放到桌上，寂寥疲憊地拖著地，眼皮鬆弛地將手放進收銀機點著紙鈔銅板，洗著堆疊的餐盤洗著下戲後的台北，一副妝怎麼卸也卸不乾淨的模樣。開始出現紙屑、菸蒂，還有可能的機車漏油不斷接受排泄的坑……。

我對於晚上十點過後的城市比白天更熟悉，我知道哪裡還有爲夜貓子營業的咖啡館，我知道哪裡還有爲失戀或失意者談點心的酒吧，我知道哪裡有犒賞胃囊空空夜食客的熱騰騰之地……。

我深度感激十點過後仍然願意營業的咖啡館，當四周黑暗時，那唯一發出的光是視覺的聚焦處，夜晚的風景是文字。

黑暗海洋，光是島嶼。我恍然潛進島中之島，喝著夜晚才喝的約克夏奶茶或普羅旺斯奶茶。

我常覺得這座城市需要更多更多安靜的閱讀者，頭頂髮絲在光源籠罩下有著安逸之美。

在晚上十點過後的咖啡館若是埋頭寫手記或是閱讀也不用看錶，因爲咖啡館放的歌會告知你時間，在某間時髦的咖啡館我驚訝於放的終曲竟也是〈今宵多珍重〉。

一天的城市時間由人種（身分）與商家營業來定刻度，就像愛情的刻度是由情人的身體與感官來延展。

再來是一週行過。

週五的時間表當然和週間節奏不相同，且晚上總是被延長。若是一個不太去記住今天是週幾的人鐵定到了週五就會略知，從入夜街上依然車燈如河，熱鬧區人影如鬼針草般密且銳利時，那就是週五之夜了。好幾回週五晚上一、兩點開車在馬路，還常被同樣和自己晚歸者嚇了一跳。

週五時光讓台北城市還原眞正面目，這個時間點將指引城市人的空間流向，時間在此化爲具體空間座標。週五時光一到傍晚人心開始自動鬆解，人心時間感自動往閒逸的空間核心緩緩踱去，先是咖啡館、餐廳，再次是賞夜景兜風、電影院、KTV、酒吧，最後可能的落點是旅館或單身女郎情慾公寓。

紐約酒吧週五淑女日（Lady Free）總讓女人因喝酒過量而慾望萌生，台北酒吧多是週三淑女日，但週三時間不上不下，難以放鬆，台北女人也多拘謹，然若週五晃一圈酒吧，台北女人發酒瘋者也不遑多讓。慾望是城市必要之化學酵素，費洛蒙伴隨酒精揮發在城市入晚街道，寂寞將在城市流晃的人兜攏了起來，激情與死亡同等力道，而「愛」在此時此刻我們卻叫不出它的名字。

再來是季節變化。

每個季節結束，整個城市的人即陷入物質迷戀風潮，百貨公司的來客率數字不斷跳動。搶搶搶，不論是搶鑽活動搶環保包……，被搶的人其實是顧客自己：被搶去了荷包與尊嚴。消費幾萬的點數換回一組連釉色都上不勻的餐具或是咖啡茶具組，或是砂鍋或是車上吸塵器……大家樂此不疲。

從停在路口的卡車上所賣的食物也知道季節更替了，甘蔗、鳳梨、柳丁、柚子、水蜜桃、花生、菱角……四季的變化都寫在這些卡車的物品上。

白天的攤販以食物來展現季節。

晚上的攤販以物件和燈光來擬仿時光。

賣燈人，總是捻亮著所有的燈管燈泡，在午夜的角落發電機不斷響著。或者賣大型木雕水晶的攤販攤在夜晚的人行道也顯得十分孤寂。

夜晚的城市動物園有兩種，一種在浪居酒吧或是沙發酒吧之類的動物，這類動物在煙霧裊繞裡搖頭晃腦，情緒不好時可能大吐特吐。

我喜歡的是另一種城市動物園，動物在發著亮光的卡車裡齊聚，賣動物玩偶的卡車，有如是一間夜晚的城市靜止動物園。

看見賣燈人與賣木雕賣水晶洞賣玩偶的小販出現街頭，也知道這座城市「夜深了」。

城市季節小曲

二〇〇四年春天來了兩回，農曆重複兩個二月，俗稱孤鸞年，原來孤鸞年是有兩次春天，結婚不宜是怕再度發春，我自己這樣解釋，覺得隱隱好玩。戀人怕對象再度發春，於婚約是不祥隱喻。

二〇〇四年二月出現三十，四年一次，此日出生者終於有生日可期待。想來我是幸運的，農曆二月出生者可以每四年多過一次。母親翻日曆說妳的農曆生日到了。過一陣子撕日曆發現還是二月，發出了咦一聲，妳生日又到了。

像是火車發出兩班，鳴笛兩回，錯過的還有機會再補。

台北在四月時節有一種歐洲天氣之感，涼涼的風，時起時隱的陽光，像巴黎或是紐約的早春。

但台北上升的溫度攀升得很快，這樣的舒爽天氣很快就會過去。報紙說這幾天的舒爽天氣很適合男女交合，男生的精子也較健康，溽濕溫度對精蟲不佳。咖啡館遺留的報紙發出春天勃發的訊息。

說是台北四季分明，但其實一點也不分明，夏季的熱充滿莒哈絲情調式的「幻覺」，春秋兩季是從春秋衣裝才穿一、兩次就結束來體會春秋之短暫，薄紗式外套永遠不好穿，夏季太厚，冬天太薄，最後是偶爾躲進了辦公室吹冷氣或是看電影吹冷氣時才穿得到。

秋天短暫至還沒機會穿幾次秋衣就過了。春秋短，炎夏長，冬日不定。春秋頗難穿衣，穿少有些冷，穿多鐵定熱，多是要帶一件薄外套。後來發現許多衣服都穿不到，特別是長袖薄衣，夏天穿過熱，春秋又很不足。

這一、兩年冬天普遍來得遲，就是十一月時也常秋老虎發威。我總擔心冬天會消失，一旦冬天消失，發生在冬季的愛情記憶也就隨之塵封。

這還是讓人想起有些事物絕版或絕跡的狀態。一旦絕版或絕跡就消失匿跡，讓人無法再睹物思人。

所幸通常到十二月至過年期間冷空氣就從隔海的大陸飄來了寒流。

越過千山萬水的冷空氣，經過大戈壁的萬億風沙，經過巴士海峽、台灣海峽一路直入島嶼邊緣。

當我聞到了冷空氣，起先都還會穿短袖，露在外頭的臂膀被突如其來的冷空氣摩挲得很舒爽，我喜歡冷，雖然我有一張熱帶女郎的臉孔。

冬天普遍濕冷，這幾年濕氣少多了。以前鄉下會透南風，牆面一摸都是水氣，現在牆面一摸冰涼涼的，是東北季風吹起了。

戀人分手在冬天，等於是丟掉一個小暖爐或是發電機。

我手腳到冬日常血液循環很差，冰冷一片。然冬天還是我喜歡的台北季節，春夏非戀人季節，秋冬方有相聚取暖的況味。

住的八里，冬天比別人先感受到東北季風吹起的呼嘯，夏天又比他地更接近海邊的酷熱。靠台灣的海邊其實不是那麼適合人居，夏天炎炎無處納涼，冬天又直接受冰冷海風吹襲，太過於決裂的冷與熱。在台灣還是適合靠山居，海拔八百公尺以上更舒爽，靠山季節多層次，一天即有可能享受四季，清晨到晚上，歷經舒爽溫暖與清冷的過程是我喜歡的。

我已擇河而居，河水風光遼闊，景色優美卻總少了綠林遮蔭與多層次的遺憾。

暗夜書店

暗場以後，這四個字在腦海裡殘留，步出玻璃門，前方樹下有幾個女生背對著，男生卻正對著。再走近，男生原來是攤販，而女生是客人正在試戴著太陽眼鏡，她們戴上一副副遮光的黑眼鏡，男生拿著鏡子讓她們左看右擺，像是夜盲人。多奇特的景觀，一群路人宛如在上演舞台劇，街燈是舞台燈，晚上試戴著太陽眼鏡充滿著魔幻的畫面，我是這樣感受的，不知試戴者會不會覺得一陣天地暗調的暈眩。

時光稍早些，書店玻璃門前的走道上坐滿一堆少男少女，一個鐵盒就擺起攤，耳環手帕帽子飾品，連自己拍的數位相片也拿來賣。

眞是暗場以後的城市，發生在誠品書店的夜晚。

夜晚書店裡熱騰騰的，睡蟲沒有爬上這裡的人，只有紙頁的摩擦聲，只有步履或者幾聲咳嗽飄來。在裡面忘了時光，待出來見到敦化南路陷落安靜時，才覺夜深了。敦南安全島上的幾張紅色椅子也像舞台劇的道具般，恍然演員都下場了，觀眾也離去了，而道具還不捨得走，以被棄的姿態堅決地停在那裡定格。

計程車排班司機連成一氣，司機都站出來聊著天。

一些香港遊客提著好多書走出來，一些日本各買了些美麗物質品離開，一些東方女子和西洋男人鶯燕笑語離開。他鄉語言飄在空氣中，將台北染得很異國情調。

瞌睡蟲被書蟲啃噬一空的地方，聽男性友人說這家書店愈晚愈多優質美女現身，他心情不佳時，總是入晚了來到此家書店，看看美女即可解憂。多好的解憂丸，只消看美女即可，我眞眞哀羨不已。爲何我看到帥哥沒感覺，即使有感覺也無能解憂啊。

我看著書並悄悄覷著周邊的女人，然我沒看見優質美女，倒是看了一些坐在地板上咬著指甲捨不得買書的年輕女孩，多是普通女人多。可能我要常去吧，一、兩回不一定遇得上，不過我總想美女應該都在Lounge吧台或沙發上鬆軟著意志與神經和發揮美色的，美女在夜店裡，但不是在夜晚的書店裡。

我走出書的夜店，迎面是台北初夏有霧的夜色，霧夜的城市，幽黃的路燈，賣太陽眼鏡的年輕男生與左擺右看的年輕女孩，司機站在黃色的車門邊，安靜的一隻狗跳上了人行道上的紅色椅子雕塑……台北夜晚這個角落最像舞台劇，緩慢的舞台劇，直抵眾人神殿的呢喃，書的呢喃搗進了人的夢。

我見到我的書孤獨地與他者陌生為鄰，靜靜地窩在那裡，有人翻閱的痕跡，有人撫觸的指紋，但不知為何又被放下來了。帶走它的，我已不復見了。書堆的高度愈來愈低，我是歡喜的，但這速度一向很慢很慢。

夜晚的書店像是納金高爵士女伶的柔美又剛稜的歌聲，滄桑裡的天真豁達。

暮暮雨夜，前些天的夜雨，空氣沁沁的，很舒爽，行道樹的枝脈也姿態清晰，這種飽含濕氣的霧夜城市，我會恍然有錯覺，以為我人還在巴黎。

我告別了一家夜晚像貓般寧靜的書店，這家書店至夜才開始被我所擁有。

離開夜晚的書店回家，夢裡盡是書蟲爬滿全身，啃著我的靈魂，破碎而難以拼全。

女巫 樹屋 靈屋

隨著椅子的空間感，我感覺身體和書有了不同的距離，坐看立看臥看閒散看……人和書很近也很遠。

近的是，書隨意可得。遠的是，美麗的風景常讓我分心，因而忘書。

在台灣當作家卻和圖書館沒有任何關係，這感覺很詭異。除了有一回例外，來到了台北市圖北投分館，目光深深被吸引的是「風光書」。

圖書館有著各種椅子，方形長形圓形……木椅皮椅石椅……我總是在椅子與椅子間轉換我的靈魂，以攝取不同的知識。坐上不同的椅子，身體即有迥異的姿勢，而從姿態大約可嗅出我是在讀什麼樣的書了。

我這隻食字獸先是爬上二樓，扭開書架上的圓形小立燈，在語文類書籍上梭巡當代小說，站著翻翻，確定可帶走的書後，我走至長條木椅讀著，後方的整片挑高窗成了我的閱讀背景。

讀累了小說，行至走廊順勢就往木棧道座椅上一坐，書也不興著看，這走廊的綠樹參天，蝶影掠過眼皮下，溪流旁有蕨類、鐵樹、榕樹，再加上刻意植栽著許多誘鳥與誘蟲植物，我感覺這些誘鳥誘蟲植物是來引誘我的，四周如張綠網，網住了我心，身處此幽雅長廊，我常忘了我是來看書的。

窗子都是推出去的，在層次前後的動線下，推開的窗戶有如波浪般延展而去。午後的陽光被裁切成幾何圖案，讀書人此時曬書也曬心。

圖書館本來是「書」最大，但北投分館卻讓所有的「自然」也成了「書」，將閱讀風景延伸至天至地。

閒散坐在戶外棧道時，冥思著下雨時分，雨從屋頂落下之美，像支綠茶廣告。這圖書館屋頂有玄機，植有草坡，草坡涵養水分會自然排水至雨水回收槽，回收水可灌溉澆水園區植栽，向自然借景，大片落地窗引進自然光，原來這就是「綠建築」。

待眼球吸飽了綠，涼風吹足，隨手寫了些手札後，返屋再和書相遇吧。

我看來到這裡的人也大都如此，這裡坐坐，那裡看看，讀書呢？倒常忘了。

坐在矩形的木椅時，因木椅硬質關係，不自覺正襟危坐地看書，所以當我在翻閱古文書籍時，我就會坐到了方形書桌區，兩兩相對的書桌，是圖書館典型的設計，扭開一盞燈，就可安然啃書。我發現在這座圖書館，椅子的設計有其道理，也有其巧思，像是在矩形木椅上鏤刻著蝴蝶、獨腳仙，模樣很巧。

看累了大部頭的書，這時去嘗試「窩」在書架與書架中間的長條皮椅上是此圖書館的一絕。

窩著讀書，很慵懶，有如在自家般，窩起來讀書很過癮。首先當然還是要先挑好想讀的幾本書，然後呢，走到「窩書椅」區褪下鞋子，再把雙腳蹺上去，整個身體拱靠座椅上，讀累了，閉上眼睛小憩也沒人會趕你。

至於坐到圓形的椅子就是來到兒童區了。這區域用的全是白色的，和一、二樓的木質沉滯氣氛迴異，這間圖書館是樓層愈高顏色愈重，光線愈沉，和藏書分類約是有關，較難讀的大都擺在高樓層，期刊書和一些大眾書有的就擺在光線亮而木頭色輕的一樓。最討喜的兒童閱讀區在地下室，擺設的是圓環形皮椅，讓小小愛書人在翻書之餘，可爬可跳可玩可鬧。

當然這一區我晃一晃就走了。

旅行時，常震懾於國外圖書館之宏偉建築與館藏。比如紐約圖書館或者巴黎大圖書館，又如哈佛圖書館藏有詩人艾蜜莉狄金生手稿與眾偉大作家手稿，且收藏有作家遺物。

收藏作家遺物，我覺得台灣圖書館也可如此。

新北投圖書館就像是三位一體的圖書館：具有「女巫、樹屋與靈屋」之綜合體。這怎麼說呢？因爲「北投」原是凱達格蘭族「女巫住所」之意，說來寫作者如我，也滿像個女巫或者靈媒，作家將筆挖入記憶寶盒與人性雷區，甚至進入死亡之境，這得具有女巫之眼與靈媒之手。而戶外的大榕樹巨大如屋，遠近有大小湯屋林立，熱氣煙嵐裊裊。圖書館也可說是一間靈屋，因爲收藏的都是不同年代的作者之書，而書即是作家的靈魂。

在我看來新北投圖書館比較像是社區圖書館，它是親民的，是開放性的，是結合當地人文的。我看來的學生大都帶著學校的教科書來做功課（這光景就像在台北捷運車廂內看書的都是學生，學生都在背英文單字），於是這間圖書館美則美矣，書卻顯得寂寞。

這是一間會呼吸的圖書館，有著會讀書的椅子，而我在此安安靜靜地食著字，且試圖靠近廣大的陌生書魂。

因爲這家圖書館，竟改變了我對北投的魔魅湯屋記憶。北投從此不再是有著幽魂女鬼或是浸漬著關於年輕母親的蒼莽攢食人生。

戴奧辛下的戀情

石牌焚化爐上頭有家塔上旋轉餐廳，這是我以爲城市的最獨（毒）特景觀，若愛情的毒素等同於垃圾焚燒後的戴奧辛之毒似也無所不可。

這城市有許多的毒，有毒植物遍植人行道，有毒牽牛花爬滿被主人廢棄的日本老屋，有毒物質隨著汽車排泄在無數的街道，追蹤一輛垃圾車即可吐出一座城市人的日夜排泄體質。

若是追蹤到焚化爐，可能要聞到一身的戴奧辛。

可愛情似乎勝過戴奧辛，獨特可以暫時驅走看不見的毒物。重點是「看不見」，不論是愛情之毒或戴奧辛之毒，都看不見。這兩種毒是緩慢滲透的，待人們發現吸進了毒素已經大抵無救，其中又以愛情的毒素爲劇。

一座焚化爐頂端的旋轉塔台餐廳，像是台北最夢幻最危險的愛情角落，奇特到我每每驅車經過總要望它幾回，企圖瞇眼瞭望向那高高的塔台上情侶用餐的表情，戴奧辛下的愛情像是迷幻劑年代，以毒攻毒，開出燦麗的一朵罌粟。

罌粟的花燦麗如紅。

垃圾車的旋轉紅燈定時進城吞下整座城市的嘔吐，定時離城進入關渡平原前方最高聳的巨塔。巨塔水泥外觀被描繪著，和木柵動物園的那根巨塔遙遙相對。巨塔被繪以長頸鹿的可愛與無辜，圖像試圖讓人們忘了焚化爐的邪惡本質。

愈邪惡愈需索可愛的包裝，一如某些精神的毒素需要靠勵志書的文字掩蓋。

全世界的迷幻藥與毒品總是被包裝成史努比、趴趴熊、小熊維尼、凱蒂貓。取的名稱一定美，你聽過「緬甸的豎琴」搖頭丸嗎？白色的表面刻著一把豎琴，取自一部電影的名稱，以美化搖頭丸的快樂迷航世界。

這世界的文明物體之包裝外殼與名稱，一向讓我驚呼其思維之奸狡與人們企圖避世的本質，然揭穿底層不外就是要你放心地買它使用它愛上它。

我想像著塔下的焚化爐日夜焚燒火苗，熾旺如血啼，城市的排泄體質先是凝固後是焚化，最後化爲一縷戴奧辛灰煙，竄上人們的鼻息，無臭無味無色，卻是劇毒。

畫出一幅圖，底下是盆永遠燃燒的大火，上端是明亮的玻璃帷幕餐廳。

魔幻與荒謬並置的台北，戴奧辛下的愛情，是迷幻劑的再現。

躺著妳的白色圍城

母親昏倒在一家商店前，有人通知哥哥，我是最慢知道的，因爲事發時我人在國外，後來才提前結束行程回來。不該遠遊！大家都以眼神說我的不該遠遊，但我不知母親會突然昏倒。醫生說在外面昏倒是好的，有人會發現，要是在家昏倒就沒救了。我在被以一種略帶責備的口氣裡想起許多獨居老人「死唔知」的社會事件，我恍然看見我自己依稀可能的未來樣貌。

夜晚經過石牌路上的榮總，道路兩旁的樹高大且彼此延伸，漸漸地快要覆蓋了街道的天空，黃黃街燈穿過蔓生的枝葉，右前方大樓一格格的白色燈光正一盞盞地轉弱，裡面住滿著無數的病人，我屢屢回首一望，就只是那麼一眼地望向大樓建築，便有了一種浮世戚戚的不勝悵挫。

這條美麗的綠色大道來往的不是時髦牽著大麥町遛狗的仕女們，也不是情侶話家常，而是來往著許多的病患與醫護人員，尤其是靠近站牌處總是有拄著枴杖的職業榮民病人，或是一臉蠟黃的疲憊婦人，例行看完了病抓了藥地在等著公車。

美麗深邃高聳的綠色榕樹大道，總是閃爍的救護車，總是忘了自己是「活體」的急匆匆機車騎士與計程車司機蛇行而過。

拐出榕蔭後右轉是振興醫院。

母親在此做心臟開刀手術，做心臟支架。

母親在床上，未染的白髮露出蒼衰的模樣，再也顧不得美麗了。空間都是病體，酸餿肉味與酒精氣味。

我們和死神像是隔著一道隨時可碎裂的光牆。

「我萬一怎麼樣，千萬不要給我急救和插管，我跟妳說了喔。」妳說。

「那我也跟妳說了喔，我要有怎樣也不要給我急救和插管。」

妳聽了捏了我臂膀一記，「呸，亂說話，妳幹嘛跟我說，妳要說去跟妳哥哥們說。」我本想辯解我不一定活得比妳久之類的話，但念頭一起便放下，因爲怎麼樣的安慰都是折磨。

話語一說，我們都突然安靜下來。在醫院談這個話題顯得無比沉重，但卻很眞實，無能躲藏。我們母女已經可以討論這樣的生死大事了，以前總是忌諱或是膽怯。在那樣的昏暗光影裡，想的是人活著卻爲了修得好死而不斷努力的怪異。

爲了修得好死，活人卻不斷地得好生活著。佛陀打破蓋這具肉身房子的建築「材料」，蓋這房子的材料稱爲「業」，無業無輪迴。

我看著進入沉睡的妳，我們之間的業是愛執，如何打破愛執？千百年來，無數的人在尋覓這一帖「去我執」良藥。

妳很鐵齒，不願相信世間有這東西。

因而妳十分恐懼，在死神巨大的陰影前。

妳說醫院的人眼神都茫茫然的，醫院最多魔神了，魔神會勾招人的魂魄，人如果不是生病，誰要去充滿苦痛與無尊嚴的醫院。再美的名模一到醫院換上藍色或綠色病服，所有的外相之美瞬間就瓦解。

妳停頓一會，又忽然說：「妳是分家後才懷孕的，當時本來想要把妳拿掉。」母體狀似狠狠戾戾地欲圖拋去嬰孩，這是深情或無奈？深情和無奈這件事，從來都是女人感情的基調，先是深情，後是無奈。（那畫面讓我想起聳動新聞，誕生在火車上廁所的女嬰，身體有被水箱沖過的遺棄痕跡……）

我聽了茫茫，感到一陣氣短，氣短就是呼吸短，一口氣要多吸好幾口的某種體虛無力感。

妳又說，小時候妳瘦到看起來好像隨時脖子會斷掉，眞係非常可憐。

妳說可憐，我聽了竟亦覺淒楚。

屬於母后的肉身帝國消殞，突然壯烈個性者如妳竟也漸漸容易感傷起來，有時不免竟也含著淚光地進入往事沉湎的回憶，夾雜著生活的荒謬與記憶的痛感情懷。

振興醫院以及榮總醫院外頭發展出一種獨特的生活體系，看護工藥局健身器材超商咖啡館花店水果攤服飾店美髮店……小巷裡有個傳統市集，黑壓壓的內裡，簡陋的以塑膠布面和木材搭成，木頭與塑膠都發黑了。

那些醫療器材店看起來就像是生活物件般親近，通過想像，在我腦中化爲遊嬉場域的氛圍，輪椅變形爲色情按摩椅，這樣好像讓人好過些吧，就像以「第三者」目光來看待自己般。

玻璃門內是一排排的按摩椅，許多婦女端著蒼白但衰苦的腿大剌剌地躺在那裡，壯漢男人有力但溫柔地以手勁來回摩挲著她們的腿，透過玻璃，體足館倒成了體族館，身體一族。

各種口味的麵食與臘肉和各省家鄉風味菜，儼然盡頭是一張榮民老家地圖。修指甲的按摩的修皮鞋的賣內褲內衣的連成一氣。有個以紅色廣告顏料手寫的小看板是「修老人指甲」。

奇特的是有醫院就有牛肉麵攤和水餃店，連結著外省人口腹的鄉愁滋味。

醫院食物總難下嚥，和空間及消毒水氣味有關。

我出來透氣後又回醫院，在醫院空間走動時好生奇特，像是遊走地獄圖前景，各種痛苦幻象現前。而我總會迷路，找不到原來母親的病房。在空寂只聽聞濃稠呼吸聲的走道裡轉，推開這面那面重門，卻常遍尋不著躺著我的母后肉身的白色空間。迷路亂走的當時，心裡總很害怕黑白雙煞無常走在我的前面，比我早一步抵達床榻，我跑著跑著想要去阻止黑影的掠奪。

結果常是轉了好幾圈後才猛然發現剛剛有經過啊，只是我一時心急給錯過了。來到母親的床榻，她撐開眼皮眄我一下，我遂安心。

外面眞熱啊？妳一直流汗？

我笑，拭汗，擱下在外頭買的水餃紙盒，到廁所裡洗手時，就在充滿古怪藥水的空間裡流淚，強悍者的凋零晚景讓我不敢面對。

過往常迷路，童年每一回迷路都是逛夜市，來去的人無一識得時，我就哭了，直到被攤販阿叔阿姨發現，留住我不要跑，安慰媽媽等會就來時，即乍見原路尋回的媽媽，妳也是一身汗。妳抓住我，我破涕爲笑。「看妳還敢亂走亂看嘿，被魔神仔抓去攏唔知勒。」

606公車寫著通往榮總，在十一點多時快速地被駕駛著，而我又溜了出來。整個醫護大樓安安靜靜地也跟著打瞌睡，在死神兩翼裡喘息。

四周的一切是慢慢靜了下來，商店拉下鐵門，冷氣的水咚咚咚地落在騎樓外頭，小販在傾倒水，路邊有幾個發爛的水果皮和紙屑。超商玻璃門叮咚來叮咚去，有幾個人拐著鐵馬隱沒在綠色大道的樹蔭黑影裡。

我晃著晃著，在病體大街的夜晚，踩踏著飄零的落葉。霧圈在街燈上方，我停佇著一會，以局外人看著這些承載著病體的建築，再遠些的角落躺著更多不再移動冒寒煙的冷凍人體。

而那個躺著母親床舖的空間也沉入了呼吸的海洋。集體在水族箱裡吐氣吸氣，等待明日的朝陽升起。

城市急診室沒有春天

夜晚突然得眼疾，發痛。許多的痛我都可以忍，像是長年的胃痛與頭痛，但是莫名突發的眼痛則斷斷不行，是畏懼失明的毫無理由吧，於是我在夜晚驅車至對岸的竹圍馬偕醫院。

從沒來過加上又是夜晚又是眼疾，在不甚亮度裡車子竟開到太平間。太平間旁是臨終病房區，看到牆上發著銀亮的字牌烙著「太平間」三個字，湧起一股自憐與荒謬空間並置的感受。忽然前方空間急喘喘地傳來翁咿翁咿的救護車聲，從樹影空隙瞥去，只見旋轉紅霓虹燈轉動不停，來去的急促腳步聲裡有鐵架碰撞之聲，有輪軸觸地迅速滑前的刺響。

我找到停車場後，步行穿過黑暗空地，經過太平間，走進前方大樓的一樓掛號處。夜晚只有急診看板散著理睬來者的溫暖光亮。

我怎麼看也不像要來掛急診的，倒可能比較像是剛剛救護車被抬下來者的某人家屬，以致掛號櫃台前並沒有人打算理睬我，直到我先朝著埋頭不知在做啥的白衣天使喊了聲：「小姐。」

小姐抬頭問，「有什麼事嗎？」

我故意誇大眼睛腫得睜不開的模樣說：「我要掛號。」那白衣天使看了還是沒看出端倪地問：

「妳要看哪一科？」

「眼科。」我輕聲說。她終於抬頭看我了，「ㄡ，長針眼喔，可能是放假甜食吃太多，妳其實可以明天再來看，因爲急診費比較貴喔。」

長針眼。我想她不是應該用專業一點的「麥粒囊腫」的詞彙嗎？

我聽了還是執意要看，說我很不舒服，無法入睡，而這也是實情。

白衣天使撇撇頭示意我轉頭看身後的一排人，我從她示意的眼神裡回頭看走道上的人，病患不少，有的發出一陣陣哀嚎與呻吟。我知道她的意思是，妳這不算什麼，不用看急診。「假日車禍很多，年輕人飆車一堆，看現在都撞成糊了，被抬進來了，妳說他們還能飆嘛。」我看我眼疾是看不成不打緊，還得發表如何預防青少年飆車問題的看法了。

我只好明日再來。

忍著發腫的眼睛再次行經刺眼的「太平間」小看板，行經陷入重度昏迷仰賴呼吸器的安寧病房。

死亡通過向的彼岸是太平間，一切皆無風無雨故曰太平？

夜晚掛急診，只取得一張生命荒涼索然的藥單，這藥單是治不好我的疼腫之眼與哀傷之症的。

夜晚一個人開車到醫院，奇特的心理過程與他者如舞台劇般的時空遭逢。

未久，某女性雜誌來邀稿關於女人身體新自覺。

我說我沒辦法寫這個題目，我對自己的身體有著非常多的陌生與尚未開發。

對方仍再次說希望能執筆。我只好招認我長期不小心地虐待我的身體。我沒有什麼太多的自覺，我當然可以冠冕堂皇地寫些關於身體要如何如何地自覺等等文字，但問題是通不過自己這一關，我以文字觸及了自覺，但實際我的行爲卻是背道而馳，我對身體如何自覺其實是有大片的無知與怠慢的。

台北宅女食物

一個人常懶得用餐，懶於烹煮，一度被友人笑爲齋月回民，日落方食，日進一餐。有人找吃飯又例外，隨意可指出常去的台北餐館：忠南飯館、嘜記飯堂、龍都飯店、肥前屋、西堤、上海隆記、糖朝、江浙小吃開開看、點水樓……侍者喊打包，大家都轉頭指向我。各種小吃，更是連線起我在台北的行腳地圖，台北人喚醒感官，最先登場的極可能是味覺。

吃不完的食物，友人總要我帶回去，宅女不出門，能吃天下物。冰箱一定有甜點，每回用完正餐，沒吃到甜點，那胃囊就宛如沒有敲下熄燈號般。

最末一道絕佳甜點常讓我忘記前菜或主菜的缺點，中式西式甜點皆愛。其中尤嗜吃任何QQ食，可能流著「台客」混血基因，我家族女輩皆擅做糯米食，尤擅製糰糬，內裏白糖，外沾濁水溪收成自製花生粉，或沾黑芝麻，總可連吃好幾個，直到胃袋像是要和腸子連起來至暴痛感了才會停止。鹹甜粽子、粿仔糕、黑糖糕、鹹甜糕、蘿蔔糕、糯米糰……啊！我深情於任何的QQ食。

離開阿嬤的糯米鄉愁後，在台北，我喜歡吃的糰糬是「一之軒」的手工糰糬。艾草紅豆、楓糖核桃及黑糖大紅豆、地瓜口味都在傳統的Q感中注入了新式口味。不過即使口味多了，吾最鍾情仍是紅豆一味。

紅豆糰糬口感最古典，像低音大提琴，最禁得起任何時間點去品嚐它，也禁得起任何前菜的底味去嚼觸它。吃紅豆糰糬後再喝一杯日式綠茶爲我首選，若無日式綠茶，那東方美人茶或是老普洱也不差，唯獨不宜花茶與水果茶，此種茶味會破壞紅豆的樸素原味。

小紅豆綿密深情，大紅豆清晰爽朗。

紅豆和糯米食材是絕配，主打「黑糖」熬的紅豆湯，趁溫熱之際，冬夜嚐起來溫暖如回返童年年節。

宅女食物還常見豆漿和包子。

永和「世界豆漿大王」的豆漿從我少女喝至今，見證一條豆漿街的興起與沒落，時間證明只有好吃的才能存在。半夜至此，熱騰騰豆漿外加一套燒餅油條即飽足。酷愛台灣小吃的胃常綁住了我想飛的行腳。

出國時早餐常會懷念起台北各種好吃的包子，小籠包、水煎包、湯包、雪菜包、紅豆包、芝麻包……。

國中家政課上烹飪實習，老師在學期末要同學分組做出幾道美食驗收成績，我是組頭，設計菜單時第一道馬上提議大家來做包子，得到熱烈附議後，下課幾個女生嘰嘰喳喳一起去黃昏市場買食材，麵粉、高麗菜、綠蔥、碎肉……。有人帶鍋子，有人帶擀麵皮工具等，隔天七仙女捲起白袖擀好麵皮，裹進陷，揑出一個個漂亮的圓形宇宙，下鍋等待美食上桌。哪裡知道苦等半天，其他組都已動手吃拿手手藝時，我們這組的包子怎麼樣卻也蒸不熟。家政老師走來，一掀開鍋，嚷嚷一聲，妳們沒放發酵粉嘛！包子硬邦邦的像是石頭怎麼吃？這包子拿去餵狗連狗也不吃……。

這就是被羞辱的包子往事。現在我是不沾鍋小姐，廚房是拿來煮咖啡泡茶用的，更別提親手做包子這種恐怖麻煩事了。但台北可嚐好吃小籠包之地甚多，高級鼎泰豐、點水樓，大家耳熟能詳，而我最常光顧的是寧波西街上的「四海包子店」，我哥那一代建中學生現在都已四十好幾了，他們說已經吃了二、三十多年都不曾膩過，只要開車經過必買一籠小籠包和各種鹹甜口味兼備的包子，從高中買到現在，買到連老闆的兒子都已前額略禿了。

包子好不好吃，剝開的瞬間即揭開答案。皮的Q度和餡的香味汁味，使得四海包子經過時光傳承，依然讓人再三光臨。只是包子無法吃多，遂常買些放冰凍，想吃再蒸，此是「宅女」適宜食物之一。

景美夜市入口的上海水煎包也是我常光顧的包子之所，相較於四海包子的「蒸」法，水煎包因是用「油煎」，遂起鍋後要趁熱吃，別說隔夜再蒸，這水煎包連幾分鐘耽擱都不行，只要稍微降溫了吃起來就減好幾味。

口感柔Q汁津豐饒，內餡飽滿，這就是我喜愛的包。這包，是我的小宇宙。

妳常數落我手不動三寶，「好咦食啊！」妳說。（好享受啊！我怎不知妳會說廣東話，電視劇教妳的東西眞不少。）

四平街

在四平街遊逛的多是附近商圈的上班族白領，中午和下班時間是兩波熱潮，之後這四平街就成了空城。

四平街於我有過接觸，在我於南京東路兩年多的上班時期。彼時若是沒有被派出國採訪，我的上班晚餐通常都是一個人晃到四平街買點什麼吃的，穿越整條街道，一件一百元的衣服，一個十元的物件，光是修改衣服就有多家，賣內衣的婦人總是在聽著慈濟功德會誦經或是證嚴法師開示錄音帶，我才光顧一次，她便記得，總是叫喚我：「阿妹啊，這件好不好？」阿妹啊，好像我還在青春期似的，我看她手裡抓的內褲是印著史努比和凱蒂貓，我大力搖頭，我不喜歡身上有可愛的圖騰或事物。但我懷疑我的樣子怎麼會讓她介紹這樣的少女款式給我？我想可能這也是她故意行使的策略也說不定，女人多不厭被看小（除胸部外），這可是某種銷售心理學。

我曾是跟母親做生意的市集小孩，深諳市集只有不見血的殺戮，而這邊賣女人內衣褲邊聽證嚴法師開示的婦人在吵鬧市集裡顯得十分怪異。

這怪異有點近似我從報社晃到四平街。報社是知識與流言場域，難有整齊環境，記者也幾無心思去善待辦公空間，他們眼前只有事件文字和時間競速，桌上總是堆積著亂七八糟的紙張公關稿參考書目或者只扒了幾口的外賣便當或四海遊龍的鍋貼，不斷放送的新聞已經習慣在耳朵旁轟炸，可怖的是影劇組時時尖叫與主管罵著某某人的稿子寫這什麼東西……。

突然這些氣味與聲音都轉換成可親的四平街庶民氛圍，含淚拍賣、跳樓拍賣、犧牲拍賣、最後拍賣，男子站在板凳上舉著旗子高喊，成串吐出的字詞充滿鮮活的生活哀樂。

有時停下買雙拖鞋買包蜜餞之類的，然後就穿出四平街了。

某過年前，特地到四平街逛逛回味過往，路基翻修過，攤販一致化，路口那個賣鞋和「恭喜你」的小販彼時還在。

「恭喜你」小販的得名起因於每一次成交時，他交給你一袋衣服，你交給他一些鈔票時，他一定吐出「恭喜你」三個字，他的衣服像是大批發似的總亂堆成山。你給他鈔票，他吐出「恭喜你」，意思是恭喜你撿到便宜了。我買過兩次，當他把衣服裝進我們在傳統市場的那類紅條紋塑膠袋時，這時原先經過細挑的衣服全像是「鹹菜乾」，「恭喜你」之詞倒像是某種反諷之感了。

大拍賣時，許多時尚店家總被女人擠滿，女人對於可以搶購的衣著總有近乎殉教者奮不顧身的模樣。

四平街商街小店，除賣衣服外，日益增多的不外是水晶店，算命節目帶動水晶飾品，而有時仔細聽口音卻可聽出有些店家請的早已是大陸女子了。

鄰近「四面佛」香客川流，來者買蘭花百元供佛。

我繼續前往的下一站是巷裡的「葉慈咖啡館」，詩人葉慈比四面佛還要靠近我。

微風與黑松汽水

忘了是幾年前敦化南路上的復旦橋猶高高拱起，鐵道上火車穿越繁華都心，於我初至台北還是很具魔魅的視覺感官。有時常見有人走在上頭，看出一副心情蕭索模樣，消沉的人需要走上一座橋，散步吹涼風，在城市裡走上一座橋，看著生活的燈火捻亮或暗去，享受黃昏時一抹斜陽掛在城市上方，轟然一列火車隆隆撼地震耳行經，有時會想要跟著尖叫。又或者夜晚城市失眠人步上這座橋，眼見著城市建築消失了邊界，融入於黑缸裡，忽然一道強光強風駛來，將失眠人的髮吹得高高，建築的邊線行道樹的枝葉又再次跳躍視覺。

復旦橋，一座橋樑的失去，又換來另一座橋樑的興起，市民大道上的高架橋四通八達地從西區延伸到東區。然復旦橋終還是走入了歷史，屬於我的城市午夜鐵道記憶其實多是連結著失眠，失眠與光影的遊戲，彼此互爲召喚。

復興南路上的微風廣場兩側街道原本總是黑暗暗的，地下道涵洞阻絕了此地帶的商店性格，既無商店便無逛街活動。

直到黑松汽水搖身一變爲微風廣場，而涵洞也消失了，涵洞消失，黑暗地心不再，現下微風廣場一帶亮晃晃的，餐館增多。但有一種奇怪之感是在微風看晚上十一點多的電影散場後，從電影院步出卻直通百貨空間，原先穿越百貨公司時四處還亮著物質，電影散場百貨物件蒙在黑暗裡，人們下手扶梯，穿經蓋著布的百貨物質以及捻上熄燈號的玻璃時尚屋，我有一種奇特的感覺升起，像是走過物質廢墟般。若是少女時的我行經此場域時，說不定我會想偷東西，我可能趁機摸一個東西走也說不定，物質不受看管的狀態眞是挑戰少女時期的我之無定力與無太多道德約束。好在我在一個沒有太多物質的生活空間裡長大，沒有太多機會滋長我的惡。

以前我們搭火車，車椅上印的廣告是「祝您旅途愉快 黑松沙士汽水」，現在廣告換成了「退休 保險徵信」……。

黑松汽水裝的是歡樂竄升的泡泡。

我們長大了，汽水卻也不愛喝了。

我們也習慣將本能的道德壓抑，轉換成社會的道德。

已經幾乎不喝黑松汽水了，想起黑松汽水連結的是童年的喜宴。媒人婆母親，常常有喜宴，黑松汽水百利柳橙汁，一個幸福的開端。

黑松汽水的貧窮年代對照著微風廣場的光潔昂貴超市，又是斷裂，又是記憶的繁華盡頭與絕滅。

南京東路

走在環亞，總是爲了去IKEA或是FNAC，但還沒抵達目的地時，身體得閃過午休和時間拔河的上班男女，腳步也得避免踩踏將衣服鞋子擺在地上塑膠布的攤販，以及閃過無數發傳單的手。

大路對岸的巨蛋總有歌迷在排隊，或者球迷。曾經參與的棒球賽是生命已經不曾再有的光景，我去看棒球賽，因爲他。也因爲他，我不曾再來此看棒球賽。那場棒球賽像無主之魂，再不曾發生。可夢裡我老是見到我一個人呆立在滿滿是人的場內，歡呼叫囂不斷，場內棒球突然轉換成羅馬競技場，一個肉身和獅子競比著生死。

我在南京東路這條街的報社當過兩年的記者生涯，但我總是被出差到世界各地，所以其實也少待在此。然而更大的奇特效應也正因爲是我不斷地在離與返狀態裡所被帶動的，你可以想像當我從以色列、巴勒斯坦的戰火浮生錄或是斐濟的深海潛水大跳豔舞之地回到我的台北母城時，我的心靈正經歷著巨大的無比斷裂。

當我從世界各地歸國重新回到坐落在股票銀行旅行社充斥的南京東路時，並回到七十多張鐵製辦公桌連成一氣的報社空間，我的驚嚇與惶恐了。金錢流言飛來飛去，而我的耳膜前日還裝著開砲聲沙漠風聲貝殼聲海水聲……。

我當時寫作的危脆之心是還得佯裝和四周一切打成一片。然我知道，很快地我將無以爲繼，是以兩年足矣，敏感的人長久地待在這種斷裂瘋狂世界，會得失心瘋。

這是我的奇特光景年代，發生在我的個人台北史的1998-2000年份，這個年份南京東路的榮景不再，然而它的身世依然有著遺族丰采，過往的證券商銀行與旅行社未曾背離此地，這些和錢財最有關的行業依然是此路段的三巨頭。外加上百貨公司和錢櫃等酒家，南京東路夜夜忙。十多年陣亡的有永琦百貨，然而不遠處的新光與衣蝶卻延續了金錢累積過後的消費行爲，繁忙的南京東西路，路過時耳朵總乍然吸入一陣數字的喧囂而疼痛一晌。

台北南京東路具體而微地見證了台灣錢淹腳目的鬼魅年代，而我未來得及參與（或者該說就是遇上了也永遠無法參與的光景）。

閉上眼睛想像此條大路在九〇年代股票奔上萬點的榮景，當時台北條條大路通南京（東西路），羅馬的永恆之城裡的永恆，代表的是停滯的永恆。而台北的永恆，是不斷數字滾動的永恆，人們的眼睛與情緒起伏異常黏滯地黏在金錢數字的跑馬燈上，跌與漲都會讓人雀躍叫囂或是心臟病發。

這是我的台北母城歷史美好年代，泡沫的榮光讓許多人猶仍嚮往不已，即使那是泡沫。

當年搞房地產的小姐敲斷高跟鞋賺盡錢財，於今她們都要進入初老之齡了。百業興盛，股票正熾，房地產身價扶搖直上，銷售員日日開門見財，不必用盡手段即能順利成交。彼時即使是在南京東路的一條小岔路上的四平街的小地攤也可以月入三十萬，之後幾年四平街上一家賣粉圓冰和蚵仔煎的小販女兒念慈濟大學，而捐出了百萬，那是過去累積與後來不斷發生的錢滾錢。更別說這條街裡著名的豬腳飯了，從那股票萬點至今不衰。一天有多少隻豬的腿被截肢地送到這裡。滷好的腿肉，若是加以還原，牠那數以萬隻的腿流著蒼白血水堆疊的樣貌，恐怕無人吃得下去。許多事情和食物都禁不起還原到最初的過程。一如愛情，一如腐朽。一如我們每天身體的排泄和這座城市的排泄。

金錢累積的速度像虛幻遊戲，股票是虛幻的數字漲跌，但虛幻一旦交割交易，頓然化成具體的金錢數字時，虛幻退位，成敗論英雄上場。股票操作其實是慾望控制得當與否的遊戲，若是一直等到慾望爆滿才出手，恐怕也將是傷痕累累。

我常不明白，生活在我的母城時的所見所聽。

我走在南京東路，台北跳動著金錢數字狂熱之地，我卻想起我所旅行過的其他島嶼風光與其他島嶼的生活模式。

我們長期內在匱乏，於是將心投射給政治與經濟，也長期習慣以金錢來衡量生活品質，生活在便利裡，更讓人恐慌一旦經濟優勢失去，生活將陷入困境的迷思。但實情不是這樣的，生活的品質不必然和經濟成正比這是眾所皆知的，斐濟、大溪地、南太平洋諸島在在告知我們內裡原始的熱情所在，那是對天地事物的細緻體會與感恩使然，但是我在自己的母城是見不到了。

在南京東路遙想我的斐濟與大溪地歲月，妳聽了摸我的額頭開玩笑說：「咦，妳沒發燒嘛！」我沒發燒，但我心裡發燒了。而整個島嶼也發燒了，發燒無盡的金錢遊戲，發燒著肉體的狂熱。心的終極地圖，許多人交給金錢做導航，我想起來就冒著冷汗。

母親妳說我太杞人憂天了。

我點頭。是啊，這個金錢遊戲世界自然有它吸引金錢豹的獵人迷魅處，我所旅行的南太平洋諸島確實已經無法丈量我的島嶼了。

一座沉淪的島嶼，誰能丈量它，除非跟著它沉淪或者等到它浮上來。

窩居貓咪

一個人在母城和幾隻貓，度過窩居時光。

熟悉又陌生的對岸街火，在眼前一一滅去，拉下鐵門。下了夜班的年輕男孩女生。男生騎著摩托車回家，女生有的也是，有的等著被載。

正前方是一個不斷閃動如心跳的十字架，閃動閃動，直到殞滅，夜晚才真的降臨了。

出門買的食物共有兩份，我的米粉湯和黑白切小菜，還有幾罐寶路和餅乾。

夜晚到來，這夜合宜喝一杯冰涼啤酒，選在夏夜裡對牠傾訴過往的流離，我親親牠的臉，對牠說這流離並無琉璃，無五色無五光，這流離只有我青春裡的一把無明火，燒得豔空如焰網，網住一朵蒼衰崩毀的雲身。

時間還網住我的貓咪與牠的移動箱子。

寵物其實是高估了我對牠們的態度，其實牠們並無受寵，只是跟著我過日子罷了，偶爾有些美食犒賞，偶爾有些溫柔的觸摸。但大多時候我們像是同床異夢的情侶，牠喜歡爬上我的床，但眷戀的絕對是棉被而不是我。

跟我度日，而我已成新貧之女，這詞彙後來黏在身上的有「波西米亞」或是「吉普賽」（母親妳口中或是諸多朋友所戲謔的【一哺屎】）。再後來是演變成「BoBo族」，波西米亞與布爾喬亞的新混血品種。而其實我只是照我的樣貌活，不管是一哺屎或是波波族，我其實生命一直都有一種流徙感，這流徙感並不以安居或移動來判讀，流徙或跋涉是我這個人生命底層的晃動樣貌。

晃動感，傾斜狀，逆時態度，構成了當時台北最初的生活質素。

生活裡除了書寫還剩幾隻貓，因牠們的存在才刻劃出我的孤獨。

我們互不相干擾，牠窩牠的窩，我寫我的字，牠踏步輕盈，我步履緩慢。牠睡覺，我看書。我睡覺，牠枕夢。

牠竟見證了我的生活空蕩蕩的，除了牠的貓爪和我的文字留下了生活的點滴，我們只剩下彼此。

失眠人和遺棄物同枕

早些年，我的生活像是眠夢，深海的眠夢。我的眼睛愈來愈畏光，像深海魚般地退化成細小狀。白天想睡覺，晚上睡不著。醒來不想睡，一睡不想醒。就這樣度過了黑潮般的混沌悠悠。

攝影鏡頭前的那一片黑遮板似的生活，偶爾一閃而過的靈光就像快門的閃燈乍現。

記憶不是過度曝光就是曝光不足。

唯獨生活裡那些美麗的東西才算「存在」，它們可觸可賞，眞眞切切。

在台北幾乎沒買過什麼家具，不是撿來，就是親朋好友相送，格調不一，所以我需要很多布，利用布來遮掩它們不諧的基調。或是等爲它們改頭換面，刮掉一層油漆皮膚，換掉塑膠外衣，增長一些腿的高度、安裝一個可以撐住的背脊……。

別人望河水是專心釣魚，我梭巡著河面是爲了等待漂流物。漂流物長年吸吮著騷動不安的河水，陳年的木頭在陽光下散著沉香，一些生物從木面往四周逃生，我坐看良久，我喜愛物體有一種歷史的厚度，一種前世今生的傳承。

從淡水河漂流物我可以聞悉城鎮人們的生活況味，如今河岸上早已是垃圾浮屍多過可以給我拾荒趣的家具了。從河上泊岸的家具留在我家的就只有兩張椅子，一張雕花的老木椅，一張小學生的椅子，一塊厚木板，從此就沒再從岸上撿過什麼值得放進我家的東西了。妳叨念說：「搞不好那是死人不要的東西。」我聽了無所謂，骨董家具何嘗不是死人留下的東西，「死人哪裡有要和不要，根本全帶不走，活人應該物盡其用才對。」母親妳聽了很不高興，說撿家具讓妳不潔，不知爲何我會有這種死德行。

以前在台北偶爾還能撿到放在路邊的一些好家具，台北有錢人多，遺棄的家具雖然品味不足，但我看中的是結構，結構好，改裝後還可以加分。自從政府推行垃圾不落地後，尚好的大把舊物有的就直接被送進火葬場，資源回收有時是這樣被表面化運作的，我想起那些被燒掉的家具就會心痛，眞的心痛。它們再也無法從我們這類人等的手中新生了。

拾荒家具，棄守台北。住的八里鄉倒偶有好家具置於路旁。有時晚上失眠即開著車沿著海岸線的公路上開去，東望西巡的，讓我注目的物件自然會和我說話，它們自有自己被歸屬於誰的命運。

梭巡過程，我常在淡水和淡海交會處停下，望河海一陣。夜晚的海景，房子如山般地沿岸築起，房內的人也許正在一只木床（或水床）上躺著，也許同枕共夢，也許不同枕也不共夢；有人正坐在皮沙發上（想到皮沙發我就會全身發癢）轉動著電視遙控器，螢幕閃爍著通紅的雙眼；有人正在貼著塑膠皮的電腦桌上寫著電子郵件；又或是有人直接就躺在檜木地板或是大理石上發呆……總之人們都在房子內伴著家具。大半天裡，竟然沒有遇到一個人，和我一樣來此看看海色，我常覺得這個城市的人是不是都心死了。

奇特的是，心情沮喪時，卻通常會撿到好東西。

一張斷一條腿的貴妃躺椅，就這樣被我扛到後車廂。就在我繞回八里時，路旁擱置著讓我眼睛發亮的雕花木頭。夜裡像小偷似的，貨車的大燈駛著蠻橫的速度從我的身後打上來，夜的孤寂，一個失眠人像突然邂逅了路邊的一樁愛情般，我的臉上帶著微笑。

清洗，再清洗。上等的陳年木頭透著約有百年的身世，我想像它的前生應該是在幽歡的客堂，木頭樸實中隱含著濃濃的媚態。

不喜歡家具只是純裝飾，我覺得家具一定要和生活連結，愈用它們會愈有感情，它們會被歲月染上光澤和紋路。爲了能夠入主貴妃躺椅，只好斷去貴妃的另一條腿，直接以椅面觸地，如此一來也別有設計感。這貴妃長椅一放進我的工作室即顯露一種貴氣，把別的家具給橫生比了下去，見過世面的老大姐雖然滄桑，然姿態仍是不凡。

想像以前的世代男女大概是躺在這款長椅上抽鴉片調情吧，現在我躺在長椅上看書打盹，兼且無聊地抽紙卷菸。如果畫素描，這貴妃躺椅非常適合人體寫生，光是想像就已胎藏無盡意。

追溯拾荒癖可能源於過往在台北流徙租屋的窘況和紐約時期。紐約客習慣把物件的前世今生從這個主人轉到另一個主人，撿慣了，看到路上有東西手就癢。

有一回看到一張大書桌擱在路旁，和同學喊著一二三用力地抬起書桌，正雙雙扛起，走沒幾步路時，一個掛著眼鏡的瘦弱男子追上來，氣喘吁吁，只是捧著胸、手指著我們大方抬在手上的書桌，一口氣上不來似地直喘著氣。我們見了只好把桌子放下，覺得很丟臉，好像光明正大行竊似的，趕緊放下準備要走人了，男子卻要我們把桌子搬回原地，原來人家只是搬出來曬曬太陽而已。

當我從紐約要回台北時，決定搬回兩張拾來的鐵椅，只因我對這兩張鐵椅有高度情感。鋼鐵焊燒的全身骨架，配著古典咖啡的椅面，高度恰好和書桌契合，我坐其上時手彎節可以適中地掛在桌沿上；又那美麗的弧線是它讓我注目之因：鐵骨雕花從椅背到椅腳一體成形。我往後一靠正好椅背完全承載我的全身脊椎，椅面柔軟又夠寬，可以很舒適地讓我在疲累時搖擺著臀。它夠厚重又不太重，分量恰恰好是一張好椅子該具有的結構身段以及內涵。

冰冷的鋼鐵鏤空雕花配上古典暖系的厚墊，恰是我喜歡的古典與現代融合，冰冷與火熱同源。完全民藝風格或是完全現代感的家具我亦不喜，特別是全組全套的家具我特別不愛，我逛家具店看到整組皮沙發、大理石椅或是床頭櫃酒櫃等物體時還會有一種急於想逃離之感。這件拾來的純木工貴妃躺椅，我就很想在木頭鏤空的部分上嵌進一些琉璃或透明材質之類的現代感元素。我覺得最好的物件風格應該是內斂的，也就是說連品味風格都不要太彰顯。

就連一張貴妃躺椅也不要讓人一眼看穿它的身世般，這是混合媒材給我的樂趣。

搬至八里時，妳送了一組約是在五股一帶買的用餐家具。妳送的，一定得留下，免得妳來拜訪見不到傷心，但品味我又……，這時我又需要大量的布了，我用的布匹有許多是買自於峇里島，從峇里島再到我的八里，布匹讓我的家具有了裝扮。且妳想要檢視妳送的家具還在不在時，只需翻翻布面就可安然了，雖然妳並不喜我幫妳送的家具穿衣服。

「媒人錢多過於聘金禮。」這是妳見到那兩張浸過鹽水、飄洋到台灣的兩張鐵椅時妳常叨念的句子，只因家具是撿來的，而我竟然花了大筆運費和心思把它們弄回家來，且給予重要的居家位置。

然而若選擇傳家家具，這兩張椅子該可列在遺書裡吧。我死了，我確定它們還在現世流亡。

台北女人

兩岸三地評比，都說台北女人慧。

作爲一個台北女人，我有自己的迷宮與牢房，也有自己的花園與廢墟。

但我算不算台北女人？似乎我又不屬於台北女人，因爲我在母城常感到陌生，在同質化中我時感自己是個異質體，是集體流行體系的另類。

但我又是台北女人，我在母城裡物傷其類，同感其哀，我們有共同的土壤，我們同霑雨露，我們悲哀又歡喜地在台北的物質與精神的兩極中度過我們的青春。我們的身影不斷在咖啡館的某個昏黃角落雕刻時光，我們的眼神必然在城市的某個雨夜曾經互望一眼後無端地流洩了重重心事，我們的耳膜曾經在城市的某個旅店，互聽到彼此情慾廝磨交纏流洩的語絲，我們的嘴巴在冷清的反覆的寂寥狀態互相以溫柔取暖……我們共同生活在這座城市，我們是台北女人，我們的身世彼此指涉，生命互相拓印著相同的曾經的淚滴與血痕……。

我，是台北女人的縮影。我，曾經是一個等待的身影。之後，我成了移動的身影。起先我是台北女人生活史的一則意外，而今前仆後繼的新女人遊走世界，自此我不再是一則意外，我們有了共通的話題與眼界。

二、三十歲之後的台北女人，是生活在台北城市的集體消費物化時代，她們對於擁有比放棄來得深刻體驗，她們開始自己創造自己的歷史，一反過去祖母和母親的生活與形象，她們是天生的城市人，擁有穿越城市核心與邊緣的介入與抽離的冷眼熱心，擁有穿透男人堅強與脆弱的嬉謔與了然的慧眼多心。

這個時代的女人爲自己打造身世的迷宮路徑，她們難以一時就被解析和看穿，謎樣的女人，貓與豹的結合體。台北女人不只是女人，她們是活生生的自我與他者，是既傳統又現代。她們的生活座標繁複，生活身分多樣，既獨立又攀附，努力學習新事物，是個擁有自體繁殖情慾與自行長出飛行翅膀的新人種。

台北女人不再單向生活，台北女人是心碎的女人、是逛街的女人、是學習的女人、是一夜情的女人、是情慾的女人、是戀愛的女人、是情婦的女人、是居家的女人、是專情的女人、是生小孩的女人、是帶屌的女人、是懂得交換的女人、是有明天的女人……，台北女人有著很多的細節，細節是以生活的瑣碎所編織；台北女人有很多的網，網破了再織另一張網，台北女人是有夢想的新女人。

台北女人是個混合體，是文化交構下的思想物，在哈日和韓流中擺盪流行，在東西方文化裡成長，她們是既揮霍身體也善修靈識，懂得在瘦身美容中飲食，在靈修中解放情慾，台北女人跳舞健身，打坐練瑜伽，拜師學藝，追逐新事物的同時，老靈魂逐漸顯影……台北女人一言難盡。

台北女人是個善於等待的身影，是既世故又天眞的城市人。台北女人的差異不是來自於世代，而是來自於族群。世代差異其實不大，直髮離子燙與各式各樣逆時光美容產品雕塑產品延長了女人的少女期。我的生活四周到處都有老女孩與新女人，她們體內的女孩到老都不願退去；在新時代裡也恆有最保守的勢力，認為婚姻才是飯票保障者依然盛行在這個時代的女人身上。

但同時「自由女人」也業已成形，這一代的女人子宮最閒置但陰道卻最忙碌。

自由是最大的嚮往與最美的幻象。

於是女人對世界的圖像不再是依賴他者的敘述得來，是通過自己的眼睛和步履所描繪的世界地圖。

移動是這一代女人的慣性，台北女人總是要習慣跌了很多次跤，才發覺世界的運轉不是依賴自己的一廂情願。

台北女人面目不清，沌雜駁交，勤於當白老鼠，實驗各種美容產品，實踐各種直銷產品，台北女人要活到死都是美麗的化身。

台北女人有時會在公共場合就端然補起妝來，讓坐在對面的男性覺得面前的人類是不可思議的品種。或者紅紅嘴唇印子就拓在水杯的杯沿上，台北女人大剌剌地以自己的感受為中心，台北女人終於可以大膽說NO。

台北女人夾在性慾與眞愛糾葛的場域，台北女人遊走邊界險境而常不覺。渴望眞愛，卻又無法面對幻滅。

台北女人在愛情海裡載浮載沉，台北女人跌跌撞撞，跌撞方學習了什麼叫做幻滅。台北女人一反過了四十歲就宣告某個部位死亡的宿命，台北女人在死路中可以衝出封鎖線，台北女人飛蛾撲火不是爲了死亡而是爲了重生。

台北女人常在「玩得起」和「放不下」中徘徊，台北女人曾經是「要用提不起，不用時又放不下」的無能，台北女人常有色無膽……但現今台北女人已經漸漸有色有膽了，當她的領土破碎切割，她嘗試給予自己機會去復原完整。雖然兵臨城下，但是她知道過了重重黑暗，她將望見黎明。

台北女人懂得旅行，她讓男人在她的身體旅行，且讓世界在她的腳步中成形。台北女人不只已經有了自己的房間，還擁有了一對翅膀，和一艘遠航的船。吳爾芙說多少世紀以來，女人只打造了一面鏡子，這面鏡子有一種幻異而美妙的作用，不斷地將男子的影像加倍放大。

台北女人仍然攜帶這面幻鏡，但是這面幻鏡所折射的影像不再只有男子，更多是女人自己的身世史愛情史。甚至，台北女人不再只打造一面鏡子，她們努力地打造多面鏡子，適機折射，讓人目不暇給。

台北女人比起台北男人更願意培養靈性的修爲，更願意在書房廚房臥房中走出她們的格局。台北女人聰明，這聰明不精明，台北女人在慧心睿眼上，較之世界女人更有向上努力的願力。

台北女人……我所描述的只是整體當中的群體和個體，是全部裡的部分。我但願，我是這樣的台北女人：苦楚中瀟脫，溫柔裡堅毅，世故又天真，繁複又單純，明白又糊塗，跌倒再爬起，是花朵也是大樹……在女人香中擁有大丈夫相，自己也可以是自己的情人。

這是我所喜愛的台北女人，一個女人可以是一個世界。

台北中年男

很快地時光把我推到逼視自己的命運門口，突然自己陷入二十來歲時我所戀愛對象的年紀，而那些當初所戀所愛的三十好幾的男人如今也已相繼邁入憂鬱中年。我知悉很快地自己也將抵達我冷眼看待他們的時光。

女人是不願去想自己已入中年的，然而我發現男人通常很快即說起，且語帶怨嘆自己已是中年男之齡，即使有的只是前中年期也忙忙（茫茫）地一把將自己推入中年的氛圍，我後來才搞懂這也是一種保護色，承認脆弱，告解某種無能或是擱淺的困境，任誰也無法對一個承認脆弱的人施壓了。

面對中年男就宛如在面對很快將至的光陰，我想的是我能不能活得更精采，更有力量？我的精采與力量不來自於社群或社會的支撐或舞台的供養，那麼來自何方？顯而易見的答案一定是唯心了，但唯心又何需談論，所以光是唯心也有所不足。

憂鬱，普遍的感染在我身邊的中年男身上，憂鬱像是他們的外衣。

醒來完全掉入絕望之境是常見之事。

中年男，談一場戀愛可以解決心理危機，專家言。

我總想起我的前中年期男性友人，其中一人說他總是午夜到誠品書店看優質美女就覺得心滿意足。

我總希望自己可以如此，看了優質帥哥就心滿意足，但我總沒辦法因爲觀望他者之美即心滿意足。

我在台北看見很多的中年男，於是總覺中年心境是很特殊的時間點，像是前不著村，後不著店的前後不得境遇。但又頗有一切都如是歷歷的生命風霜與擁有感受，但擁有又似沒有，風霜沾惹又眷戀青春，是以來來回回。男性對於肉身的感受並不比女人低，只是對應的客體與感受狀態不同而已，好比女人在乎的是皺紋斑點與胖瘦與否；而男人在意的是體力的施展，體力和青春掛勾，最是悵然。

中年心境像海水，總是忽焉回頭漲潮退潮俱已成形。中年外觀像是青蛙的皮上斑疣，去也去不掉的體內長年毒素顯現於外。

城市中年男總想去旅行，總想買塊地，以彌補他們四十五歲前，總是庸碌忙於事業的可憐身體與意志。城市中年男總想有豔遇，總想有年輕美眉靠近他們，以彌補他們四十五歲前，總是奉獻給一紙婚姻合約以及吵鬧娃兒的身體與激情。

城市中年男，長年穿著灰黑白西裝或襯衫，偶有藍色或米色，除此生命少有顏色，城市中年男具體顯現一個男人從發育成熟到過熟的生命起承轉合，成住壞空。

城市中年男攸關一座城市的興亡，城市中年女寫的是家園的滄桑史，城市中年男寫的是帝國的經濟史。我想起那個想去法國看女人的男性朋友，十多年過去了，他還在他的淡水河邊遊蕩，或者突然心情大壞地和自己的過往身影幹架起來。

和合男女，到了中年這一關，都是雁渡寒潭，淒清冷冷。縱有經濟王國權力在握者，不免總在午夜裡突然想起年少時，曾有過的理想與狂狷。

城市男女，注定孤單。

生命終點，孑然一身。

B
A

從這個車站出發到眞實的城市內裡，

以及和母親妳一起回憶的台北……

就此進入，
台北和我們的**老樣子**……

貳・老樣子

潮水，把我引向妳（我抵城）。
在歷史陰風下，幽蕩晃悠的愛情身世。
速度，把我帶開妳（我離城）。
在步履灰塵裡，徘徊無盡的肉身故事。
這城這身世恍如是以紅色染成的日子，
殷紅如酒色——我感疼痛……

【開　場】被述說的城景

原來，時間如果停留在我十八歲的那個刻痕，母親眼中所勾勒的城市地圖是曾經存在的。

只不過這地圖現在已成了消失的地景。

我說，城內城外被橋連接了起來。妳指正我說，從來就沒有連接過，橋只是工具，城市之外的化外居民從來就不會城內的那一套。妳並想起過了橋就是城內的百貨公司，百貨公司再過去是鐵道，鐵道的車站是我們每回逢年過節去見阿嬤的地方。

我點頭，城市西門的百貨公司再過去是鐵道沒錯，但已地下化了。阿嬤過世多年，妳的記憶停在一個時間的句點上，停在火車上依然賣便當的年代。曾經台北是個大工地，小紅燈閃閃亮亮地高掛在鐵皮的圍牆上，伴隨著晚歸的人。

我想重新向妳描述現今城內的這座車站，我說從這個車站出發可以連接各個街道網路，出了站可以接泊高鐵子彈列車、公車巴士、計程車，階梯天橋不見了，新的版圖被改寫。車站沒了，小時候妳帶我來城市漫遊的噴泉，取而代之的是車站建築的鳳尾迤向天際的線條，每一面玻璃由地撐起，如銅鏡般可反射人們趕車的步履，歸鄉與返鄉的心情也一併被測量出來。

我發現我這個人子，原來具備舌粲蓮花的本事，母親妳還沒聽出描述的細節，就再次地迷失在我的語言迷宮裡。

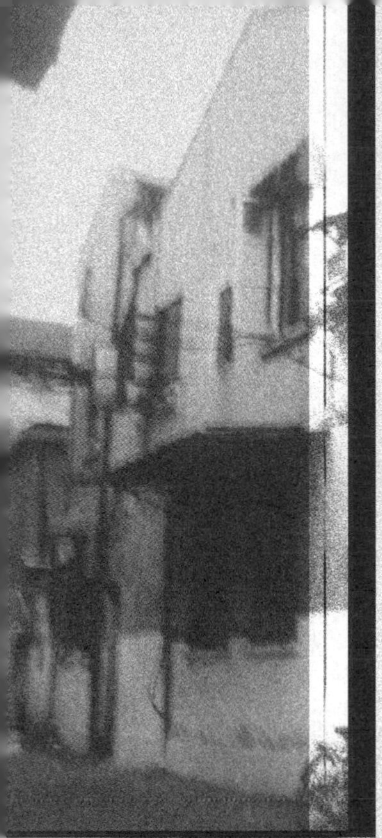

有天妳醒來從床上把我搖醒，妳說，速度三百公里的子彈列車是真的嗎？每次妳講的城市都
讓我聽得霧煞煞，到底真的是這樣嗎？

我說是啊，只是妳不懂我使用的語言。

這樣的回答，妳聽了生起氣來說，供錢給妳讀了冊，妳卻回頭說我不懂。
說母親不懂是最危險的事。

這讓妳意識到妳那殘缺的帝國。
於是真實的城市內裡，以及我年輕所流連的感官之城，都隱藏在文字之下了。

能和母親妳一起回憶的台北，都是些蒼莽廉價的生活片段，且竟就這麼些了。

我怎麼會懷疑這城市生來就適合遺忘呢？
我怎麼會懷疑妳天生就適合我的寫作呢？
在這座城市裡，
在今夜這個與其他夜晚如此相似的每個愛欲裡……
妳以愛勒索女兒心，
這城以便利留住我，
時光歷歷在目，
竟也腐朽出一種無以言喻的怪異美感。

我的城市地圖囊括悲與喜。
童年生活的**市井氣味**突然又迴轉，
瞬間敲著我的心房，弄痛我的眼球……

我一再尋覓屬於母城消失的地景，
我一再回顧屬於自身青春的愛情遺址，
我的不堪來自於自我片面的一再凝視。
不堪者多所任性，遂再三回顧。

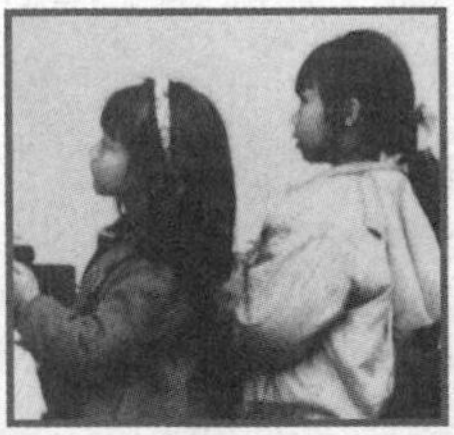

台北

餅神的遺憾

母親妳就坐在那裡，嘴巴不斷地動著笑著，在說著什麼令人開心的話，客廳暗處有男人女人乾乾地坐著聽著。

當我行經中山北路幾間非常巴洛克建築櫥窗裡閃耀著新娘婚紗時，我總會不期然地想起妳。塑膠新娘掛著甜美假面，夜裡櫥窗聚光燈如星子未熄，塑膠新娘永遠貞潔，從不入洞房也從來不老，更不會在隔天變成爲柴米油鹽蓬頭垢面的婦女。

我喜歡塑膠新娘，白紗永遠白，沒有斤斤計較向市場小販討根蔥的歐巴桑模樣。敕使大道，陽光穿過楓葉縫隙灑在發亮往來的黑頭車，綁著大朵紅花的禮車，新郎新娘有人忐忑有人歡悅，在此時間點彼此將打上日後難以解開的結了。婚宴過後，將杯盤狼藉。彼此昏盲，如此日子才能善過。

在中山北路，我看見塑膠新娘，看見母親妳，也看見眞實人生。

中山北路婚紗店櫥窗裡的新娘驕傲美麗地挺立著，然而白紗內裡卻可能早被蛀蟲咬噬，就像母親去卦香被香觸燒的密密小洞。

婚紗是女童幻影的再現，每個小女孩從當花童到青春閉鎖，然後愛情神話來了又走了。

台北人深知要來中山北路拍一生美美的婚紗（即使這些照片往後尋常是再也不曾多看一眼，有的甚至要將照片撕成兩半）。卻很少人會到中山北路看日本神社，就是在這條大道住上一輩子的老台北人可能也從來沒有想要去日本神社。

大家都要來這裡拍婚紗，這才是實在的人生，誰要去看那些有阿本仔鬼子的神社。妳對我的疑惑簡潔務實地回答。

我租處公寓舊識阿華結婚時提及她和她的阿娜答認識是因爲網路，我說你們的媒人席是否應該擺一台電腦。阿華在電話的那一端笑得吟吟，像是在和我網交似的慣性笑聲全跑了出來。

其實我當時那樣說完全是因爲媒人席讓我想起了一個撮合了無數男女的舊款型媒人婆。

妳當媒人婆除了因爲妳天生討厭有人不結婚外（妳說年齡到了就男的要娶，女的要嫁。妳的理論是沒有人結不了婚的，駝背交傻子，睛瞑交腿瘸的……郎才交女貌。結婚才合乎自然定律，我常聽見妳這樣說時，就會有個畫面跑出來，看見妳化身成花粉，成千成萬的雄蕊都在等待妳撒下粉粉如金的媒，結合交媾），然而還有個不爲人知的秘密，妳卻不好說出去。

妳熱心於當媒人婆，還因爲如此一來，我們家就有很多的餅乾和喜餅可吃了。尤其像我這麼饞，家裡所有的甜食沒有一樣不遭我鯨吞，黑砂糖白砂糖冬瓜糖和味精胃散……都跑到我的肚子裡。每回妳燉煮綠豆紅豆時，快到要熟了打開櫥櫃搖一搖瓶罐空空然時就大罵著：哪有佇呢饞的小鬼仔，饞死了，以後鬼會把妳拖去吃喔！

自從妳成功撮合了鎮上某米行富商的低智商么子和我那表嬸的遠房表妹步入禮堂，收到了許多喜餅大禮後，妳突然成了我眼中厲害的餅神。

那些南方喜餅的油總是滲透進粉紅色的紙，帶點俗豔，又邪氣又美好。

芝麻餅、棗泥核桃、蓮蓉蛋黃、鹹肉餅、鳳梨餅、綠豆椪……，吃得我滿口蛀牙。

但我發現那些即將穿嫁紗的大姊姊們卻都不吃餅，我總以爲是在減肥。妳聽了笑翻了，有得吃誰要減肥啊。是因爲這些屬於自己名下的餅準新娘不能吃，一旦準新娘吃下男方送之喜餅日後會變「大面神」。

大面神？四面佛啊。我邊做功課邊說，餅的屑屑掉滿地。那些大廟的正殿佛像臉都很大。

說妳是台灣囝誰信啊？連台語都不懂，母親笑說。還是在旁邊的表姑說話了，大面神就像是村裡的阿才，一點也不謙虛，只會自大。像妳就是小面神，人家說妳一句，臉就紅了，臉皮薄。

我的認知是準新娘不吃自己的喜餅，大概是唯恐把屬於自己的那份「喜」氣一併給吞掉了。

吃了過多的喜餅，早熟又自以爲有良知的我一方面雀躍於自此有了美味的零食可吃，卻又一方面哀傷那些會需要強者如妳出面作媒的人，其實有不少是帶著某些社交困難的男女。（妳被鄉里小鎮號稱爲單身終結者，妳像是電腦的頭腦可以排列各種男女組合，只要妳願意作媒，幾乎是百戰百勝。）這些有社交困難的男女，有的非自閉害羞就是身心有難以告人的殘疾。

我邊吃著喜餅，心裡卻很不喜。我問：「結婚過後他們都在幹嘛？」妳掩口笑著：「入洞房啊！」

客廳即是相親地，有時我會不聽話地從一條龍的西廂房跑出，並故作天真地忽吐出一些童言童語。咦，雄叔你買的水果好好吃喔，從來不知道你這麼大方？（雄叔一向以小氣聞名，我提醒女方要注意喔。）或者方叔，你今天怎麼不抽菸？（提醒女方這方叔故作矜持不抽菸，平常可抽得厲害。）

妳把我的小腿掐了一下，「妳皮在癢，妳忘了妳的功課都還沒做完。」我才拎了一粒橘子跑到後面的房間，把橘子在掌中丟上丟下地玩著，躺在床上想著可憐的男女，要靠假面才能結婚。

某一年，妳終於在我面前嘆了一口非常扎實的氣，嘆氣。「媽媽在妳這個年齡，妳哥哥都十歲了。妳卻還嫁不掉！」妳當百分百媒人婆的一世英名都被妳唯一的女兒卻老是嫁不掉給毀了。

有一次妳還數落我說，都是妳做囝仔時太孽了，老是想要拆穿別人，現在妳才落得孤家寡人，這算是報應，嚐到做老姑婆的滋味了吧。「媒人婆生出了一個老姑婆！唉……」可憐的母后，妳天不怕地不怕，就是怕我嫁不掉。

我聽了心想，我哪有能力破壞別人姻緣。

想到童年眼中的餅神竟埋藏這麼深的遺憾，遂不回嘴了。原本我想回嘴說，不是嫁不掉，單身就是我要的生活，妳不懂，妳不懂啦。

妳當然不懂。餅神的媒人婆功力無人可擋，妳過去就彷彿是現在的電腦網路，我家的客廳就是現在的網路聊天室。可是唯獨我，成了妳永遠無法推銷出去的產品。

餅神因此有其一生的遺憾。

餅神有當媒人婆的經濟困窘的心裡秘密。

母親，其實妳不知道妳曾幫我推銷出去過喔，只是這秘密永遠都被埋藏在黑盒子裡。

那是一個夏天，騷蟬初鳴。午後世界也還很安逸，光陰緩緩慢慢地流過我的長髮，妳在縫紉機踩踏板，唱著歌，說起過世的阿太教妳唱過客家歌。

「你們其實是福佬客，客骨福佬皮，只剩阿太會唱客家山歌，眞悲哀喔，當年還要我這個閩南人來幫你們唱！」我記得妳曾經這樣邊車衣服邊唱歌的空檔自言自語著，卻又像是對著我說似的。

忽然廣場有輛嶄新的車子從小黑點變成大房子般地駛進我家門口。

車內走下一個提著水果，樣貌輪廓看起來頗爲挺立的男子。（我睜目一望，咦，記起這阿叔還沒搬到台北前是個愛騎野狼機車的年輕小伙子。）

妳停下腳踩踏板的速度，站起，迎客。

那暗暗的屋裡瞬間吸納進一股人工香精。男人剛剛吹整的髮膠香散播在空氣中，「卡滋拉姊，妳臨時約我，我的頭髮很亂都沒整理，我剛剛才開完會，趕衝過來。」被交代要叫叔叔的男人來家裡相親，伊把手上一籃水果放下，坐定後，搔頭弄腦搓著手掌，掏出菸又收下菸地想抽又緊張地不敢抽。

我坐一邊暗暗笑著。

「沒關係，梳一梳就好。你的頭髮還沒掉就好了。」妳說，「別緊張啦，你看起來那麼緣投，笑起來古意，是好尪婿。」妳轉去廚房弄水果，妳當媒人婆後我們家連水果都不用買了。

我邊寫功課邊在心裡笑著他們的對話。

妳幾歲了？年輕阿叔等相親女生來我家的空檔，和我聊天。

我右手比了個七，左手比了個五。

喔，十二歲了，在學校都考第幾名？

第一名。我比著牆上滿滿的獎狀。以後準備讀北一女。阿叔說。

我第一次在我那偏遠的南方聽到一個新的學校，納悶地蹙著眉，心想北一女在哪裡啊？怎麼沒聽過。當時遂對這個阿叔重新看待，感覺他是自己世界的人。

妳覺得阿叔看起來怎麼樣？如果是妳，會不會想嫁給我？阿叔坐著靠近了我，還摸了一下我的長長辮子。哇，看著妳舉辦的所有相親會裡，第一次讓我有心跳加速的男人終於出現了。我喜歡他非常露骨的假仙，他露骨的假仙恰恰是他不假仙的地方。

嫁？我不嫁任何人。我說。他笑。

我聞到他身體有一股我父親身上所沒有的味道，來自迷魅的氣味。他吐出的氣息飄在我的髮際。以後到我家不要買水果了。太老套！我說。

妳要什麼叔叔買給妳！他說這句話結尾恰好妳端著水果走來，笑吟吟地。

伊考試攏得頭一名啦。妳才說出口，門口即多了兩道陰影，兩個女子進來。

一個像七爺一個像八爺，太高太矮的女子。我看了她們一眼，又看了台北年輕阿叔一眼。知道這場相親會是誰輸誰贏了。矮的女子其實是陪高個女子來的，結果台北阿叔看上了矮個女子。矮個女子其實不能說矮，只是因爲站在高個子旁邊而顯得矮罷了。

一個良家婦女。我對矮個女子面容清秀時所下的定義。

女人如果有情慾，男人就不會看不見她。可是如果女人有這麼張揚的情慾，男人就會不想娶她。

我後來在母親妳舉辦的第一百零三場相親會的筆記本裡記下這麼一段話。羅曼史小說在那時候都半懂半囫圇吞棗地胡亂讀著。

妳介紹自己吧。母親妳轉頭對矮個女生說，妳也嗅到了要介紹的高個女生已經出局了，妳當時遂向高個女生說還有一拖拉庫的男人名單有更適合伊的。

我姓江，名字是安靜的靜，萍水相逢的萍。

喔，安萍。台北阿叔說。

我聽了噗哧一聲。

是靜萍！我幫她說，大家都笑了，台北年輕阿叔卻看著我笑著，帶笑的魚尾紋像是會笑的上弦月。

他是潛力股喔，看起來又緣投又古意，好尪歹照顧，伊不會啦。

我媽是媒人嘴，黑累累。要是醜男，我都可以當場接話說，壞壞尪呷沒空。

說說你的興趣給靜萍聽聽吧？妳看雙方沉默又開話匣子說。

看電影，打羽毛球，開車……台北年輕阿叔說。我在心裡說著，看色情雜誌……。

妳平常下班都在做什麼？母親幫著問。

看書。靜萍小姐說。

喔。

那跟她同款，整天翻著書，書又不會跑出黃金。妳指著我說。

我突然心機很深似地故作天眞指著靜萍小姐的脖子說，這麼熱幹嘛圍圍巾？

母親又掐了我的大腿一下。

今天緣起也不錯啦，中國人很怕改變，不要怕改變生活，怕改變生活就一生做老姑婆和羅漢腳了。陳藍俊，電話留給江小姐一下吧，江小姐也留給陳藍俊吧。妳像是大姊頭似的在相親結尾時下了一道命令。

02313478。

我把聽到的台北年輕阿叔電話順手抄在我的作業簿，並寫上他的名字陳藍俊。

然而在妳那百分百媒人婆成功紀錄裡，妳不知道其實那一回妳是失敗的，因爲台北阿叔看上的人竟是我。

我在隔年北上去親戚家三重環河北路過暑假的長長日子裡，和這個台北阿叔混在一起，那年我要升國二了。我打電話給陳藍俊，矮個女生接的電話，問我是誰？我說是二崙鄉那個人人稱卡滋拉桑的女兒。我聽到電話那一端的女人惡聲惡氣地對著某個角落扯開喉嚨大叫著陳——藍——俊！睡死啦，你的電話！一個猴囝仔打來的……。

我在電話那一頭聽見那高分貝的聲音暗自笑著，心想這婚姻可不太幸福。想像著這靜萍小姐蓬頭垢面的，她再也不圍圍巾了，脖子上的疤痕是她年輕時另一段感情失敗的烈性秘密。

我喜歡她的疤痕，那種曾經愛過，以死相許的烈性，只是最後她降服於時間，嫁給了她不愛的陳藍俊……。

「是我！」陳藍俊在喂一聲後，我緊接著吐出的第一句話。

嗯，我知道是妳，考第一名的野女孩。陳藍俊笑笑地在電話那一端說著，聲音依然穩穩沉沉，像是喉海裡繫著塊鉛。而就憑他說「我知道」這一句話，就夠了，夠到我那十三歲的我足以想要和他在一起過暑假。

那年母親妳忙做生意，沒時間管我，也只好縱容我滯留台北親戚家四處玩耍，因為即將告別匱乏的童年，我吃甜食吃得反而瘦巴巴的，南方的太陽把我曬得像是大溪地發亮的女郎。我不再長高，從此定型成一個瘦小的女孩。

台北阿叔來到淡水河邊找我，他的日夜轉成在我的河床嬉戲。他帶我去台北，那時的我第一次在速度裡徜徉台北高樓，覺得整個世界是浮動不真的，我很想在風中尖叫。鬆開兩條長髮辮，長髮像是燙過髮捲的大波浪，往後拉成一條飛揚的黑絲絨……。

他騎著野狼，一路踩油門疾駛，又忽而放慢噗噗響，我的前胸來回撞上他的背又彈離。環抱著他的腰，第一次如實的環抱男人的腰，很直很厚的質地。他帶我看北一女，看總統府，看台北西門町百貨，看台北落寞紅瓦洋樓街，看成排五金行與布莊、看台北法院、看黑美人大酒家……他指著後火車站說他剛從南部上來時就是在這些地方尋找工作機會。

那你第一次失身是不是也在這個地方？我看著夜晚的女人站在小燈泡門口冶豔的模樣問。失身?!他重複說了這句話，接著無法遏止地狂笑，「沒錯！逞男子漢就被拉了進去，花五百元了事。」只要不跟男人結婚，男人都很誠實。

一座城市的舊歷史名詞像是新世界地被他吐出：大稻埕、艋舺、永樂町、蓬萊町、日新町、華陰街、延平北路、中華路……南機場。

沒看見飛機啊，我四處張望問。

這裡不是停飛機，是專門維修火車機頭的地方。他笑著回答，鬆開油門，停下。走，我帶妳去吃南機場最好吃的菜飯、下水湯和鵝肉切。

在水門眺望河水，身旁這個已婚男人，被母親媒介的這場婚姻似乎帶給男人沒有太多的快樂。眺望起霧的河水時，他喃喃說，女人結婚都成了很無聊的人，妳千萬不要成了那樣的女人……我不結婚，我不會結婚的，我舔著電影街買來的冰棒堅定地回答著男人。不過我會想要幫男人洗衣服，我覺得全世界最性感的空間是女人的內衣褲和男人的內衣褲在洗衣機裡一起攪拌……他聽了又笑，說我是古怪的女孩，難怪會吸引他。

在電影院裡他的手游移在我的裙襬下，久久不放。每一場電影都因此顯得冗長，總希望電影大燈永遠不亮。

然而很快地，感情的熄燈號大亮了。

暑假過後，母親託開聯結車的大堂哥順便把我從台北像貨物般地載回家。

我的行李多了和他在後火車站批來的許多抽糖果盒，他說回家後可以擺在長廊上做生意，當孩子王。

秋老虎發威的午後，老厝前的廣場穀子發亮，幾隻鵝追得小小孩狂奔。我正靠在廊下啃芭樂，看著衣衫不整奔跑的小小孩，還心想著自己竟然就這樣老時，一個郵差騎過兩屋夾殺的窄仄捷徑，郵差叔叔停在我面前，遞上來一張白色信封。

妳媽的批信。

我停下吃芭樂的手接過像是白鶴翩翩飛來手中的信。

台北阿叔竟在我剪去長長髮辮拿到國中制服時車禍身亡。收到訃文時，我才知道他的名字是「陳嵐雋」，我媽拿訃文看了半天說，這是誰？我媽吐出「陳風錐」的發音。

我接過白帖，想大笑又想大哭。

沉默許久，才說就是那個妳年前作媒的那個台北帥哥「晉」桑啊，所有姓「陳」的不管年紀都被妳叫晉桑，就像所有姓「游」的都被妳叫「阿不拉」一樣。

妳悠悠想起，「喔，妳舅公換帖兄弟的囝子，怎麼這麼命薄！結婚不久就自己走了。」原就沒有親戚關係的陳藍俊或者其家眷也就很快地被我們遺忘了。

在我升大學要住校的某個夏天尾巴，妳也許因爲我要去台北住校了，突然想起了他，說這男人是妳作媒人婆以來相貌最堂堂卻最早死的台灣查甫郎，眞歹命啊！可能命格不適合婚姻。伊太太（那個矮個女人）後來聽說很快就又改嫁了，妳屘姨說這女人後來過得更好。

屘姨說起矮個女人後來改嫁之事，我聽了才有了點笑容。外婆家七姊妹裡唯一抵死也不讓妳作媒，怎樣也不嫁給鎮上有錢人家後生憨仔的屘姨也是個烈性女子。屘姨當年曾經在我耳邊悄悄說，那個好業人家的憨仔啊，恐怕連要怎麼生孩子都不知道呢。

屘姨依然住在外婆的老厝。她有她自己難忘的戀人，她單身，她生活得很好。而我也有自己難忘的戀人，我生活時好時壞。早進天堂的台北年輕阿叔，讓我回首生命簿時，得記上他一筆，至少那個台北的夏天關於那些黑暗暗的電影院，他讓我啓蒙了一些難以言喻難以描摹的情調。於是，我很小就知道，道德疆界不是光眼睛所見之表面倫理的那回事，眞正的道德是要讓別人快樂。我也知道，心可以很大很大，愛可以很純很純，像聖母瑪利亞一樣。

那年，我或可說碰觸了純愛邊緣，像是個眼界未開的人站上了愛的懸崖而不知。

很多年後我才明白這城市到處都是仲介者，每個人都在仲介著某些事物。金錢、買賣、愛情、教會、寺院……，必須不斷地將人納入某個人的生命，或者將某個人納入某個團體，以求「業績」。差別只是專業用語的差異而已，仲介愛情的叫「媒人」，仲介色情的叫「掮客、三七仔」，仲介買賣的叫「代書」，仲介生命與財產的叫「拉保險」，仲介加入教會者謂「傳教士」，仲介加入佛教團體者廣稱為「度人」……

「聽妳說得那麼文雅，我都叫這些人是牽猴的！什麼人養什麼猴仔，這世間飼五色人，什麼人都有，自然什麼代誌都有人愛做！」母親忽然插嘴說道。

我抬頭見到我們搭乘的木柵線捷運正行經一棟掛著「妳想認識醫生嗎？大醫院小醫生等著妳……」的招牌，我瞥眼見著身旁的妳打了一個大哈欠，而車窗正映著大眾的臉與我這張忽然想笑的臉。

醫生，竟是媒人婆最愛牽的線。

武昌街剪布做裳

我去永樂市場都是為了買布。

布在租屋年代很好用，自己動手做簡易窗簾，手縫套枕……買布更為了遮醜。房東提供的破家具或醜沙發，往往蓋上一塊美麗布料就如同換上新裝。搬家時，布一扯，摺一摺，又易收拾。

至今我家還窩著一堆布。

這城市一些五十幾歲的女人倒還時興自己剪布做衣裳，花錢做衣裳當然不會做普通款式，做的都是改良式旗袍。

長安西路三十八號的鴻星時裝公司，老師傅蕭名哲從小就是做衣裳的學徒，我的一些上了些年紀女性友人都指定找他做衣裳，尤其是旗袍。

看見蕭師傅就像看見從老電影走出來的裁縫師，抹髮油，身上帶點布料味兒，一身乾淨井然，衣服做工具質感，師傅且能說日語。老店舖裝潢也時光未移，櫥窗模特兒穿的旗袍很快就被扒走，換上短暫新女人新訂製未取的衣裳。所有的衣裳都是店裡的過客，高掛的都是付了訂金尚未來取的。

有一回陪女性友人去店裡取衣，我盯著一件很喜氣很優美的旗袍，老師傅二話不說就從衣架上脫下來要我試穿看看。

沒關係，妳穿看看。

在貼滿美女日曆的後頭換穿，竟是十分合身，簡直像是爲我量身訂做。一穿出後頭的布簾，老師傅和友人都直說著：妳穿眞合身，眞好看啊！

老師傅說，這件是一個準新娘來訂做的，當時還說很趕，付了三千元訂金要我趕工，做好了，卻不知爲何遲遲未來取。

打電話給她啊，友人說。老師傅搖頭說他都沒有習慣留客人的電話，以前做衣裳就是這樣了，不會有人做了不拿的，喜歡的東西又是自己親自挑選的布都是迫不及待要等著試穿的。

我後來想，會不會訂做新嫁衣的女子婚約有了變化？是取消還是變故？

成衣年代，年輕女人做衣裳確實多因喜宴，爲了在一生最重要的時刻秀出最美的樣子。一件不被取走的新嫁衣，惹人聯想。

可惜我也不結婚，那件失去女主人的衣裳即使合我身，我也沒機會穿。

吃肥一些些，旗袍就套不下了。爲此，畫家友人幼春因而割愛她在蕭師傅店鋪剛裁製好的旗袍新裝給我，藍色旗袍穿在身上，收服了我長年在旅路的流浪野性，倒像是三〇年代的學生似的。

長旗袍做工一件五千元，短旗袍一件四千元，工資不便宜。

說起旗袍，妳是又愛又恨，妳說年輕時訂做的旗袍穿沒幾次就束之高閣，做工人穿什麼旗袍。晚年稍清閒，身材卻走樣。旗袍很挑人穿吶！現在妳是連旗袍看都不看一眼，「別穿外省婆的衣裳！」旗袍竟成了外省婆的隱喻。

早年妳自己也做衣裳，但布的來源大都不是去武昌街裁的，靠的是別人送的舊衣改裝，妳說最早時連美國送的麵粉袋都拿去車成哥哥可穿的汗衫了。

妳踩著裁縫機踏板，跟著唱盤「紀露霞」哼著港邊惜別。後來聽紀露霞的台語歌，我的耳朵就會自動鳴起裁縫機的車聲。

去武昌街剪布是大事，家裡有喜事，或者妳作媒成功了。

小女孩逛布店，像是進入迷炫的視覺異想世界，一批批的布和小女孩同高，小女孩一扯，就拉開了許多布，把布綑在身上，在鏡子前把玩著。

妳常一個大動作就把我拉開，「手眞賤，妳皮在癢！」

看妳仔細地東指西指，要頸上掛著皮尺、穿著背心的男人拿下一綑綑的布來，將布比在頸下，看看花布映不映色。

昂貴的布料要拿給別人裁製，那些師傅拿著皮尺在妳的身體上量著，有時用粉餅畫著線，有時用別針別著，然後在紙上畫著樣式，妳一句，他一句。紙上衣裳成形，就等待布料變成品。

這氛圍讓這座城市給予小女孩浪漫的時空，也是我見妳和陌生男子最近的距離。

之後，妳再去裁縫店，我們都陷入一種答案要揭曉的期待。連單子都不用拿，就看著師傅持竿拿下已套上透明塑膠套的套裝或改良式旗袍。

滿意就帶走，不滿意又是來來回回修改。

接著我就看見妳出現在喜宴的媒人席上，笑吟吟的，頓時收斂起妳男人婆的市場性格。

和妳同去裁布做衣裳的時空，連結的都是如斯美麗，如斯美好。

雖然這美麗這美好也如斯短暫。

環南市場與傷心夜市

總以為是置身在一團又一團的乾冰中，這是有氣味的乾冰。一個個的角落裡起著煙塵，人影在搖晃的燈泡下圈成一個黑環，燈影流熠著貪食的眼神，有人突然從背影中轉身移動，嘴巴油滋滋地上下咬舐著，黑環的一節空缺很快地就被行經而過的人補了上去。

童年至今我總以為身處夜市必然要有炭味煙霧，少了炭烤的嗅覺和火熱的擁擠溽氣，那麼夜市就不成夜市了。總是氣味先行引領步履，舌齒再分泌津液，我巴巴地央著妳到烤玉米或烤魷魚的攤位，有潔癖的妳總說那些食物都是垃圾，所以央求著也等於沒用。

妳說夏天喝青草茶好，消火。消火，是妳需要消火。我知道妳的心房一直是個火宅，妳不開心，我最好安靜。有時妳在逛夜市前的熱絡會突然在返家後，變調成冗長的疲倦，妳眼澀腳痠地算著皮包內的錢，然後突然開始叨念且一發不可收拾，於是生活哀怨湧然而生，竟就暴怒起來，把我們先前在夜市仔細挑選且來來回回討價所買的衣服全部倒出，說要剪破，然後妳開始找剪刀……。

逛夜市前的熱絡喧囂到了夜晚成了巨大的沉默，盛宴後的蕭索就像夜市收攤時，人們在捻熄燈泡收板凳蓋布棚……總是予我難以言說的落寞寂寥心情。一如每回和妳逛夜市返家後的必然畏懼，總是深怕妳不開心。當我躺在黑暗的床上時，我發誓要自己和好友一起逛夜市，我再也不要和容易疲倦又容易動氣的妳一起逛夜市。

夜市於童年的我總像走不到盡頭似的，現在想來是因爲小孩的步伐小，每一攤又都有興趣觀看。轉動的機器娃娃、射水泡和撈魚兒常讓我覺得歡喜得很刺激，有時看站在板凳上叫囂的人也能看得發呆。爲此，妳已經逛到下一攤了，我未跟去，待一轉頭不見妳又匆匆尋妳因而亂了方向地迷了路，然後就哭了起來，妳尋來時卻總是發出笑聲地看著一把鼻涕一把眼淚的我，妳知我是需要妳的而兀自歡喜著，又或者笑我傻囝仔，媽媽不是跑來找妳了嗎，唔要驚怕囉。

童年的夜市之其一聯想即是我常常迷了路，像是吉普賽人的諸多流動攤位總是非常吸引我。

逛夜市的妳形象鮮明，常常和一堆婦女蹲擠著挑選，攤在地上的塑膠布鋪著如山丘般的廉價衣服或是五金貨物。我看著這一幫持家克勤克儉的婦人蹲著挑著，她們對著前方物體過於專注於是忘了姿態，不是內褲從褲裙上露出一大節，要不就是彎身時露出蒼白的酥胸。有時是兩條腿岔得極開，若有一條小狗鑽進鑽出她們的下體，大概也都無法阻止她們對於收購廉價品的趨之若鶩與你殺我奪。

是那些一幕一幕的原始熱情，讓我的童年在夜市裡看得目瞪口呆，是那樣眞切的討生實相，讓我的眼睛底層無法不瞥視。

然而，我得先說說童年夜市之外的長長夏日，從童年跨到少女期的那年升國中暑假。

那是一個奇異之盛夏，事物熔了邊界，一切都在轉換，讀了六年的小學自此要告別，某棵大樹因爲要拓寬馬路被砍掉了，一些流動市集加入了原有的固定市集行列，於是攤位延伸了，長街上從早到晚都有人在營生，人們在夏日的荒熱裡有了物質的力量，有了自我延伸出去的地理版圖，有了明目的遊街方位與消費品味。

可那年夏天，我所經歷的市場生活與夜市氛圍，卻籠罩在我之後都不曾再經歷的極端感受裡，那種極端該如何以細節勾勒，或者只能大致烘染一切。

我和妳來到台北城做生意，出入中盤商集結的環南市場，凌晨四、五點的大批發市場燈影晃晃，常讓我誤以爲掉入夜市氛圍。

可我的身分異位，當時我們是賣家不是買方，我們等著妳口中的「潘仔」上門買菜，潘仔在西門町賣牛肉麵，他要買許多酸菜與空心菜。

我一頭亂亂長髮，方從棉被醒轉的模樣，眼睛還泌黏著隔夜的淚屎，我打著長長短短的哈欠負責找零錢給客人，濕漉漉的塑膠雨鞋發出摩挲的窸窸窣響，韭菜老薑蔥蒜搭著腐朽的下水道氣味，賣獸類的男人磨刀霍霍地凌遲著籠裡的畜生，瞬間斷喉的雞鴨哀鳴乍杳……幽幽明明的孤燈街影散著一點哀傷，有時大半天妳的攤子都沒有人光顧，沒有人光顧的攤子讓主人有一種不知如何擺放的難堪，我甚且不敢看妳一眼，深怕突然哀憐洩了堤，這時妳反而會動怒起來。

凌晨的市場沒賣掉的東西通常小販們會彼此以物易物地轉換，又或者便宜地整批賣給小批發商或是某些小店家，有的則轉入黃昏市場。到了黃昏市場，我們又變成了買方，斤斤殺價又從妳的嘴巴吐出。

那年暑假的尾巴轉眼來到，整個夏天，父親蹤影少見。某日黃昏來了場大雨，夏日慣有的大雨下在整條長長的窄街上，一樓店家和小販們拉起寬寬的塑膠簾棚，吊在騎樓下的達新牌雨衣在風中盪著孤單猶疑的線條，雨水答答答地沿著塑簾棚抖落於地，整個空氣潮濕漫溢著塵埃味，木炭味和著雨氣顯得濃濃稠稠，原本扯開嗓子叫囂的小販仰望著天，原本人聲沸揚的雜遝者像被大雨吸了音般地靜默。

傍晚的那場大雨說來就來，在廊下觀雨的那個時候，我至今還能回想那場大雨的心情是一種突然襲擊而至的生活哀愁與莫可奈何。

妳突然出現在我觀雨的廊下，薄薄上衣濕濕地透明著，服貼在妳碩大的胸上，形塑出一個欲墜不墜的弧度。腳下擱著許多透著雨滴的塑膠袋，塑膠袋內看得出是許多欲待烹煮的魚肉時蔬。這是什麼日子，我以為是初一、十五。

傍晚的大雨很快地釋放盡空，夜晚溽氣有了明顯的涼意，家裡充滿著夜市濃縮的氣味，從塑膠袋裡散出魚蝦肉的腥羶與蔥韭的辛辣和一縷縷幽然的水果香。廚房裡烹煮食物的妳的背影，在燈泡下有一種絕然之姿，舀水聲出現又消失，火熊熊起又忽忽滅，日常耳邊迴盪的喧囂突然寂寞了起來。

妳的盛宴是以我的凝眸爲氣氛。

妳在廚房叫喚著依然站在廊下望著湛藍黑亮星空的我，我尋聲望去，看到四方桌上的食物在燈下竄著白白煙絲，光看那熱騰騰的煙絲即知是可口的美味佳肴。我等著拜拜，卻未見妳擺桌燃香，妳仍是喚著我，少見的耐性。

那晚我遲疑地挨坐餐桌前，不可置信地望著每一道色相亮度飽滿的佳肴是出自於妳的好手藝。飯後，食物仍是盛宴之姿，我仍不捨地挨在餐桌上，緩慢地喝著湯。妳突然離桌，豎起耳朵聽見妳在打開抽屜又關上抽屜，聲音安靜片刻，才又聽見妳的腳步聲，那一、兩分鐘的安靜縫隙是妳少有的細微節奏，我聽到妳在房間裡擤了鼻涕和一縷嘆息。

妳在我面前擺了幾張鈔票。說是要給我繳學費的錢和一些零用錢，妳沉默一陣，我感到一股訣別的念頭，屬於小孩的敏感，我咳嗽了起來，因爲被湯嗆到喉嚨。妳搖頭，沒有慌慌張張起身拍我背也沒有叨叨念念我一向的輕忽與大意性情，妳只是看著我，我不敢瞧妳，光盯著漂浮在湯裡的幾片褐黑色的豬肝片覷著。燈泡下飛著過不了今夜的脆蛾，屍體遍佈在木頭的窗沿上和許多的角落裡，有幾隻跌落到大鍋的熱湯裡。

夜裡，大雨又忽忽起，整個空氣都是揚起的塵埃和植物的濃烈氣味，豬籠草在陽台上放出氣味肆捕著蚊子，殘餘的九層塔香散在黑夜裡，不散的夜市饗宴在那晚飄散著一種奇特的疏離與溫暖。

隔天，妳沒有返家，桌前又多了幾張鈔票。

學校要開學了，需買白襯衫藍裙白襪黑鞋和書包，還要繡學號，為了白襯衫好看，我早熟地意識到要穿內衣。童年好友阿芬是逛街最佳良伴，有錢人家的她對物質一向有主見且大方。

我終於以一個有消費能力的大人之姿來消弭對夜市無盡物質的渴念，雖說我期盼去的其實是百貨公司，可鈔票讓我沒得選。就在妳消失的陰影籠罩下和欣喜的獨立狀態中，和阿芬前往夜市購衣。制服沒得商量，唯獨內衣是可供遐想的消費客體。

夜市裡的角落幾年來依然蹲著一些老婦人，老婦人的眼前通常是一籃枯萎的菜，或是自己手工製的草仔粿，她們叫喚著一把十元一個十元，沒人停下來。我們先是去炭烤的攤位上等待一根沾上香噴欲滴的烤玉米，即使胃的蠕動承受不了硬硬的烤玉米，但還是吃得唇齒忙碌不已。

一攤看過一攤，帶著初生羽毛的怯懦不安。但我一方面慶幸著不是和妳同來，因為妳會在大庭廣眾下大剌剌地把胸衣往我發育堪憐的胸部上一放一量，但另一方面在那個夜晚，我又想起前日在黃昏大雨中淋濕的妳，妳那美麗豐滿但疲憊的胸部線條。

夏天走出浴室裸著上身的妳，抖動著棕欖香皂的氣味和五爪蘋果姿色的胸膛，那曾經哺育我的乳房在片刻裡讓我的思念洶湧。

我在首次和女友逛夜市買內衣的攤位上想起烹煮盛宴後的妳之疲乏神色，以及每個逛夜市返家後的暴怒，被剪刀剪破的新衣裳，被分屍的娃娃裝無力地躺在地上……。

我的妳，我和妳一起在市集做生意、一起在夜市逛攤，那年夏天的尾巴，卻在我少女購內衣的儀式裡缺了席。

我為自己購買了第一件棉質內衣，沒有襯底沒有鋼索，只有兩片薄薄圓圓的棉布裹著我將來的胸部命運。是灰色的，我挑了一個當時的心情顏色。阿芬嚷著說要買白色，那是純潔。我說我不懂什麼是純潔了。她說那也要考慮實用啊，她說穿灰色配著薄稀的白襯衫制服會被男生看到。賣內衣的婦人才不管我們這些女孩，她使勁地在促銷著蕾絲花邊的性感內衣給來逛街的煙花女郎們。

我的第一件內衣誕生在台北衛星城的一座吵嚷不休的傷心夜市，內衣角落繡著一隻史努比和小鳥，少女需索可以觸摸的幸福圖騰。

那夜返家的路途不會有人發飆，不會有人要把衣服剪破。然而妳離家出走了，短暫地消失在我生活的島嶼溽熱裡。

屬於島嶼夜市的喧囂特質，到最後總是如此地寂寥，入了夜化成了巨大的沉默，漂浮在我的床前。

國父紀念館 偉人神話

廣場上蜿蜒著沒有盡頭的蟻隊，一段時間後，太陽正射著蟻隊的背影，剪影如魅，墨點緩緩挪動著。

夾在高高低低如山巔谷峰的隊伍裡，午後的風把綁在小孩兒頭上的白布巾吹成一個「人」字，一個個的「人」揚起又散下，旁邊有人在哭喊著「您說過要帶我們回去的」，渡冥河般的嗚嗚聲泗溢。

小小孩兒的我穿著一件紅洋裝，對比四周穿黑衣的人顯得十分醒目。妳忘了這種場合不該幫我穿上那件紅洋裝。

我一直喊餓，昏餓著，實在排太久了，天都黑了。

於是妳要我跟緊隊伍排好，不要離開喔！說畢，我從黑影中見到妳脫離隊伍的背影，我的小手滲著汗絲，生怕妳一去不回了，警察在四周荷槍來去，心裡無端地害怕起來。所幸，妳轉回了，拿了包王子麵給我，拆著吃。

輪到我們母子時，我的臉沾滿了麵屑，吃得像隻小野花貓，王子麵的黃黃袋口被我抓得緊緊的，警衛說吃的不准帶進去，我捏得更緊，最後大人扳開我的小手，用力一扯，袋子開了大口，麵屑撒滿地。我回望了一眼，看到前進的隊伍用力踩過了心愛的麵堆。

於是，我童癡地相信在黝暗中敬禮的這位先生，是個偉人，因爲他搶去了我的王子麵。一個關於偉人的死去，一個小小孩對王子麵屑的停格畫面，比往後任何一場實驗電影都教我深刻記住。

某日裡，大堂姊結婚，喜幛紅紙旁掛著偉人的尊顏。一陣聲音傳入，挨著喜桌的人轟轟起身，入了廳堂，圍著電視邊嗑著瓜子邊交耳議論著，而碩壯的母親更是幾乎要把電視螢幕給佔了全滿。我在妳龐大身影的空隙中，覷見了螢幕裡有個拷手銬的瘦削男人笑容，幾年來那笑容一直在我的腦海裡不斷地插入，重映。那人如此睥睨，如此嘲弄，如此的天塌下來也不在乎的那種笑意。

母親妳指著發笑的男人，問著旁人問說那人是誰？「施明德。」我聽到畫外音傳來這三個字，「這個查甫帶種！」（很多年後妳卻又十分討厭這個名字，妳的喜惡旁人從無能改變。）

我看著妳從喜宴回家後，搬來了高板凳，取下了客廳高掛的偉人照片。我聽妳叨念著，種田人快餓死囉，啊我拜伊這呢多年，拜來拜去，政府還是這嘿白賊！

我趴在窗櫺上，邊在課本空白處上胡亂畫著電視上被抓的那男人輪廓，邊探頭看著妳把掛了四年鑲著框的偉人照片連同我念小學的書籍賣給收舊貨的肖罔腰。擱於一旁的王子麵，被我吃得歁歁響。

自此我明瞭，吃和生活本身，永遠比每天上學要面對的銅像來得偉大。

這一點體察，許是那硬是搶去王子麵的警衛先生，功不可沒。

時移過往，來到了我的世紀，日子依然風聲鶴唳，依然愛吃王子麵，而妳性格依舊草莽。我們母女倆一路走來，從順從到在野，改變之源竟是受螢幕那男人的一抹笑意影響。

情趣玩具的非情趣時間

幫母親的頭髮染上黑娜，固定劑和染色劑各擠出同等劑量在梳子上，白色瞬間轉黑。時間又被我們調了回來。

前幾天去醫院看妳姑丈，看來拖不過這幾日了，妳背對著我說著。妳坐在板凳上，顯得比我低矮許多，母后成了老小孩，威權不再。

哪一個姑丈？我問，染髮的透明塑膠手套發出窸窸窣窣的摩擦聲。

住艋舺的萬姑啊。「萬」正確發音是「滿」、「屘」，最小的姑姑或阿姨都加了這個字，我是很大了才搞懂這個稱謂是台客叫法，過往總錯以為那是小姑姑的名字。

那個後來從鄉下北調落腳在艋舺的姑丈，我記得他住的西園路附近有很多的佛具店，還有些手製佛繡像和龍鳳被的繡莊與棉被舖，整條街金光閃閃，紅豔青光和囍字與大朵大朵的牡丹，顏色繁滋地映在我少女時那雙好奇的晶亮瞳孔上。

姑丈有個弟弟在這條街做手工高級家具，經過時都會聞到很香的檜木和烏心木。他生病前很愛喝艋舺青草巷的保養草藥汁，也深諳保養之道，「當警察要有好的身體。」有人久咳不癒他就會說去信義路「慶餘堂蔘藥號」買枇杷膏；或者去和平東路「養和堂蔘藥行」打藥材，他有許多自己認為的秘方，但他敵不過際遇。

某日他因保單提供了免費健檢，就想沒事去檢查檢查，這一檢查卻末期癌症，住院後，沒再踏出。

自此我那以美色聞名鄉里的彫姑突然就老了，一時之間，夜夜白髮寸寸生。

末期姑丈陷入肉身煎熬的苦海，夫妻倆在病床前抱頭痛哭。

彫姑說無法替深愛的人代受其苦，眞是難受啊。

有人送來蘭花「蜘蛛美人」擱在病房窗台，蜘蛛美人在陽光下閃爍著青春的豔麗光輝，遂使得那些蒼白的病體更顯蒼衰。

彫姑在姑丈打止痛劑時，陷入失語時光，某天忽開口，黯黯啞然地對我說，小娜，生命好比流刺網，勾刺得讓人疼痛難挨。

我聽著，覷著蜘蛛美人花瓣上的豔麗粉斑，感到自己的生命像是張蜘蛛網。

夜晚，目光穿越病房的每扇窗，可見正在輾轉難眠的病體，套著淺水綠薄衫，清醒者痛苦，不清醒著夢魘。我在玻璃上看見自己反射的臉疊在對岸一格格窗影的病身。四人一間的病房，有如水族館般，呼吸聲濃重地打進又打出。

人工呼吸器像是他們巨大的氧氣玩具。

姑丈已經不能再抓壞人了，他在某些難得的清醒時光裡喃喃自語：被抓原來這麼難受，我不喜歡這樣地等著被死神抓走。

在場者聽了無語，豎起耳朵仔細地想要聽聽死神來的腳步聲。

我兀自想著這島嶼到處都有情趣玩具量販店，有增加快樂的玩具，卻沒有減輕痛苦的玩具。我感嘆地說著。

增加快樂不就能減輕痛苦？妳疑惑我的言詞有矛盾。

我搖頭說，問題是增加快樂時，常常人的痛苦還是存在，痛苦只是被壓在底下而已，所以有的快樂根本無法減輕痛苦，只能說痛苦也許一時之間可以被暫時遺忘。

罪犯和我們的差別是，他們被發現了罪，我們沒被發現。

你為什麼要當警察？孩童的我曾如此地問著姑丈。

喜歡抓人的感覺，姑丈說。當時我正順便搭他的警車上學，我卻覺得自己像罪犯。

姑丈目光威嚴地梭巡著外界，像是隨時可以按下警鈴的動物目光。

姑丈曾在某個夜晚臨檢到一個怪叔叔，車後廂放著一個充氣娃娃的叔叔，有一隻腿瘸的同學父親，老婆跑掉了，我通稱伊叔叔的長輩。

我知道這事後，去警察局找姑丈。姑丈不在，出外勤去了。我要姑丈把那叔叔放了，寫在紙條上，要值班警員遞給姑丈。

姑丈見了紙條後說，這不就我二叔家那個小傻妞寫的嘛。「請體恤他只是個社會邊緣人！他沒有傷害別人。」姑丈在警察局高聲宣揚我的社會正義宣言，鄉下的小小派出所遂充滿了雄性笑聲。

姑丈來找我們，轉述上述情節，他當然沒把那怪叔叔給放了。

妳聽了，罵我三八雞，多管閒事！

妳對姑丈說，千萬不能放了那通天都在流口涎的炎仔。火炎仔癆色鬼，你看伊見到小娜，嘴痰全波。

我姑丈笑答，姊啊，妳講的就是在意淫，炎仔看著充氣娃娃，就是在想著小娜。

妳沒聽懂這個新名詞：意淫，妳眉頭緊鎖。

意淫沒罪。我姑丈又笑著續說。他對我們母女半帶調侃地搖搖頭，一副看好戲的樣子。

妳說什麼也不讓姑丈把炎仔給放了，而我卻要姑丈把炎仔給放了。母女兩人說來說去，好像法院是咱家開的，好像我們自己就可以當別人生命的判官。

誰沒意淫？我姑丈對我媽說，炎仔的罪是偷拿東西不是哈查某的罪啦，哈查某只是哈就沒罪，伊去店內偷拿充氣娃娃被我們贓到。

誰沒意淫。我想起眼前生病的姑丈曾經說過的話，他對人性有很大的寬容瞭解。這種瞭解，就好像明白所有的小說也都在進行一種自我的意淫一樣，或者我們在生活中也都不知不覺地在口淫著他人的秘辛。

那個偷充氣娃娃的怪叔叔炎仔是妳的小學同學，他的兒子是我的小學同學。他兒子也比所有的同學發育來得早些，臉上冒著青春痘，小五的書包永遠揹得老長，像是國中壞班生模樣。

有一回他在我的紅色布面書包上用麥克筆寫上：「我愛妳」，愛字旁畫一顆心。

教室沒有幾張椅子是完好的，不是斷了一條木板，就是缺了一個桿子。男生幹架，常拿椅子打群架。

「我愛妳」油性麥克筆字跡洗不掉，妳當然不給買新的，我只好再塗上別的顏色好蓋過字跡。

我想起姑丈說起炎仔使用充氣娃娃時都在意淫像我這類的小女生時，頓然我像是充氣娃娃，我有了很洩氣的夜晚。

這充氣娃娃的洩氣夜晚，時間點已經很難再被接回了。

肉身危脆，人遠遠比不上充氣娃娃。幾經折騰，姑丈斷氣，被推進焚化爐。

我看著煙囪，人的煙，想起他的畫面竟是這樣的童年光景，一件和充氣娃娃有關的往事。

姑丈已經化爲一股煙氣消失空中了。

我們還要在意生命那些無意義的什麼鳥事呢？

尪姑的痛苦隨著時移已經漸漸變淡，只有時間幻化可以減輕痛苦，痛苦沒有玩具撫慰，痛苦全憑時間度過。她開始把頭髮染黑，並在化妝台上擺了盆豔麗的蜘蛛美人。

深愛姑丈的尪姑從此明白痛苦的來源是因爲她的愛執，她仍午夜會放聲痛哭。我知道，伊染黑的髮絲掩藏不住思念愛人的白色哀傷。

感情像這座城市四通八達的道路，過度開發導致遺址全無。沒有遺址，如何憑弔？

體溫相溶，命運相續，曾經他們相依爲命，此後再也遇不到可以抱頭痛哭的人了。

炎仔怪叔叔若是聽了此話，他一定會說：我可以和充氣娃娃一起抱頭痛哭。

我們都需要情趣玩具。

寫作可以是嗎？

我還沒有答案。

而什麼是情趣玩具的情趣時間？

比如情人老是加班（或到對岸經商）的落單者，比如鰥寡孤獨者，比如旅行中的寂寞異鄉人，比如在頭等艙飛行的疲憊紅頂商人。我看見他們的寂寞，曾經他們望（年輕的）我如望一件情趣玩具。時空決定了情趣玩具的情趣性，那必須是一個永遠不被人知的情趣時間，玩具才能成爲玩具。

妳說妳一世人都不需要這類垃圾東西，妳發出嚴厲的鄙夷神色。瞬間我想起被姑丈抓去關的炎仔叔，他從敏雄店裡偷出一個充氣娃娃，目珠發亮通紅。

那充滿夜霧的無光村落，娃娃開始充氣脹大在黑暗裡，炎仔叔的情趣藉假得眞。直到充氣娃娃洩了氣，情趣時間歸零，孤獨者恆孤獨。

消失戲院 發癢的日子

我在紐約林肯中心無意間看見伍迪艾倫和我看同一場戲時，他正處在聲名狼藉不導戲狀態，他和越南養女的情事讓他聲望大跌，但當時看他似安然世俗所謂的不倫，且野性甘被馴服，又或者該說這才是他眞正的野性。

我在異城瞥見伍迪艾倫的那一刻，想起的卻是母城的寶宮戲院，有著美麗名字的戲院現在已成歷史名詞。

寶宮戲院，化爲墟塚，成爲一座等待興建成另一座建築的停車場，我已經愈來愈習慣城市建築的改變過程。人事遷移，怪手一伸，平地先成停車場，等建照下來，接著是轟隆轟隆蓋新樓。新樓起，戲院毀。

戲院旁西來順館子仍紅豔豔佇立，一外省掛男人曾帶我去吃過。

那年一個外國攝影師在戲院旁等我，我杵在某個角落覷著他持著電影票四處張望，電影開場了，我沒現身。後來他打電話到我租處，我謊說肚子痛。他說那明天再看。我不好讓他平白無故再花錢買看不成的電影票，遂從租處麗水街走到寶宮，晃到他眼前，他又早已買好了票。入戲院，看伍迪艾倫的「開羅紫玫瑰」，女主角當時還是艾倫之妻。那片子其實我已經看過了，這是看第四回了。

我像是裡面的女主角，不斷走入戲院，不斷重複地看著同一部電影，走進虛假的銀幕角色。

開羅在哪？我聽見背後有女生問著她的男人。

笨啊，在尼羅河。

妳也這樣問我。母親大人。

埃及。我說。

愛雞？哪有佇呢搞怪名。愛雞愛雞……妳喃喃自語複述又複述，像是不斷自動倒帶的音軌，妳兼且邊念邊笑不可遏。

在我還沒有能力爲我的夢想澆水灌溉時，我在母城的尋常生活困頓。夜晚到來，常晃到寶宮戲院，以幻想代替人生。金山南路，寶宮戲院，一個人看電影，二輪三輪四輪……，日夜輪轉，電影輪轉，風水卻不輪轉，我貧窮而年輕，一事無成。那時台灣被掛上貪婪之島，錢淹膝蓋年代，錢卻連我的腳板都淹不到。

一個人看最後一場電影。

我幾乎每隔一週來報到，有時一部片看多次。最後一場電影，小貓幾隻，若非失眠人，就是醉翁之意不在影的戀人。午夜場的空間是一場白日夢的延續，收集失眠人的夢，夢交纏夢，直到the end，燈光大亮，紛紛離座的孵夢人走向出口，回到沒有出口的眞實生活，回窩拉上棉被蒙住頭，繼續覆被黑暗，作夢。

我們裹在戲院像繭，表面靜止不動，內裡卻異常騷動。

午夜場大亮，掃地人挨著位子一一撿拾可樂瓶、爆米花、冰棒木條、口香糖，保險套……我步出黑暗，吹向夜風，露濕華濃，城市失眠人依然清醒。續攤走到中正紀念堂，入夜的偉人陵寢散著冷冷的金屬感，我杵在「千秋萬歲」的階梯上發呆，凝望入睡的城市邊際線，盯著公寓頂樓發亮的蓄水銀桶，想像穿過發亮的某家子神桌小燈，發亮水族箱作著夢的燈管魚……白色如巨大廟宇的入口浮雕黑字「大中至正」睡著了。（二〇〇七換成「自由廣場」的沾血事件，已讓我徹底心冷無言。）

彼時那白色高牆滑過我的瞳孔的浮雲凝止天際，原先在廣場的軍樂隊和拍婚紗照的人全跑哪去了？我在高高的偉人陵寢階梯遊蕩，想起某個國小男同學因爲沒有對著校門入口的偉人銅像頂禮而遭受不斷繞行銅像罰蹲跳的處罰……傳聞鄉下人在偉人辭世後貼著他的照片膜拜……。

考不上大學沒關係，不要想不開！一個聲音在背後乍現。

你是警察嗎？我無聊地問。

不像嗎？

不知道，很多警察看起來像強盜，強盜像警察，所以只有警察的制服要在背後繡上警察兩個字。

我是什麼不重要，但反正妳別想不開。

我沒有想不開，我大學畢業了。

啊畢業啦？妳找工作可能會被當打工妹。

我聽了笑。多超現實，在中正紀念堂午夜和一名警察聊著。

萬國、大世界、中影……被坐過的位子還燙著，人影早無蹤，城市不再「眞善美」。我四處嗅著膠卷的氣味，像是聞著分手情人遺落床枕的體味。

妳說，憨人才搞藝術。

聰明精幹的母親，老了，日子不斷被一年三百六十五天不歇業的電視餵養，看著一遍又一遍重播演了上百集的連續劇，台語的帶勁似乎只存在黑社會的戲，我得用另一套文字系統才能轉化我的書寫思維跟著。看一陣後，再回頭望妳一眼，妳總是在打瞌睡。關掉電視，總是暗暗的房子無聲了，妳反倒醒來。不再工作後，人生有一半的時間妳杵在周公懷抱。

老人總是伴著電視聲音漸漸陷進瞌睡的夢境，電視一關機，老人就醒了。

「我還在看，不要關！」妳說。怪的是，我一開機，妳又打瞌睡了。

劇中人不斷剉幹落譙，台語土直，就像妳一樣直接。那年在白楊樹的落日大霧裡來到北京城，聽著四周迴盪的京片子，心計滿滿的語言，恍如用嘴巴書寫的語言直接可化爲文字書寫。

我終於明瞭我有兩套的人生，說話和書寫是不同的世界。

所以我們看不同的戲。有次和妳去看國家戲劇院的戲，才暗場，戲才吐出幾句，妳就要走人了。妳有錯嗎？當然沒有。誰可以指責妳沒有「文化」？妳只是和我進入不同的戲碼，演出的戲文台詞迥異。

我們各有神遊的他方世界。

只是我的世界幻滅得比妳快，因爲妳有電視撫慰。而我從來沒有，非主流電影院相繼關門後，更不可得。就像寶宮，很快地無法承載城市人的幻想。這家戲院曾是我當時生活的月宮寶盒，宛如是我自家的超大型DVD戲院墳埋我的青春。寶宮戲院讓我成爲台北的開羅紫玫瑰，十年也開不了一朵花的台北旱土，只能自己成全自己。

就像午夜在四處晃蕩一樣，那只是一種爲了自我寂寞的成全。

或者說說熄燈號電影院。

梅花戲院。那時我已脫離了讓我心灰意冷的電影圈，我改當記者，那兩年是母親妳最看得起我的時光，因爲有固定薪水入帳。曾經梅花戲院這棟建築的頂樓住著某國的駐華代表，他邀我去他家吃晚餐，晚宴滿滿的外國男人身旁傍著個長髮女郎，女郎總是看起來說美不美說醜也不醜的樣貌。那又是另一個於我奇怪的台北空間與人事組合。位在繁華時尚都心遠企百貨旁的電影院卻老舊得很不搭，就像我處在那群駐華代表身旁時的奇怪游離狀態。

中影文化城。童年時對我極爲夢幻的片場，封閉的時間膠囊可進出任何時代，矮房矮厝古代場景出現在穿現代服的我們，一個轉角突然冒出一個拿大刀的武士對著我們做恐怖狀，我卻先咯咯笑不停，因爲發現拿大刀的武士臉上還掛著眼鏡。大三暑假，我在那裡實習時遇見同年紀不同校的M，後來自殺的M。那年夏天寫給我很多信的M，瘦瘦的臉上也架了個眼鏡，想寫腳本想寫小說。我們四周是剪片的轉盤聲，還有一格格夾在細尼龍繩上的膠卷，飄著顯影劑的化學氣味，我很喜歡瞇眼看著被框在小格子裡的人生，看著剪片師斷片，組合不同版本的劇情。M坐在我實習椅子的後面，他持續溫文笑著，我冷不防和他對望的那晌卻打了個寒顫。

凝結在蠟像館的寂寞青年，一如中影文化城消失的命運。

鄉下的電影院。工人在巨大的木板上畫電影廣告，巨大的看板切割成好幾片，一張臉分屬於不同的區塊，許多鎮民圍在看板下鬥熱鬧，鷹架上的工人緩緩地把看板拼起來時，忽聽得有人說著：「啊，係畫三船敏郎啦。」「喔，係零零七胖得，播海底船……」

看板年代，我媽常在忙碌時節託阿公看顧我，但他卻老帶我上街且常跑去看色情電影，把我也偷渡進那黑摸摸臭熏熏的空間。鄉下電影有時演一半會斷片，突然切進一堆莫名其妙的加映場。聽阿公說，以前還會中斷放映，幕簾兩端會在暗中冒出一堆養眼上空女郎大跳豔舞，爲了大飽眼福而坐在前排的人都吃到女郎踢起的塵灰了。阿公對灰塵過敏，一直很掃興地大打著噴嚏，哈啾個不停！旁邊的老男人都笑他哈女郎哈到流鼻水。

祖厝的阿公房間貼滿女明星月曆，雪白日本女星居多，偶見蘇菲亞羅蘭、瑪麗蓮夢露……，阿公抽著長壽菸看著海報說，金絲貓水是水，唔擱實在係太大了。西螺七崁，著名的阿善師故事讓電影院人少了，許多人都守著電視看。梁山伯與祝英台和紅樓夢，又讓電影院起死回生。

影來影去，鎮民死了老了，劇中人還鮮活著。

蚊子電影院。電影廣告車開到小村落時，舅舅正在和還沒嫁過來的舅媽在傍晚散步約會，發財車後車廂四面掛著電影看板，一路宣傳著幾點幾點要來播戲，鄉親朋友千萬不要錯過。稻埕曬的菜脯和稻子都已收悉，有工人在拉白布，大白布面隨風忽前忽後。放映機的光穿過黑暗，光塵下飛來蚊蟲，捲片機嘎嘎響，男女主角要接吻了卻又被吹開了……。

有回，放電影時忽傳一聲哀嚎，是隔壁的阿麗姊姊，她急著出來看電影，踢翻了她阿太在廊下熬煮的中藥罐，燙傷了腿。一束白光頓時被一堆人切斷又接回，有人去廚房拿醬油，有人去發動引擎……。

阿麗姊姊被電影吸引而招致燙傷的腳底疤痕還在，每一回我們見面總要她掀開腳板給我們看。燙疤依在，電影院消失，而蚊子依然摸著黑狂吸我們的血，噬咬我們的記憶核心。那場「火燒紅蓮寺」和「目蓮救母傳」，可讓許多婦道人家邊拍蒲扇邊罵小孩時邊掉著淚。

失落的電影夢，在筆端裡找回，但我再也聞不到膠卷味了。（敲敲門，國片還在嗎？）這時，我頓然拍了自己一記巴掌，蚊子沒打著，牠繼續在黑暗中盤旋……嗡嗡嗡……不知是牠讓我癢，還是往事讓我發癢……啊，那是讓我發癢的日子。

來來百貨 水燕池

我們一大一小地在看完「我是一片雲」電影後，走出電影街，還到對街買了紅豆冰棒吃，冰棒在熱天裡被吃得慢的我融成了乳白的奶水，天好熱，額前劉海都濕了。妳帶我去看電影，不帶哥哥，因爲我還不用買票。

呷緊囉，邁去百貨公司便所洗手，妳催促著我。

妳想起什麼似地再次問我剛剛看的電影叫什麼？「我是一片雲。」我回答時邊抬頭瞄了天空一晌，一片雲也沒有，彼時夏日如浮鏡，是暑假我隨我媽到西門町擺攤，這天不擺，警察太多。我再次想剛剛看的電影應該是「雲」沒錯，剛認得不久的字。

「偶詩一盼魂。」妳跟著我念了一次，只有「一」發音是標準，現在媒體已經可以大方把不標準的台灣國語呈現在文字裡，於是「我」成了「偶」，「很」成了「粉」，看到這些字眼會讓我呼喚起妳的口音。

「這片名是啥意思？」妳不懂，我指著天上的雲，沒有詩心的妳更加糊塗了，這愛情故事和天頂的魂有啥關係？這問題太深，我當時沒辦法回答。終於舔完冰棒，行過小販煎烤炸的騎樓，眼前一棟亮眼的高樓立著如巨人，我跟著文字念著「來來」。

來來召喚著我們，晃進百貨公司吹冷氣，光潔的大理石明亮如光膜。我一直看著看著，像是走進教堂，玻璃櫃內瓶瓶罐罐粉粉柔柔，妳在資生堂前徘徊一陣，但還是只用目光飄著。

我要我要，我要許願。我拉扯著妳的衣角輕聲說。

什麼水燕？

許願被妳發音成水燕。

我拉妳走進水啦啦水池，亮晃晃的光灑在水面，大理石冰涼涼的圈成一個許願的狀態，「妳看！」我指著光給妳看。妳卻一個俐落手腳的彎身便看見了銅板，沉在水裡發著銅亮銀亮的靜美色澤，讓人想要跳進池裡與其共舞的發顫色澤。我們的身後響起咄咄咄的高跟鞋聲敲著逼近的音量，拎著紙袋的仕女們現身在旁，掏出銅板往下丟，閉目半晌。噴泉落起墜下，打在銅板上。

我說像伊這樣就是許願，願是願望的願，給我一個銅板許願啦。我說

哪有給錢才能水燕的，根本是騙錢。

一塊錢就讓它騙嘛。我盧著妳，定要許願。

一塊錢也是錢啊，說歸說妳還是遞給我一塊錢。我閉目一晌，默默擲下銅板，看著銅板在水裡轉了個小圈，並漂起一絲絲微乎其微的小漣漪。

妳水什麼燕？妳問。

我只是笑。心裡期盼妳不要再拎著妳的咖啡色包包，逼迫我跟妳南北跑單幫。我許願母后的帝國擁有巨大的財富，像眼前一座光亮的百貨公司般富足。買資生堂買鞋子買衣服都可以說買就買，不用徘徊再徘徊。

哪裡光靠水燕就成功，一切攏愛靠自己打拚，妳說。

妳眞不浪漫，瞬間就破解暴露了我的一個大大願望的背後其實是大片無盡的荒蕪，妳的銳利與鐵齒姿態也瞬間瓦解了一座百貨公司以慾望伎倆所鋪成的消費殿堂。

某童年的一個暑假，我們在台北城惶惶然地走進一座二、三輪的戲院，走進一座明亮亮香噴噴的百貨公司，而我生平第一次許願，但終究一切成夢幻泡影。連「來來」都已走進了歷史。

長大後第一回去羅馬旅行時，看見羅馬四處都是噴泉，水池底部沉睡著更巨大的銅板姿態，里拉里拉亮晃晃，年輕戀人在水池邊相擁，偉士牌機車總是熄了引擎又乍然噗噗作響。我曾在羅馬水池晃蕩且剛擺脫一個扒手的片刻，想起童年和母親偶然在一個嶄新簇亮的百貨公司水池前許願的過往姿態。我甚至還歷歷可見當時我和妳的穿著與打扮。我穿著鞋面前方已經掉皮的黑色娃娃鞋，及膝白襪，短橘色洋裝，領口有白蕾絲邊。這樣的衣裝是和妳一起做生意的固定打扮。而母親呢？妳穿著公家上班族之類的窄裙，一件圓領襯衫，低跟高跟鞋。提著一只很大的咖啡色仿鱷魚皮紋路的塑膠包包，裡面有很多的瓶瓶罐罐，一只塑膠布。有時挨家挨戶賣，有時是挨著外省男人的報攤雜誌一角擺。騎樓總是有這類的報攤，以一張大木板上方鋪著塑膠布的生意場，妳這人本來就很容易和人熟（也容易和人吵架），妳笑著說一些話，那些窮極無聊的外省男人都讓出一角給妳擺了。

擺攤的位置通常選擇銀行前面的報攤，在銀行前面經過或提領的人多，身上也多有錢。不過妳擺的貨品是水貨（年老後妳還誠實告訴我有些都是仿冒的化妝品，當妳這樣說時，我突然明瞭爲何當時妳一再徘徊在百貨公司的化妝櫃台前。）所以警察若是撞見，那不僅罰錢還得吃牢飯。

年輕的妳在跑單幫擺攤時，在沒客人時總有一搭沒一搭地和外省人說著話，妳說妳的台語，對方說他的濃稠鄉音半國語，你來我往，卻日日說著話，聊著天。且聊天時，許多在那裡以銀行爲中心一帶擺攤的大都會一起加入無聊的閒扯，賣四角內褲的、賣黃芭樂的、賣獎券的、賣口香糖的、賣面紙的（當時一包包的面紙多珍貴啊），還有以文鳥算命的港仔（我現在回想應是操廣東口音），可惜我當時太小，沒有懂得記述這件事，否則多有趣啊。各說各話的語言大匯聚，像是南北貨的衝撞卻沒有不協調。

「有一些人眞豬哥喔，攏偷偷猜想查某。」妳當時這樣說，似乎有一種處在當時環境的既怒又得意的混雜心情。

然而年老後的母親卻一反常態的厭惡老芋仔，我不知妳的厭惡從何而來，就算是我祖父那一輩人遭受白色恐怖槍殺和坐牢的事也是妳的童年記憶，這類事也不會使妳如此地產生恨意才對。

我私下偷偷暗想，想年輕的妳定然吃過什麼外省男子的虧囉，剛巧當時擺攤的都是外省人，於是妳日後都將之歸類成同一款人（負心漢）。

去夏我那當地方警察局局長的堂叔叔之子結婚時，我一見到那個堂叔，父親的堂弟時，馬上意識跳接的畫面是妳準備吃牢飯時他跑來作保放妳出來的光景。

時光飛馳好快，那堂叔印象裡總是帥氣，像是香港警匪片裡的警察。我總是和他相見在警察局，每一回妳跑單幫被罰被抓，或是彼時年輕的父親載贓貨或是被騙被坑，我都會見到這位堂叔。

有回意外地妳帶我去堂叔家，帶著一個禮盒，說是要答謝嬸嬸，並且看看他們的孩子們，也就是我的堂表弟妹。那時我童年的心忽然有一種奇異的痛苦產生，那痛苦是不自在不適應，堂叔的女兒正在學鋼琴，整個空間窗明几淨，而我們母女卻像是跑單幫的一身疲憊色相。

那個百貨公司許願的午後，像是火車穿越山洞時在無盡無盡的長長黑暗裡，陡然見到迎面的光，前方有光的路，火車載我們馳騁一個可以有餘有裕的時空。

來來百貨也曾在我十三歲時扮演我第一次在台北咖啡館喝咖啡的第一次經驗場域，也是發生在暑假。

只有暑假我的時光是不分南北，不分家鄉異鄉，只有物質與消費在底層作祟，被妳拉著一起做生意，被超齡好友拉著看花花世界。

我到現在才明白，我從小就是在移動裡長大的，我怎麼忘了當年那個不斷坐公車換班次的我，隨著妳與好友移動我的行腳。我是刻意遺忘的，我一直到我旅行了好多國家後，才端然想起童年與少女時代的移動身影，過去那個身影因為連結著貧窮與犯罪（母親的跑單幫攢錢事業），所以被我放在很深很深的位置。直到後來我不斷地移動後，才攪動了這個記憶噤聲的區塊。

我最後一次去來來百貨時記得約是兩千年左右，還買了一雙打五折的靴子，是冬天，靴子牌子是貝里尼。貝里尼，成了我記憶「來來」的最後一刻畫面。至於昆明街停車場旁的今日百貨，易名得更久了。那原是一家頂樓有著飛船和鬼屋的百貨公司，早年的百貨公司高樓層多設有遊樂場。

像是來來百貨後方的獅子林百貨，以前多時髦，堂姊常帶我來此看電影聽民歌，玩灌籃高手，幾粒球被丟得咚咚響。西門町的木船餐廳民歌餐廳是許多人的懷舊地，冰宮滑出一座青春的雪白世界。於今獅子林裡面昏暗暗的像落魄戶，幾家賣旗袍的店家掛著顏色鮮麗的旗袍，店員都是些老女人。

樓梯旁的電動玩具似乎還停格在我的童年。

永遠沒錢的蒼白日子。

混血之都

我竟然在電視上見到妳，我看得目瞪口呆，瞬間出現的妳，我端詳著正好奇杵在圍觀街頭事件的妳，妳總愛管街里鄰大小事，妳沒有從政眞可惜。

「有辦法妳抓我去槍斃啊！」妳嗆聲的音量足以讓整條街的人拉緊所有神經來聆聽。這張臉深邃而高昂，像個男人。

我隔著螢幕不禁思索起妳的臉。

據說妳和曾外婆像，面目深邃且顴骨高，殘留平埔族血液。妳的臉複製到我的臉很不協調，因爲我深深以爲複製妳的臉也得複製妳的強悍，但我雖有張深邃堅毅的臉卻常掛著的是慵懶的表情。同時間，我父系祖先的客家面貌歷經輾轉流徙混血之後，到了我更是模糊一片。

少女的那些年時光，每當我玩得瘋傻且將肌膚曬至發亮如黑金時，不必辦入山證就可以直驅山林，警局年輕男生以爲我是番婆仔，還叫我加勒啊。

然只要不曬太陽，我就又稍白了回來，白裡透些黃或者紅。少了陽光燻燙，我的僞原住民血統就露了餡，又從母系回到父系。只是我的父系男丁一向早凋，遂從來沒有教會我關於另一個語言的神秘解碼系統。

母親妳的河洛話溜極了，常常吐出極辛辣且活靈活現的語彙，都是漢字所無法寫下的。沒有被寫下，只能靠口傳。但我離妳極遠，遂也泰半把河洛話說得讓妳不齒，「妳是台灣人！妳連台灣話攏說毋輪轉？這眞係沒面子！」但更多時候妳也是國台語交雜地混說。

曾經遇過一個四十幾歲的中年台灣男子，來自某個南方村落，卻說得一口幾乎可以咬到舌頭的京片子。我想像著他的童年與青春期是如何地面對鏡子，努力地矯正他自覺可恥的南方台灣國語，但他這一矯正卻矯正過了頭，成了非常做作且暴露了心理某種自卑作祟的語言發音（好像說出一口台灣國語是一種見不得人似的粗鄙，遂要好生隱藏）。

語言是有區域性的，標誌的是溝通路徑。

就好像一日我留學他鄉，管你原住民客家河洛語，我那龐雜的語言譜系全派不上用場。

我非常清楚記得一個語言與場景。那時我燙著大波浪類似芭比娃娃的長髮，一身黝黑肌膚是在紐約康尼島海域吸收陽光所染上的小麥顏色。康尼島是個老蘇聯移民區，到處都是蘇聯老鄉在海邊哈菸遊蕩，蘇聯食物小店充斥，戴著寒地呢帽的老先生睜著無神的綠褐色眼珠迷濛目光盯著我和另一個韓國東方女子。初秋的海岸，紐約的冷風稍起，夏日的戲浪戀人和青春人都離開了。

黃昏的海灘長椅上就這麼孤零地坐了個戴著冬日呢帽的老人，威尼斯之死的老人，望著二十幾歲的女生。我和韓國同學喜娜坐到他身旁，吃著剛在蘇聯小店買的冰淇淋。老人終於忍不住開口問我從哪裡來。

我說台灣。他點頭，他說還好妳不是來自中國大陸（我可以明瞭他的恐共情結），他們都是逃出來的難民。他又問：「妳是？……」當時我剛到紐約一個月，對於紐約許多異鄉客的英文發音還不很熟悉，遂沒聽懂他問的。他改變說詞：「妳是山地人？」我才明瞭他第一次說的字是aboriginal（原住民），他以為我不懂這個字，遂改口問我是否是「mountain people」。連韓國同學喜娜聽到山地人這個字都笑翻在沙灘上了，她說，原住民都住山上？

沒錯，我是山地人。我半開玩笑地說。感覺自己像是隻小猴子。

我回國告訴妳這個笑話時，母親妳啊，眞是非常不悅呢，妳帶著批判的色彩說，誰要妳當番仔？妳深知這是一個被島嶼邊緣化的民族。

我知妳的不悅，因爲任何一個身分的符號指涉（不論平地山胞、福佬、客家……）其實都引發著妳深沉的身世流離與疼痛感。因爲長期我們被視爲次等公民，在祖父輩和父親輩缺席下，荒荒小村，妳必須靠勞力與一切的可能去換取我們的生活溫飽。

解嚴前，妳在這城長期是個聾子與啞巴。這是歷史的覆轍，就像祖父某日醒來，發現他那極爲熟悉的日文是再也行不通了。

於是，當我在異鄉時刻看見或用到物件印製著「Made in Taiwan」時，就無法遏止地想起童年時在客廳做梳子或耶誕禮物、釘牛仔褲釦子等等家庭代工的遙遠模糊日子，這些代工品可能被某個西方小妞穿上，或者撫慰了某個西方家庭的感恩節萬聖節耶誕節氣氛……那些蒙著彩帶和金色銀片的飾品以及種種廉價玩具……。

那些陌生女孩也跟我一樣長大了且快速老了。

她們當年可能收到我等台灣小女生所親手打製的音樂盒禮物，她們每一晚都聽著音樂盒，且帶著幻想地看著音樂盒模型上的男女起舞旋轉，俊男美女下方通常是一個圓形的層層綴有花朵的蛋糕，花朵叢裡窩有兩隻小熊伴著俊男美女，男的持愛的箭，女的持愛之燭火。

相愛不離，相知相惜。我們島嶼經濟起飛的家庭代工年代，我和表堂姊妹們都有份，而我做的時間最短，也最沒耐性，尋常做一下就跑到戶外野遊了。

那是個還有夢的年代，那個年代台灣雖不富裕但人格堅毅樸素，人人彼此關心互持，果眞是家家有觀世音。童年的命運流轉到我早已老成的此刻現世，夢卻成了代替以撒獻祭給耶和華的羊，待宰的羊，島嶼夢想死亡。

台北城 童年善男子

夜晚，他總是帶著許多的食物來到客廳代工的夢工廠。

異國情調的食物，之於那蠻荒蕭索的童年。他身上總有奇異的香味。男人的美軍越南時代竟在此地借屍還魂，伊來到某個寡婦家，進駐某個女主人的床。混血兒裸身在街上狂奔，他遺下的一本外國書裡有幾張越戰的黑白圖片（那是很多年後我才懂的）。

混血在那個年代是被鄰里視爲可鄙可憐的顏色（今日卻是美麗樣貌的象徵）。

姨們說金髮男人開飛機。

大姨甚多歲的外省少校老公過世後，另一個男人來了。母姨把血緣身世的連結這回推得更遠更遠，從湖南老公一推竟推到了異鄉人。然而其實母姨長得很像西班牙人，那深邃的臉龐與藍色目珠。她的情人也長得像是西班牙人，他穿著飛行員的深藍色制服，帶著空調那種獨有的混雜與凝結氣味，以及遙遠地中海香料與海水氣息，他拖著一個行李深夜來到外婆家時還戴著大盤帽，神似一個偉人身影般地矮身進到低矮至見不到光的外婆家老厝，且來到女孩的夢枕處。（我常逗留此處，因外婆家就在內嬤家後面，我愛睡哪就睡哪，她們對我也根本沒有外孫內孫之分。）

在我作夢的眠床前，姨的異國情人渾身散發著童話水手般的誘惑，捲曲的髮猶殘存古龍水的香氛，窩藏著主人的渴望。

我的床頭多了一具比例完美的芭比。

所有的洋娃娃都是女人渴望永遠天眞美麗的原型，自此我想叫芭比（妳和姨當時聽了笑不可遏止，妳們姊妹倆對於任何一個和「巴」字發音有關的都想大笑），當然我現在已是遲暮芭比了。芭比只有芭比或非芭比，沒有老芭比，所以我當然不是芭比，那個芭比是童年幻覺幸福美麗的代號罷了。就像那個飛行員的午夜來訪的歷史印記，往後也成了某個女人不願也想不起來的人物。（當時這個阿姨在俱樂部當會計。）

他是誰？

他帶著滿滿的禮物，拖著長途跋涉的夜間飛行降落在我母系家蒼涼荒蕪的屋外空地，他想要親撫我們這幫貧窮美麗的少婦少女和嬰孩，直到我們得以因爲溫飽且感到內心有愛而安眠。

善男子。我記得你。（即使母系女人否認你的歷史一如否認過去貧窮的存在。）

我醒來，唯一你曾存在的證據是我的嘴角綴滿褐色的焦糖與巧克力色澤。貴妃糖，落魄戶最美的糖果，那金黃的色澤。

童年我連大車都見得不多，關於飛機，只見過天上的迷你小黑影。奶油餅乾巧克力……，唯獨起司很讓母姨們覺得噁心。穿著緊身洋裝的我姨，妳的姊妹們拿起綠黑霉乳白色起司在妳的鼻前晃著聞著，妳忽然發出一種奇異的笑聲，喃喃自語著這味道啊，這味道……，嗅了嗅，又放下微笑，如此喃喃自語好幾回，金毛查脯呷的東西眞係鬼怪。但妳們明明都在笑，發著瘋女般癡笑的妳們這幫鄉村女人，妳和我的姨們。

那些食物封面印著鬼怪扭曲的字眼，閃亮我眼的是金色和銀色糖果紙，像是星星的顏色，易有幻覺的顏色。金色童年的某個時光夢幻犒賞。

他是誰？

我在異鄉遍尋童年天使容顏，終不復見，我只記得他說一口我們聽不懂的語言和一些不知向誰學的台灣話，我尋找他的語言來到他的城市，但他是誰？

我身如一座夜間之城，我帶著東方的神秘降落他方，看見他城燈火通明，卻總也無法看清，只餘一種氣味，一種感受。這很像我們的廣大身世，我們的總體，總體就是細節，個人也是總體。一切難以看清，一如我們的血統。混血了，再也難以解析成分，再也命運難分了。

我企圖靠近燈下的異邦男子，在燈下我可以看見細節，鎖住流動的片刻，但遍尋不著我要找的童年善男子。我在異鄉的馬路上閒走，我看見許多人與我錯身，沒有人在意他們的身世，在這座大熔爐。我孤獨地在寒風中，想著我的城市我的島嶼。

這時候的母親妳和姨們早已朽朽老去，姨現在還有晚年情人，一個沉默的油漆工，常見他爲外婆房厝漆新牆。姨卻只是抱著她心愛的博美犬，叼著菸抽，染黃的長髮映著院後的秋陽，伊的神情像是墜入一片蕩漾的往事汪洋，迷眩著我的眼目。

我在異鄉，看著時間，看見妳的城市已然浸在黑缸裡。

電視總是開著，連續劇裡的愛恨陪著妳和島嶼的中老人們度過腐朽光陰，於是妳們吐出夢囈的絲線，釋放腦波儲存的往日不幸影像。

我想也許妳透過電視也能看見我——我在巴黎大罷工的現場，我在倫敦地鐵發生縱火案現場，這些事都上了國際頭條新聞，而我在現場。

我看見我熟悉的媒體攝影機在我旁邊飛奔，有個男人對著我拍，我嫻熟攝影機我知道他在看我，用zoom鏡頭拍我的眼神。

一個異鄉人流浪過久等同死亡的眼神。

我看見我自己在夢境裡搬張高椅子，企圖踩上去抹除天花板上的我的童年，倚賴異鄉人資助我們快樂的身影。

那是流淚的芭比，流血的芭比。她自此只穿黑衣。

芭比娃娃有穿套裝的，有穿清宮格格服的，有穿復古香奈兒格子斜呢紋的，有穿陽光泳裝的，有穿性感睡衣的，但就是沒有穿整套黑衣服的。我想起阿嬤在六十歲時就要母親妳和阿姨們幫她準備壽衣。我當時聽成獸醫，以爲阿嬤家的忠狗小黃活了十幾年生病了。妳笑說我神經，不是的啊，傻囝仔，壽衣就是死亡之衣。

阿嬤要親手織繡這件衣裳，在生前看見死神的罩袍。

童年我問姨的飛行員情人什麼時候也送我穿著全身黑衣的芭比，他笑笑說沒有這樣的芭比。我如果讀得懂異鄉人的語言，我想也許他想說的是，我是黑夜小精靈，沒有穿黑衣的芭比，夢幻不屬於黑色。

黑夜小精靈。我在異鄉浮起這個名詞的同時，看見了自己的情慾突然無預警地飛揚起來，在窄小如衣櫥的房間，有一面大鏡子和一扇窗。我在窗上看見自己。

我褪去衣服，拉開窗，讓異鄉的第一場初雪薄薄地飄染上身。

異鄉人的日子，不僅提醒了我的愛情飢餓與肥胖，也讓我不斷地見到我的混血身世之城，從遙遠祖先的父系母系就已經大量混血交錯的流離背景。

母親妳聽聞我描述台灣愈來愈多的異鄉新娘時，大感不幸。妳說，都怪我們這些讀很多書的女生們不嫁不生啊。妳憂心關於未來台灣的種，妳帶著刻板成見地說：這種不好。（接著妳沉默一陣，我猜想妳或想起妳的妹妹也曾如此地仰賴另一個異鄉人啊，妳們當時不也連半句話都不通。有時相濡以沫只需要身體和姿勢，語言常是誤解之源。）

我沒有在他鄉尋找到童年的善男子，姨的昔日飛行員情人，我在機場看見任何一個穿著藍色飛行員制服的男人就想要靠近一下，聞聞是否有往昔童年夢幻般的貴妃糖奶香，或者巧克力甜膩的餅乾香氣。

一個偶然飄零到島嶼南方的飛官，你還在世上嗎？尋人啓事可以尋到你嗎？但我如何尋你？我們沒有血緣連結，我缺乏尋找你的身分，我只記得你給我的芭比娃娃和貴妃糖。難道我可以張貼姨的照片並寫上：「曾和蘇雪子三十五歲時交往過的五十歲飛官請和我聯繫……」的告示？這會不會是世紀最浪漫的糗事一樁？

現下，我在台北，和孤獨的妳，妳和蘇家女子們，一起在孤獨的母城討生，我們共存亡。

此刻台北雷雨交加，騎士們濕淋淋身影狂狂駛進一座汪洋之都。狂洩大雨的街道，這城總是這麼任性，總是這麼容易痛哭流涕。淚說來就來，像是慾望，像是潮水。女人的潮水，男人的島嶼，撞擊的身世，血液混雜之都。

潮水，把我引向妳（我抵城）。在歷史陰風下，幽蕩晃悠的愛情身世。

速度，把我帶開妳（我離城）。在步履灰塵裡，徘徊無盡的肉身故事。

這城這身世恍如是以紅色染成的日子，殷紅如酒色——我感疼痛。

腥紅城市，混血之都，我期待一抹夕陽很緩很緩地掉落在黑瓦的屋頂下。我在陽台望著移動的人潮，企圖想尋找童年送我芭比娃娃的善男子臉孔。

但我沒看見，我什麼也沒看見。

我只看見這城市想要血統純正或者想要取得什麼的暴戾之民。什麼是血統純正？這麼狹窄的路，誰要走呢？

所幸，母親妳此時聽不懂我的語言，妳只光盯著十足肥皂劇的新聞看著，搖頭罵著。

我眼眶濕了——無聲地靜默。對歷史對流離對種種不幸、對無知對盲從對陷入耗損對立的我的母城……這淚是祈禱之光，但連妳在我身邊也是看不見的，遑論他人。

北投風月

妳身裸露，下垂乳房，胖胖臀盤，SPA激流沖刷著妳的身體，水拍動著團團的肉。我從妳的下體以衝出兩爿如山巖的夾道自然面世，沒有產婆也沒有醫生或註生娘娘，我是被水彈出面對這個世界，妳某夜劇痛羊水破裂，一用力我便被水流滑出窄道，之後妳自行剪去臍帶。

投生的臍帶不斷，妳我就將宿命連結。

妳裸著身，述說著當時眼睛未睜也裸身的我，妳我裸身相見的此時此刻，妳再次這樣述說關於我的降世。我望著如珠簾灑落的水柱以避開妳的目光，似乎還不習慣這樣的袒裎相見。女體各自承載不同的命運，女體滄桑史總是哀唱有餘。

之後，妳去做臉，妳第一次做臉。美容師傅用力地推拿著妳的臉部皺紋，皮膚已經紅了，而那些皺紋仍是頑固地佔領顏面。

「以前做過頭，現在怎麼樣也補不回來。」妳說。接著妳瞥眼覷著在旁看報章雜誌的我說：「人是老了叨老囉。」美容師跟著附和一番，遊說半天我也跟著做臉，我仍搖頭。

我實無太多餘力餘錢去顧得了這些表面功夫了。好在美容師傅很快地便將綠色海藻薄荷之類的裹在妳的臉上，妳闔眼進入黑暗，無能言語，忙碌的美容師也走了出去，此時四周只有冰冷的空氣和著精油的香氣，新世紀心靈音樂幽幽迴盪，一盞幽黃的燈，妳躺在美容的白床上。我忽忽驚心，甚怕妳躺著就此不醒，空間恍似以前妳開刀的醫院，我陡然丟下雜誌跑去握妳的手，好冰啊！

「媽！」我叫喚妳。

「嗯……」妳從喉頭咕噥幾聲，我聽得出妳試圖說著「啊……妳是ㄢ怎？」的口吻，遂放了心轉問：「妳冷嘸？」邊替妳拉上被單，裸露的肩膀仍然厚厚的，妳有一身的虎背熊腰。

妳搖搖頭，動作輕，深怕臉上的面膜搖動出更多的皺紋。

母后妳此時不見臉，那鐫滿如蝕刻銅版畫的臉遂好安靜好安靜，我忘了妳的老去容顏，漸漸地我在昏幽的香氣與安謐裡也想打瞌睡。

妳的臉穿著SPA所覆上的面膜，穿著衣服的臉，卻有著裸露的身體。我感到妳很陌生，卻又很安然的陌生。

妳快要撕掉那張面膜了，我希望妳睜開眼第一個看見的人會是我，妳的女兒，就像是妳親自替自己未來獨生女接生一樣，我人世對望的第一張臉是妳，總是無限疲憊又十分剛毅的妳。在勞動生活裡，換過無數工作的一個可貴女藍領。（我下次該寫妳在哪個工作場域？每一次想起都感到艱辛，因爲那都是極其肉身耗盡的苦工啊！）

妳我在北投，晚上的北投殘留著日式的三味線迷眩氣味，我們隨時都有可能被誤認爲是來此地以肉體或悲情神色討生活的年輕婦人與小孩。當時光是騎機車的婦人入晚遊走此地都有可能被誤認爲媽媽桑，而女孩迫於家計且擁有好嗓子的就更是至此賣唱了，女孩夜晚的聲音酒客聽者少，但她的荷包卻是獲取了該得的唱酬與多得的小費，年輕女孩養活一家幾口人的肚皮，她將自己的青春擲入如此異色的北投野味。女孩在夜色跑場，大飯店像是影片裡的拉斯維加斯，由金錢堆砌的虛幻城堡。妳說妳在此當服務生，曾經親眼見到有錢的客人沒把鈔票看在眼裡，霸氣地把鈔票亮在妳眼前，這可不是打賞，那橫眉豎目的男人卻在妳的眼前瞬間拿起桌上的打火機一點，轟地火燃紙鈔。不論小小歌女或是年輕婦人來到此地工作不就是爲了點錢，然而他們卻在錢這件事上大大地羞辱了妳。火燒鈔票，燒光的是妳的尊嚴。

那是多久的事了？妳或記得或遺忘。

比如那些醉了就躺在地上的醉鬼，把風月和酒靈享盡，然後倒地不起。妳一直都嫌惡地記得，妳說那是人生最可悲的姿態——連自己都無法控制自己。

妳也記得飯店區的光明路，那是當年必走之路。光明路北投飯店，消失的地標卻是妳無法消失的人生地圖，十九歲結婚的年輕婦人在此街以強悍之姿佯裝溫柔地彎腰說：「阿里阿多！」當年這整條街集結著如星球之遙的舶來品店，日本客和上班小姐勾肩搭背地走在這條街，這是戰後多年，依然不散的島嶼低迷與眷戀不去的東洋味。妳說妳常和其中一個走唱女孩晚上以吃麵打發，「那時一碗麵五塊錢，那時候錢好大，好好用啊！」（我不敢讓妳知道我帶妳來的這家SPA將花去多少錢，妳的台北物質史從來沒有漲價這件事，妳的錢到現在都還很大，還很好用。）

隨叫隨載的摩托計程車，專接送客人小姐。在進SPA會館前，妳帶我在光明路閒走，看到幾位在公園的阿伯旁邊停著摩托車，妳指稱這是以前專門跑場子用的，一趟十塊，在當時已經是很大的錢了。（我頓時想起峇里島的摩托車，一天租金三塊美元的美好旅行地。）

我和妳在北投山區行走，沿途飯店矗立，妳說那時候小小山路上總是人影流動，駐唱或者恩客或者服務生，串成這樣一座小小郊山，女人像是近郊礦山，在夜色下躺成了一座峰。相較於羞辱妳尊嚴的人，妳也不禁想起另一端的好客人，若幸運，小費可能多到連衣服口袋都裝不下。我聽了點頭，所以看老照片，北投跑場姑娘常穿和服，我想爲的就是和服兩邊有寬大的水袖口袋，拿來塞錢眞是美哉！妳多拿到小費時，妳總是殷勤地遞上燙熱過的白毛巾，甚且還義務爲客人按摩後頸。

我想像妳處在那樣的環境之危，遇到酒色，有不亂事的嗎？果然妳說，常常妳的白色制服沾滿了髒漬，嘔吐物。嘔吐物也是一種侵略，酒客故意發酒瘋吐到妳身上的行爲，那意味著白色制服再也不白。喝酒狂歡色慾勃發鬧事爭執事件常在夜晚一觸即發。妳說妳永遠記得酒醉客人拿刀互砍的紅血，杯盤全擲落，一片狼藉。

我和情人去過日式吟松閣，妳當年也去過，我消費妳服務，時代替置，左派的勞動女工其後代女兒竟成了逸樂分子。

北投幽雅路，妳記憶的舊址已消失，南國飯店替換成春天酒店。我對妳慨嘆景物全非，妳說我思慮太多，要我不必替妳感到命運悲情，妳說當年的妳啥米攏唔想，啥米攏唔驚，全心只想攢錢。

妳當年泡溫泉嗎？妳笑說有啊，和妳那些阿姨們啊，就在一條凹陷於山林的秘密溝圳內浸泡疲憊肉身，免費的最美！磺山爲幕，硫磺味爲底，勞動而艱辛的討生女人之秘密樂園端然而生。

那卡西風月上升的八〇年代，妳不在場。當年北投風月正熾，蔚爲二十多年前台灣地方文化特殊夜色，笙歌夜夜年代，日本觀光客和藝術家們絡繹不絕於此，紛紛陶醉溫泉鄉，不知今宵酒醒何處。混過八〇年代美好時光的藝術家們曾告訴我，他們都是叫樂手在房間表演那卡西，「小姐」更是不能少。房間的脫衣舞秀就像是電視頻道之容易上演。

妳的北投服務生羞辱年代，我很少想起；而藝術家友人的八〇風月年代，我來不及參與。

直到九〇年代，際遇裡的情人上場。我再度來到北投，那年代徹底是妳我關係最糟的時光，我徹底讓妳消失在我所有的生活場域近十年。所以我記得的九〇年代北投是男人，終會離開的男人。

在溫泉鄉的山路兜轉，陳明章歌聲裡那個即將嫁給日本人的女子正在度過最後一夜的單身生活，而我已經好久不曾去想起那些畫面，兒時妳曾經帶我來過這裡，朦朧裡的溫泉鄉似乎有著疼痛歌聲傳來，北投男女交織的悲情混著流水聲不斷，那是女孩所魔魅不解的氛圍。

當年的溫泉設施多所簡陋，然妳與幾個阿姨在旁，印象裡是貧窮的快活歡樂。

我們所回憶的旅行情節是那樣地牽涉到同遊者，甚且同遊者決定了一個旅地的回憶內容與評價好壞。壞了興致的常常是人而不是景，景色無心，是意念與心情投射給風景意義。

於是，我想起了妳，穿著白色制服的女服務生，奔波在桌與桌之間。偶爾被口語狎褻，偶爾臀部被摸一把，或者穢物沾身。

我記得，我記得。

我想妳也該有過這樣的感受，妳應該也想在脫軌的日常奔往內心的逃逸路線，妳應該享有生命不曾有過的逆時享樂。

妳的女兒在逆時享樂後，卻不免在結束享樂後陷入迷宮似的怔忡，「一念猛厲，魍魅潛消」。妳的女兒總是突然脫離軌道，卻又一時迷了路，迷路所引起的恍然感，常常是發生在和戀人泡湯後的黃昏時刻。

我離開三段式的北投——有妳時光的七〇年代，有我藝術家友人的八〇年代，有我自己的九〇年代至二十一世紀。

我和男人先是兜轉在此溫泉山區，不知落腳何處。看見有古老庭園的先進去打探，價錢計時且昂貴的有匆匆之感，再至現代SPA風味的，泡湯大池的才有景致，小房間無景。驅車停停落落，總是單獨的小房間無景，莫非要共浴者專注對著彼此，莫要被風光打擾。客棧湯屋女人領在前頭，有著堅忍的奇特神情，領著我和他進屋，放著熱水，輕緩地。（我忽然想掉淚，想起那湯屋女人是年輕的妳的化身。）

某種貞潔也意味著某種乾枯，男人說湯屋女人看起來就像長年沒有性生活的女人。我注意到湯屋女人離開時瞥了我一眼，不知那一瞥有何意涵，她是否也想起了她放蕩的女兒？一如我在有男人的床上頓然想起了母親妳？

泡過熱泉的身體軟塌，一如記憶自此凹陷。自此妳我都被摔落命運谷底，我們都非自願墮落，我倒但願自己是自願墮落的，因爲那意味著一種主動與奢華式的自由。

山下的台北母城，燈火捻亮出一種把我掉入感傷坑洞的色溫。

我和男人在路口彼此揮別，帶著湯屋氣味各自許諾重逢。

然我沒有和男人重逢，在燈暈下等待我的仍然是妳，不離不棄的妳。我看見藍領的妳，一個北投年輕女服務生曾經的那個夜間身影，裹在北投風月的影子，如此地不堪，如此地疲憊，但也如此地美麗。我和妳已經可以說話了，十年阻絕，困頓牆倒。我讓妳徹底消失在我年輕地圖的身影又再次佔領我的心。

我聽見水聲，北投的水聲，羊水的水聲。

我看見我老著一張臉，從妳兩爿深不可測的黑暗隧道所吐出來的樣子，憂傷的樣子，包覆我即將啼哭的瞳孔。原來我是美麗的。我和妳都美麗。裸露的美，如無際的海洋：其美在坦誠的平靜、其美也在其戲劇性。

水淹台北城

不斷長高的洪水線有一天淒風苦雨地長驅直入我的城市，水淹台北城。

一條新的忠孝大河從闇夜天空裡洩下，那一夜，所有熱愛東區的女生們全得了憂鬱症，她們下班後必然朝聖的SOGO百貨公司史無前例地按下了幾日的熄燈號。

接著是所有的仕女們在家裡貼著面膜，看著洪水滾滾漫過直蕩如平原的忠孝東西路新聞，啞口無言地看著可移動的汽車和不可移動的家具漂浮如屍，看著城市人抱著橡膠輪胎企圖泅過忠孝大河。

接著是這城市的出版業者與畫商陷入了前所未有的經濟蕭條，被泡水的書發爛，被泡過的名畫不值半毛錢。地下室，自此成了城市人的夢魘，就像地下情讓人之神經拉緊。

納莉杳遠了，我們的記憶還在嗎？

當夏天我在水患狂侵的東歐想起的是水淹台北城的納莉，以及無數個童年洪水來氾的記憶。

水淹台北城，那夜我一個人孤坐窗台看著越過淡海一路直撲上岸，一點一點地增高，淹沒至膝，一樓住家都撤離到高處了。突然停電，我一個人在做大水的夜，戚戚然地坐在燭光搖晃的窗邊，看著河水夾帶著雨水上岸的漫漶姿態。

台北隔日呈現了非常魔幻的畫面。看著忠孝東路一帶百貨公司與常逛的東區建築街道一片水鄉澤國，車道無車，車子滅頂，全是洪水，間有幾個橡皮艇划著，建築漂在水面，像是無數的浮嶼漂流，有人求救，直升機在上空盤旋。

再隔日，和哥哥同去松山火車站的工作室搬被泡水的電腦、書籍還有家具，旁邊的五分埔商家洗著泡水的衣服，洗著泡水的塑膠模特兒，洗著泡水的衣架鐵桿，洗著泡水的靴子袋子，洗著惱人的牆垢，洗著褪不去的洪水線。

每個人家都在清理垃圾，洪水幫人們清除了躲在角落經年不動的多餘物件，腐朽的濕氣，噁爛的霉氣，像是戰後的空襲掠境，大人疲憊的整理家園，而小孩卻在玩水，戲水。或者成群出來閒晃，撿拾被洪水沖出的物件，已經無法辨認的物件。

以往被洪水沖出的豬雞鴨或者是化妝台的飾物品，於今被電腦或是家具替換，小孩們想要撿到有沒有人丟出的電動玩具或者是漂流出一個遊戲包等。

疏洪道一帶，空氣總是瀰漫灰塵，一切都像遮了層光罩。洪水也讓台北縣疏洪道一帶變化劇烈，疏洪道當然是作爲疏通洪水用的，以前田疇野氣多所莽感，於今卻成了另一座公園，有點像是河濱公園的翻版，腳踏車步道、籃球場、運動場，攤販和風箏都在那裡張揚著溫飽與飛翔的不同姿態。

沿岸河堤寫著「台北縣——出外人的故鄉」。台北縣確實集結著雲嘉南一帶的台北新移民，他們白日跨過許多的橋樑，衝鋒陷陣地進入台北城市，從台北西區南區湧入東區北區。接著傍晚一到又從對岸衝鋒陷陣地歸來此岸，一條河一條橋，聯繫了城市與新移民的生活命脈與命運。

有時夜晚從台北城市開車行經疏洪道時，看著籃球場上有個孤零的男生在拍打著皮球，又或者堤岸有個失眠的老人在和老狗一同漫步時，我總會無端升起一種出外人的寂寥感。人人可說是上帝國度的出外人，因各種理由而被遣出伊甸園國度，只好再度漫遊於人間。出外人，不知何處是心靈的故鄉。

從台北燈火密織之城，一路越過忠孝橋，兩岸河水燈火因漲潮而被拉長了光波及流動了曲線，下橋接疏洪道，爬上堤防再下，疏洪道高高低低，有那麼一會視野所及有一種車速即將帶我進入某個遠方星圖的悠悠恍然感，疏洪道佈滿了小燈光的黃火，如星圖之美炫，在前方等我進入。再繞行，旁有草叢沼澤般的地景，想起不知哪一年的颱風，三重做大水時，所遺下的洪水，灌入的洪水淤積在原址，宛如小湖泊般地擱淺，之後密生沼澤生物。

我每每經過這座颱風遺下的小湖，便會多望一眼，總覺這洪水像是一波大命運，將水推到此地，卻因低窪而無法退回河水或大海，自此擱淺。

多像愛情的結合，離去或擱淺，擇一而居或者自此漂流。

從洪水到愛情，城市不都是如此興風作浪著人之大慾的底層，生之慾也常如洪氾，難以抵抗，只宜疏通。

我對做大水的記憶，奇特的是感情事件總是連帶一起被打撈上岸。

不斷長高的洪水線

這島嶼的洪水線一直在長高，沒長高的是我。

尋常大洪水撤軍後，家裡石灰牆即滯留一條鵝黃水漬，如黃河之水遺留的深沉刻度。後來那刻度年年有不同的線條拓在白牆，但最早的那個一百公分刻度，成了我們幾個小孩的天然量身高機，總是在那刻度下以手當尺量著頭劃著線，看看誰又長高，又誰老是最矮。

當水淹兩百公分時，所有的人都爬到紅磚瓦屋頂上喊救命了。

我在國中時期由於學校舞弊，福利社遂被教育局勒令停業，我媽也沒時間準備便當，學校又禁令外出覓食，遂中午老是餓肚。在吃便當時光我和另一貧同學常開溜到校園樹下發呆，忍受飢腸轆轆血糖過低的昏眩感，蟬聲在那時聽來比雷聲還響。或者有時受不了，也吃些早上從味精罐裡抓來的幾把放在塑膠袋的味精。

我因而錯過了長高的黃金時期。

妳爲了彌補自己做生意所忽略照顧我肚皮之罪惡感，妳以前老是安慰我說沒關係，女人會一直長到大肚。後來我發現這當然不成立，要是女人都不大肚，不就可以一直長高。

只有洪水線不必餵養也能不斷長高，只消我們削山砍樹，它就有能力一直排山倒海的竄高。

不斷長高的洪水線，有一天鬼哭神號地席捲我的原鄉，水淹西部濱海。

因中風而來不及逃難的外公的肉身遂被泡在上帝的淚水裡，洪水線高過觀音媽案上的楊枝淨水瓶，高過拓刻著「誓當荷負一切有情」的石柱子，高過貼著「六畜興旺」的豬圈處，高過正結著纍纍木瓜的木瓜樹……。

接著是我母親如洪水的淚水滴落在外公的棺木上。

我在老家環視那一百公分高的洪水線，黃線依然烙在外公的古厝白牆，我撫摸著奪去外公生命的洪水線，像是撫摸一頭已然被馴服的獅子。我沒長高，洪水線倒是長高了，我又喃喃自語：也許我沒再長高是因爲我的靈魂長太快了，所以抑制了身體的發展。

妳在旁邊聽見我的喃喃自語，妳說妳倒滿懂得自我安慰。接著妳問我：靈魂是啥咪碗糕？在外公葬禮過後，正在護龍稻埕處大啖著青抄好料的親族聽見妳那樣輕蔑又故意質問我的話都笑了。

結束葬禮後的肚皮饗宴，淚水也擦乾了。親族都在聊做大水，而不是聊外公生平。

以前做大水後，溝圳水眞深，妳做囝時陣常和妳哥哥在風颱天過後出去撿物件，妳記得否？記得，二哥最好運，伊常撿到玉環和金幣。

母親說：有一回妳簸入溝底，妳二哥驚死了，沿著村裡一直高喊著：囝仔落下去啦！囝仔落下去啦！

二哥拉著村人到溝圳一探，還好前一日溝水被疏通灌溉稻田了，不然嬰仔就淹死了。妳回憶得輕鬆，我記起的卻是我被村人拉起時，妳急急奔至，見我沒事卻頓然賞了我一巴掌。我沒哭，瞪著目珠，高度僅能見到母親外張的腳板與皸裂的膝蓋黑紋，不明白這熱燙的巴掌究竟是怎麼回事。

還有啦，妳時常走一走就想寐睏，就倒在草地堆裡賴著，睏著，妳哥哥都守在旁邊顧著妳喲。

我笑聽著，覺得母親說的畫面很有北歐電影的味道。兩個小兄妹，哥哥看顧著在路邊小樹打盹的小妹妹，這畫面之美有安哲羅普洛斯的電影氣味。

颱風過後，家裡無糧食，哥哥就東挖西找，找到一包麵粉，我們加水揉麵粉亂作一通，還眞吃飽了，點蠟燭等妳回，後來聽見外頭吵鬧聲，原來媽媽被警察用橡皮艇送回來。

妳回憶那時有夠空傻，淹大水沒走，顧做事，等水淹大了，才和幾個人一同奔上沙地高一點的所在，講起古早眞是不怕死。

過去，每一回淹大水，總有說不完的苦母孤女流浪記。兒時的第一本讀物《白蛇傳》，最常反覆看不膩的即是白素貞如何和法海和尙鬥，後來還演出一場水淹金山寺，白素貞自此被關在雷峰塔。

端午節這故事在兒時的電視台閩南語節目裡總反覆出現，連妳都耳熟能詳，每一回白素貞要在被變回白蛇的原形時，甚至我還濫情地遮住眼睛不想看。妳在旁看得目不眨心不動地說，作戲妳呀眞認眞，哪換阮作許仙也不想和白蛇在一起。兒時端午過節，菖蒲掛門楣，雄黃酒撒淨，妳卻又很認眞，倒像是白蛇眞的會來我家拜訪般。我說我們家沒許仙，白素貞不愛來。

妳瞥我一眼說，誰說的，妳哥哥們都那麼忠厚老實，不就是個笨許仙。

前幾年至杭州旅遊便想看雷峰塔，雷峰塔倒塌重建，回來向妳說雷峰塔倒了沒看見。妳沒聽懂什麼塔，在妳還沒吐出蛋塔之前，我忙說就是以前電視演的白蛇被關的那個高高的塔。

我不知道在杭州，我一直以爲那是在台灣發生的故事，妳說。因爲電視播放時對白講台語，結果母親便以爲是發生在台灣。

從水淹台北城到水淹金山寺，成了我和母親午後有趣的話題。但說來說去不知怎地，總覺得有點哀傷。

也許關於淹水，也關乎了淹水這件事的底層生活與感情吧。

孩提時我們的鄰居有一戶人家除了是大舅殺死人的仇家外，還有一戶是私娼寮的查某，做大水時我們和私娼寮的女人同躲在樓厝加蓋的高處，眼睜睜在木窗前看著洪水如猛獸地越過了前方混凝土所築的低矮堤防，接著崩潰後，一路蔓延掃進粗荒的家園，拍擊著關住的木門陜口。

背後的大人被蠟燭投射出大大的頭殼與身軀，開著番茄魚罐頭和煮著統一肉燥麵。

童年彼時第一次嚐到肉燥麵，以爲那是神仙美眷才有的食物香氣。

耳邊是鶯鶯燕燕，因做大水而苦難結合的邊緣眾生，鶯燕們和莊稼人一起打著四色牌，菸味酒氣體味在窄小的空間徘徊不散。大水退去，隔日總是陽光豔麗，水神說走就走。大夥重整家園，衛生所在噴灑消毒水，到處在大掃除，有小孩拿著掃把互相打來打去。

死查某囝！一聲比一聲高，我聽到有人在叫我，是我媽，我是她的死查某囝。

妳要我和妳一起拎著洗澡用的大塑膠水桶去某地提清水回家，打水時，總是有人在爭吵，爲了怕提不到水的先後順序吵著。猛地，我看見母親和一個搶我們水的男人幹架起來。我在旁悄悄拉著妳的衣角哭泣了起來，我害怕極了，妳那時沒時間賞我一巴掌，妳正用妳的吃奶力氣和搶水用的男人肉搏。

妳提水回程，我在四處看著漂流物件，尋找發亮的東西。未料我眞的撿到了一只發亮的戒指。我戴在手上向母親邀功討愛，母親妳放下水桶，拿過我手中的金戒指在陽光下認眞看了一眼，妳冷冷地說這是假的，旋即又提起水桶快步走著。

我在原地看著發亮的戒指發呆，直到母親喚我：妳皮在癢囉……，還不快跟上，等下給魔神抓去。

那鍍金假戒指被我收藏在鉛筆盒裡。

母親說，妳外公最歹命，死在水裡……泡脹得像隻可憐的豬仔……。

龍山寺 點光明燈

母親徹底成了這座城市的異鄉人，失卻廣義的語言是異鄉人鄉愁的根緣。

現在日益發達科技城市對妳反而是不便利的，別說火星文我不認得（我只知火星上的夕陽是藍色的），妳連中文都不識，但妳記得過年要貼春聯（雖然「滿」常貼到廁門）要去廟裡點燈。

我沒有異鄉也沒有故鄉（反之有異鄉有故鄉）。我一腳踏在異常，一腳踩進日常，染上些魔幻才好度日的城市。我的外省無祖墳朋友在島嶼生活曾經是「硬把異鄉當故鄉」，而我是「硬把故鄉當異鄉」：賦予這城市一丁點的想像感，才能讓我抵忤這城市不斷下墜的粗俗與歷史的荒蕪。

妳曾說年輕時的妳來到大殿矮身穿過光明燈下，祈求「鑽燈腳，生卵葩」。結果，妳連生二丁，遂感安心。有一年沒去鑽燈腳，就弄瓦，有了我。

去年妳說幫我安太歲及點光明燈在艋舺龍山寺時，我旋即腦子跳躍到寫上我的名字生辰八字以及戶籍所在地的牌子，被供奉在與我生命實質並無關聯的香火鼎盛廟宇，廟堂大殿點上光明，為我的現世祈福，搖晃著燭燈的幽微。

弄瓦女子的現世安穩燈幡架構在廟宇四周恆是遊民漂流之地，台北歷史的古老核心。我的名、我的身世在陌生廟宇大殿閃亮著光明，荒幽與光燦的對比，從來都在這座城市裡被清楚割裂或者被模糊並存。

因妳早已將我名登記有案，逐年底收到一張來自艋舺龍山寺的帖子，紙色像是早年南部訂婚做大餅的桃紅。我的名字下方加了「大德」字樣，我感到自己非常不配這樣的名詞，也許「敗德」或好些。

在妳祈請之下誕生的哥哥們也將收到妳幫他們登記在案的帖子，哥哥是比較配稱「大德」人士。桃紅帖子內頁印著「時維葭月 節屆仲冬 銀河飄雪 玉宇飛霜 敬祝貴府 闔家安泰 財源廣進 利路亨通 吉祥如意」，接著就是一串的本寺為祈求諸位大德事業發展學業精進身體安康，特於後殿及華佗廳設置財神燈、光明燈、藥師燈，並於西廂太歲廳安奉值年太歲星君神位供奉信眾安置太歲符，另設有全年定期消災為諸善信闔家消災祈福……接著另一張是價目表，大燈每盞二千元，小燈每盞六百元……登記至額滿為止。

光明燈因為這樣的務實結語而讓我感到幽晃不明，光明與消災以吸收金錢和數字來作為終結。我的畫面卻是關於艋舺的早年畫面，丐幫在廟外成群都染了集體的痲瘋，「乞子揹茄子」，「茄子」即乞丐身上僅有的那只以鹹草編成的袋子。廟會施食，乞丐遂至，也因此之靠近集結而彼此病源擴散感染。

施食是廟會（教會）讓人感恩腑內的美麗時代，廟，島嶼城鄉的公社。

我童音童語地逐字念著柱子石牆刻上的功德主芳名錄：陳細富、應大娘、連彩粉、蔡大頭、吳罔市……鍾葡萄、鍾花生……搖晃著阿公的手興奮地說有人尬咱同姓乀……阿公說這係恁未謀面阿姑阿叔。鍾葡萄、鍾花生……阿嬤爲其往生的小孩在廟添功德，離開鍾家祖譜的「標本」，彼時因祖厝後院葡萄累結所生的鍾葡萄與濁水溪花生收成命名的鍾花生，皆在冥河渡途上沒修成人形……。

廟柱石刻的功德芳名，是我初識世界的符號。想像這些人在還是小孩時，他們的世界圍繞著寺廟祭典以度日日的新鮮事，一串人跟在出巡的七爺八爺身後，索光餅吃。想像艋舺開港時有綠眼珠洋人在街上賣番仔火，想像綠眼珠洋人在潺潺的奇異島嶼思念家鄉愛人，望著娑婆淡水河寫家書……。

父親的妹妹住西園路，被媽媽交代要稱喚艋舺姑，親屬多，遂當時常以地名爲代號。住梅山喚梅山姑，嫁坊寮稱屏東姑、民雄阿叔、竹崎舅公、油車伯……例外是住板橋姑姑，她要我們叫她的日語妖死客，喜歡日本和服的妖死客姑成天踩踏著勝家縫紉機，跟著唱盤哼著歌。

艋舺姑帶孩提我去商行打米，常刻意繞去大稻埕看些美麗雕飾洋房門牌，一路才晃回家。開剃頭店極其美麗的艋舺姑曾指著一座小土地廟告訴我那是抗日義士羅福星的家。幫人做木工家具的艋舺姑丈則常把二二八事件在此緝私菸的事說得臉紅脖子粗，艋舺姑則在旁聽了搖頭說，又老是重複說這些代誌，卡早阿祖姨婆還不是賣過鴉片被日本保正抓去關……。

屬於我長大之後的艋舺氛圍，是騎摩托車至黃昏的淡水河邊，和情人同望對岸落日發呆或說些無意義的豔語發笑，或和被雄性費洛蒙日日折騰的男同學們吆喝齊逛暗巷娼寮，青草藥街駝背的阿婆阿公在廊下混濁著眼珠子盯著我們瞧，濕滑身軀蜷窩成大碗公的蛇與答答答落的血……。

然後我突然被男同學推進一家新開的情趣商店內，他們決定送我一支永不變心的男人肋骨。男人肋骨，與青春逐老，轉化成老媽子非常擔心女兒命運的一只光明燈。

我想著寫上我名字的光明燈在寺中的午夜幽幽晃晃，母親妳爲我點的光明燈指向人間福田利祿，而我的心卻老是墜入慾望黑暗汪洋。

大街從一二三木頭人的遊戲年假裡解凍，又是年復一年的盲流忙動。繁忙城市人，用錢買光明買智慧。該點光明燈、太歲燈和文昌燈的都已經點好了。

有的地方無光明燈可點，那些我行腳踏過的諸城小民街頭人生，伊斯坦堡、約翰尼斯堡、柬普寨、巴勒斯坦、德里、加德滿都……街頭小販無盡流動，賣報紙男孩、賣口香糖女孩、乞討的懷孕少女、手中握著菩提子的小兒麻痹者、抓著兔子小狗賣的鼻涕兒……小孩們在大街上販賣小物小獸，無分種族與黑白。

我的母城，也悄悄（理由十足）地走上全球化貧富巨大斷裂的命運，套句近來最流行的用語是台灣邁入「M」型社會。

妳聽新聞，說認得這個英文字「M」，我很驚訝。就是買衣裳那個「ㄟ姆」號啊，我連忙道對，就是「ㄟ姆」號。

台北街頭小販賣的是玉蘭花和發著免費小廣告紙（只一、兩回遇過乞討者皆是老人），或在街口持著廣告立牌，他們皆以自己的體力博得一些一絲的錢，自給自足，值得尊敬。

只是我若再繼續開車窗拿下去，「免留車貸款」印刷廣告紙可破百張了，一胎二胎三胎……貸可貸，非常貸……。

新漂流者日多。

「硬把異鄉當故鄉者」已經不是外省或南方遺民了，現在這句話必須轉給來自另一個國度的異鄉人，新移民已經邁入六十幾萬人，我們仍用「買來」的新娘眼光在看待這些異邦女子。

一名越傭在廁所轉彎處的圓板凳上偷偷打著盹，一看就是被雇主過度剝削的疲累臉孔。我剛從吃得滿手油膩的鵝肉桌退下如廁，生意興隆的店家，紛紛暗地僱起外籍新娘，若走一趟復興南路上成排的二十四小時消夜店與粥店，會不斷聽到各種奇怪口音的國語。她們連成一氣，同鄉帶同鄉，一個拉一個，以一天努力十小時換取一個月兩萬多元，我和她們聊過天，十之八九都是假結婚來的，剛來時只能躲在廚房工作，薪水也只有萬把元，兩年後取得工作證就可以做外場了，但爲了取得老公在工作權上簽約的合法性，因此也得固定支付老公月費。再熬幾年吧！她們總是在等著取得身分證，從此就可拋掉「假老公」了。

台灣女人在此地已快絕跡，一來台灣女人有家庭難以工作十個小時，二來即使願意竟也難打進外勞的圈子了。

這是一個外籍勢力的暗地新崛起。

母親公寓隔壁新搬來了個嫁到台灣十年的越南新娘，在母親公寓外掛著個小小手寫招牌：修指甲。母親妳爲了給她生意倒是常去給她修指甲，一百元，擦得晶亮亮，還把妳的指甲彩繪得像是一座花園。

妳老公一個月給妳多少錢？母親問著她。

一萬元。我還託人寄三百美元給媽媽。

妳好乖啊。母親說。

啊妳幾歲？

二十九歲。

孩子幾歲？

十歲。

母親像是身家調查地問著，且發出不斷的嘖嘖聲，然後母親含意深深地看了我一眼說，妳看妳們都不嫁不生，也難怪台灣有這麼多外籍新娘。

白日，台北漂流眾生相裡多的是老人和外傭，這些僱請得起的家庭當是中產階級之譜，而坐在輪椅裡被推著的老人也應有自己歷史裡的榮光年代吧，他們可曾想過他們的晚年最後是這樣的畫面：被一個來自異鄉的女子推著或攙扶地遊走。

台北的繁忙街頭，他們自身的異鄉體質被另一個異鄉者直接拷貝了。

他們最後的慰藉來自一個他鄉的年輕女子，他鄉女子有如一根杖、一根浮木，陪他們目睹過往他們所曾參與建設而經濟起飛的城市。

我總是仔細看著這樣的畫面，幾年以來島嶼引入外傭後所形成的街景獨特畫面。這畫面在城市的住宅區最常見，像是金華街、金山南路、台大公館和天母、東區小巷一帶，在有大樹的人行道上常見的人世風景，一個老人和一個年輕外傭，各想各的表情，輕輕滑過一座繁華的城市街頭，公車汽機車廢氣從他們的鼻息飄過，接著偶有上班人士提著公事包踏著篤篤篤的敲地磚音量行過他們身旁，又或有幾個下課的學童彼此追著打著，冷漠地穿越了一老一少一中一外的他們。

我總回望一眼，想看看他們的神情，但所見無非空茫。台北老人的晚年和年輕的外傭身體最近而心靈最遠，輪椅車軸上掛著收音機播放著「有緣沒緣大家來作伙……」

新漂流者日多，多的是再也不願意上班的E族，E獸們執拗漂流。夜晚誠品書店廣場上E族小獸連自拍相片也堂皇擺攤賣，賣的自不是相片，是姿態，是漂流的美感。

屬於母親的漂流沒有流浪的美感，只有無盡的疲憊。

西門町眞善美戲院旁，年輕的妳曾經漂流至此擺攤，妳賣的是當時算昂貴的旁氏、資生堂面霜等舶來品。妳回憶當時還是少婦的自己很惶恐，因爲當時也摻賣著贗品，驚怕被警察抓去（後來還是被抓去）。

「當時人家看妳可愛，都會多買一些，妳卻懶惰不肯多和我作伙擺。」妳說。走在街頭看見小女孩陪母親做生意景象，總會勾起和妳做生意的島嶼城鎭漂流畫面（我哪裡是懶惰啊，我是怕妳被抓走後在街頭就落單了）。妳總以瘦巴巴的我「可憐又可愛」爲幌子，企圖以可愛的卑下來討他人喜愛，好讓別人掏錢買東西。

那年，整整一年，妳在我的兩隻手上各掛上一長串的飾品手環，妳以「不然不要叫我媽媽」爲要脅，推我走上日本觀光客乘坐休息的巴士內，然後沿著巴士座位一路走下，珠串的手環等著被日本色色歐吉桑們扒下，「卡哇伊卡哇伊……」，有人摸著我的辮子，撫我的頭，日語此起彼落。巴士窗外的年輕母親望著珠環逐漸消失在我臂膀的畫面，妳笑著。

這個母親也有個日本名字，卡滋啦，桂子。

妳還沒進公學校，台灣就光復了，但妳記得外公給妳取過兩個日語名，其中一個發音妳說不好聽，恍似叫Aki，聽來像阿氣。但我覺得這比較適合妳，老是怒氣逼人的妳。

在珠串手環被扒下時，歐吉桑的粗手摸著我幼細的白臂膀，我感覺被褪下的串串手環像是被脫下的件件衣服。

那時我們漂流到嘉義阿里山，妳想賺阿本仔觀光客的錢……。

每一代都有不同的童年流蕩生活。

電視播放著一位年輕的母親佯裝買衣服卻要小女孩在服飾店櫃台偷店家小姐手機的畫面……一對父母夥同小孩一起燒炭、一名父親抱著小女孩要跳天橋……。

我看見自己的每個過去，骷髏遍地。

生命無光明燈可點。

過大年，新聞播放著爲了搶頭香的一名婦人跌倒受傷。當廟門一開，湧進那些惡狠狠急匆匆的臉孔，他們往香爐一插的所謂搶頭香動作近乎粗暴，神明怎麼可能會喜歡這樣的面相？有沒有人追蹤過這些搶頭香者真的運氣比較好嗎？

就像點光明燈一般，因果可以他物或他者來代受代勞？天界聞到人界的臭氣恐怕都要躲避三尺吧。

我行過一座城市新漂流者的諸多面相後，我又來到了艋舺，回憶年輕母親妳來到此廟時的虔誠樣貌。並仰頭看著寫有我名字生辰的光明燈搖曳著微光的溫暖，就在那會，眼睫閃過一些些光，從創世紀就消失的光。

只是旁邊許多的婦人們一一穿過大燈時，嘴巴念的卻仍是……鑽燈腳，生卵葩……頓時我聽見身後的瓦片碎了一地。

東方異鄉客

我想告訴妳的是，妳可知道台北有非常多奇奇怪怪的空間嗎？那才是真正的搞怪之地啊。往昔美軍年代的港口鐵路街午夜悲情自此退位，換上城市女人的暗地情慾洶湧，盛況直撲而來。就連妳都已經漸漸習慣看見外國人，我仍要提醒妳不要一直盯著人家瞧。

上回聽妳講電話用英文，妳交外國男朋友啊？母親問。

沒有，朋友而已。

朋友？看妳講得聲音比平常都甜。

啊，妳又聽不懂英文，哪有什麼甜不甜？

有啊，我看妳平常對我說話常沒好口氣，咦，講起西洋番話還滿溫柔的。

西洋番話，我聽了笑出聲，懶得再回話了。妳倒是自己又叨叨述說起兒時見到金毛人的驚嚇狀，那時駐台美軍甚多，每個大城小鎮的鐵路街港口巷總是隱隱晦晦，入夜小燈泡紅影幢幢，門掩門啓，終宵性味流洩。

以前那個隔壁村的阿香和一個阿兜金毛仔生了個紅嬰仔，金毛仔回美國了，卻沒帶走他們，那個紅嬰囝成天都被伊老母虐待。金毛查甫囝一看就是私生子，常常被欺負和訕笑。大家看到伊攏說哈囉哈囉，伊都回罵哈囉你去死！

妳述說時，那畫面不禁讓我同時憶起旅行南非期間所遇的「有色人種」，有色人種意味著混血，且是不得已的混血，被強暴，爲生活所需的靠攏，爲忍氣吞聲的存在。舉凡曾被殖民的土地或被隔離的社會都會讓我想起我的島嶼。

後來呢？我毋曾看過這號「哈囉」人物？

早搬走了，母子不知流浪到哪囉，也是可憐。

我第一次聽見妳吐出「流浪」字眼，這回的對話充斥我和母親生活裡所不曾存在的「異國情調」，從美國大兵到混血男童再到流浪。

妳打了個呵欠，突然暗啞地自語著，時間過得有夠緊！緊，就是急，快，趕。

我暗想著那些鐵路街，入夜火車與鐵軌鳴響，光速來去，煤炭煙在霧夜滑過，燈滅燈亮，男人過境，他們在女人的暖潮裡出出入入，時間確實如霧茫茫。

黃昏的新聞正播著「假結婚眞賣淫」或是「金絲貓」等畫面時，妳笑說這些美國人看起來都很大隻且金光閃閃。

她們不是美國人，她們是俄羅斯，我說。妳只要看見外國人都說是美國人，美國人是妳唯一擁有對外國的想像地理符號。

不是美國人？啥米係惡簍屍？

算了，我沒接話，因爲這情況一如我出國，妳總是會問我去了哪。有回我說去墨西哥，妳張開耳瓣高升揚著喉嚨問：「摸西瓜？」唉，更別提告訴妳什麼以色列伊朗斐濟捷克突尼西亞坦尙尼亞土耳其……宛如番語的地名了。

於是後來我出國除了去日本泰國之外，我都說是去美國。美國，是妳和阿嬤最遠的世界盡頭，一切金毛獸的代稱。

妳回來啦。妳什麼時候出國？妳又要出去啊？幾點起飛的飛機？哪一天回來的班機？

這是我過去多年的生活，離與返之間，在進行著和母親的日常對話。

沒出國，妳反倒不習慣起來。咦，妳不出國啊？妳什麼時陣要出國，記得幫我買香水和化妝品。

我今年不出去啊，想要有一整個年都不出國，我有點累想休息，不是跟妳講眞多次了嗎？

喔。誰知妳玩也會累……妳愛逐日趴趴走，通天沒看到妳人影，玩也會玩到累，誰像妳這麼好命！

妳叨叨數落著我不是屢屢驛馬星動，要不就是動也不動地逐日窩著。

然即使沒出國，仍常往機場跑，送機與接機。

看著來訪的異鄉友人回國或是友人出國，在機場自己突然轉換角色，成了接機者與送行者，這是我在機場鮮少出現的角度：迎著來到島嶼的人的疲憊或微笑面孔，目送著離開島嶼的人的背影……主客異位，奔向不同的風景，出國的我投入的是飛翔高空的熟悉與陌生，送行的我在折返的路上，原走的黃昏台十五線西濱公路已陷入墨黑，偶有卡車駛經我旁震起巨大聲響，感覺我的小車被震得要飛起來了。

在母城卻常成異鄉人。

閒走城市的東西南北，我會遇見什麼？沒有，沒有，我沒有遇見舊識，我遇見了龐大的陌生人，異鄉客。

說來妳我竟然也成爲彼此的異鄉人了，或者該說已成了局外人。

我常有一種不甘心的感覺在搓弄著我的心情。不甘心什麼？異鄉人不該是來來去去任浮萍漂流東西？

東區，我從忠孝東路SOGO走到信義計畫區。偶爾我會遇見幾個外國人，他們的身旁常搭了個長得很奇怪的女人，頭髮很長，很瘦，看來就像是會嫁給外國人那種紫微裡面陀羅星和驛馬星很旺的女子。

朋友常以爲我會嫁給外國人。

他們說我完全符合西方人想像的一種東方女子，也就是典型的異國情調符號。

但我並沒有，底層裡我是難相處的人（平時掩飾得很好）。

身邊有愈來愈多的朋友在國境間遷徙，我在部落格輕輕一點即可見到他們自曝的境況，我們不再覺得離鄉遙遠而陌生。這是多年前我年輕的身軀撞進一座有著無數金毛獸的台北公寓還無法想像的開闊世界。

我在陌生的城市常闖進他者的奇特節慶時間點，也常在自己的城市撞見被混血的異鄉時刻。有時我看見陌生化的自己走在自以爲熟悉的中山北路或者永康街，在上午十一點的時光，整條街的商店方從前夜的忙碌緩緩醒轉，店家小姐繫著高跟鞋畫著濃妝打著呵欠地按下鐵捲門開關，在玻璃噴上界面活性劑，白色泡沫如雪霜滴落……街道時光凹陷在一種遲醒的原始洞穴裡。

小小地球村在商圈形成，印度印尼泰國希臘日本法國義大利……世界很近，都在台北。我習慣把正餐和咖啡糕點分家吃是發生在永康街或師大路一帶，因此地帶小吃迷人，遂都是吃飽了才轉往咖啡館。在這裡我常撞見我那些來自各國的異鄉朋友，美國德國法國巴拉圭愛沙尼亞……他們都在吃路邊攤，都會說謝謝！妳好！妳很漂亮……。

我是看了台灣某種不斷被簡單化類型化的旅遊書介紹，才知悉永康街將極力被建設成類似紐約的西村（West Village），我所熱愛的下城聖馬可廣場總是非常波西米亞，來來去去的日本年輕嬉皮在廣場流蕩，日本女孩隔天床上經常睡了個連語言都不通的陌生人。我想永康街永遠都不會成爲西村，若有一定只是皮毛。

異鄉客在台北，窩在公館、師大路或者德惠街……，還有更多是妳所不知道的暗巷公寓，以及那些標榜學氣功和打太極之所……。

妳聽到這裡已經打起瞌睡來了。

城市內在美

六萬人流離失所，礫漠上飛沙走石，失所者繼續前進，人在隊伍不知何時會倒下。一名黎巴嫩伊斯蘭婦女越過封鎖線，闖進被轟炸成廢墟的家園，只爲了抱出她的枕頭……記者把麥克風兜向她，她說沒有自己所屬的枕頭她將無法入睡啊。CNN正播放著這名穿戴黑巾黑衣的婦女死抱著碎花枕頭的畫面，那被婦女緊抱的花色枕頭像是一個被她珍愛的孩子，這和其背後的烽火廢墟對照，成了一個視覺的荒謬「刺點」。

彼時，女保險員正好來妳住處收款，她對妳提及剛買了一套一萬元睡衣，說是穿了可以很好入睡。（同時間，她還無意間彎身，露出洋裝裡面的調整型紅色內衣給我的眼睛把到。）

我認床，而我又常得南北跑來跑去，所以這睡衣很好用，妳要不要也買一件？女保險員問母親。

妳聽了大笑說，貴森森的睡衣？驚死人！我寧可睡不著，也不捨得買。

那妳女兒可以買一件啊？用頭腦寫字的人很需要睡個好眠，這睡衣可以讓妳就像隨身攜帶的床一樣好睡喔。

我聽了心想這睡衣再怎麼昂貴，也沒有黎巴嫩婦女爲了搶救她的枕頭冒險穿過砲火所可能付上的代價高。

電視繼續播放以色列轟炸黎巴嫩，我們繼續談睡眠和睡衣。

女保險員一身精明的架構忽然在聊天中漸漸鬆開，對我開始語言柔軟起來。

妳在旁則發出嘖嘖嘖聲響，妳搖頭不解說：「像我想睡就睡，只怕沒時間睡覺，不怕睡不著。」

妳穿不穿睡衣？女保險員突然問我。第一次被一個女人問這種問題。

有，不過卻不用花上一毛錢，我說。

我的睡衣像非洲的陽光一樣不用買的，一身皮膚已足，夏天溫度恰好，若遇冷天棉被又不足時，那就得用力摩擦自己或是去找個肉身火爐來。

而女保險員的睡衣就像北歐的陽光般，得花大錢購得。

我認識一個在台北賣鮭魚的挪威人，他的臉老是紅通通的，他說來亞洲最高興的事就是可以把一種代替陽光的昂貴且腥羶的魚油丟掉了。

看見妳就是陽光了！他像是對太陽神膜拜的口吻對我喊著。他不知道我的黑暗面比北極圈永夜還深，而他的身體鐵定是個好火爐，連我們大呼好冷時，這傢伙還穿著惹惱路人視野的T恤。

我在母親住處擺放的舊書架上，尋找被我妥善夾在書本裡，以支付妳的保險費用，我一邊想著究竟是把紙鈔夾在馬奎斯還是米蘭昆德拉時，邊臆想著女保險員的上萬元睡衣。

我一向有把鈔票夾在書裡的習慣（防小偷，也防自偷）。

自從很多年前父親過世留下債務後，妳就開始買保險（但妳很少添購關於一切的內在美，內衣洗得邊邊都起毛了）。保險那年，我的桌前還擱著未繳的信用卡帳單，我們當時是屬於第一代使用信用卡的所謂X世代，信用卡寄來的帳單當時可讓我驚嚇的數字約是四萬元。

當年每月絕對不可能有剩錢，套用現在的話，我是第一代卡奴。若要小心用度，得把些鈔票夾在書本以防花掉，於是這習慣就保持著。（某年我家遭竊賊闖入，錢也因此沒被偷走。）

不能有太多餘的慾望，我遞給女保險員一疊鈔票時說著。女保險員接過去，塗著閃亮油金黑的指甲仔細地點數著我給她的三十張百元鈔，連同我與母親的保險費。她數好鈔票抬頭前，我看見她瞥了一眼我的信用卡帳單，她對我說難怪妳失眠。去上班吧，小姐！她邊說邊掏出皮包，拎出皮夾找出一張名片，要我去這裡上班。

妳以為我全身衣服上把萬，睡衣上把萬是怎麼來的？昂貴的內衣又是怎麼來的？我是怎麼有錢的？難道用搶的啊。女保險員走到門口又再次重複對我說，妳應該去上班。

到底要我去上什麼班？我靦腆點了頭心裡卻納悶，精明年輕女保險員走下樓梯關上鐵門後，我才鬆了口氣。

轉頭聽見母親嘀咕：「有錢嬈擺（驕傲），穿一萬元睏紗，生目珠就沒見過。」睏紗，台語的睡衣很傳神。

第一次，我和妳的意見相同。關於台北女郎的昂貴內在美，我們都無福消受。像女性主義宣揚般的無負擔，光溜溜似乎最省錢且省事。

妳拎起疊好在床邊的睡衣，妳在菜場買的花睡衣，一套兩百九。晚間沐浴的漫漫水聲響徹耳膜，我聽見妳從後頭傳來聲音，妳要我切掉冷氣，妳說電費貴森森。

妳以為我怎麼有錢的？女保險員的話語繼續兜在我的腦波裡。

我想著女保險員離去前的話，邊盯著手上她給的名片看著。

難道用搶的啊。她的餘音還在耳膜兜盪。黃昏降下前的蚊子已經越進破了小洞的窗紗，我突然才明白她是用躺的，男人是她另一個努力的飯碗所在。

除了一萬元睡衣，她的人生帳單裡，還有什麼是昂貴而無價的？我開始思索起來。

稍早傍晚轟然狂下的大雨，使得陽台積著小水，我在陽台看著和我一樣年輕騷動的台北城，到了晚上，大家都在想如何才能不失眠，如何才能不憂鬱，但到了白天所想的卻總是如何才能賺錢，爲什麼賺錢這麼重要，有錢買上萬元的睡衣，我得遺忘多少自我靈魂才能辦到。許多吾輩友人月月領高薪，她們買一切都索資上萬元的物品，但卻揹著名牌包包走在已經四下無人的城市街道。

聰明的八卦媒體以高薪來購買他們的靈魂。

女保險員收了保費卻沒賣成萬把塊的睡衣和調整型內衣後離去。母親則穿著花睡衣準備就寢了。我目睹母親肉體垂下的歲月線條，乳房的幅度是兩座塌陷的小丘，多肉無力的臂膀是不再飛翔的蝴蝶，「生目珠也沒聽過一萬塊的睏紗，伊講伊連內紗褲也要一萬，肉就是肉，要調整什麼？」妳不懂，妳叨叨說說，仍十分掛礙怎麼有如此昂貴的小小衣服。

「我走囉。」我在門邊對妳說，妳的床枕和以前住鄉下時沒有兩樣，鄉下的房子被颱風吹垮了，妳在台北也流離失所。妳的床單被有潔癖的妳洗得水白，且仍有白日曝曬太陽的花精氣味。我幫妳切掉房燈，望著躺在黑暗裡的遲暮肉身，背脊感到一陣對肉身無常的冷。

女人的睡衣或內衣，隨著年齡變化。先是粉紅色史努比、凱蒂貓棉布材質，再一躍成性感蕾絲細肩帶，又或轉成可能是一件男人過大的T恤，或者是小碎花，或者乾脆什麼也不穿。

我記得妳曾叮嚀我不要穿「紅色」內衣，「妳五行屬木，紅色屬火，會把木燒得乾乾的。」這是妳的理論，很反於今正流行的「紅」。我聽了直笑個不停，感覺胸部好像有慾火要噴出。妳也不要我穿「黑」蕾絲系列，說那是「賺呷查某人」穿來取悅男客的。關於這點我不認同，妳不知黑是我的主調。

妳對內衣和睡衣非常傳統，說膚色和粉白色系是良家婦女的顏色。

那麼紫色呢？或者橘色呢？奔放、夢幻……顏色暗藏了個性符號。

就像情人節，許多包裝禮物總暗藏著這類帶著有意無意傳達性幻想的贈物。

然我東想西想就是沒有想出一萬元安眠睡衣長的模樣，也沒有想出一萬元調整型內衣的長相（可能和中世紀美女爲了展現小蠻腰所穿的馬甲差不多吧）。

掩上妳晚年落腳的公寓大門，我祝福妳能夠有幸福感地沉沉睡去。雖然妳一生都沒有穿過如此昂貴的睡衣和內衣。關於妳的寂寞，妳的肌膚知道。妳還中年時就從雙人床變成單人床，而我一直都是單人床。

離開妳後，我轉動著方向盤，孤獨地驅車夜行台北。環河南路的淡水河堤岸車流漸稀，河邊的月色銀輝閃亮，不用錢的美景，但沒有人拉下車窗欣賞。某市集正在收攤，一盞盞燈泡下盡是倒映著藍領疲憊的身體。我看見一名胖胖的歐巴桑在收著夾在麻繩上的內衣褲和性感睡衣，板上寫著「感傷大拍賣，一件一百元」。這才是普羅女郎我所喜愛的物價啊，但是「感傷」字眼何其中產！我不明白眼前這個歐巴桑爲何會寫上如此「感傷」的字眼。

她感傷什麼呢？感傷她再也無法穿下她所賣的性感內衣褲嗎？

白日的大雨洗刷了柏油路，雲飄走後，夏日夜空很藍很藍。

某些地段還飄著不捨和大路道別的薄薄微雨，某車窗在燈晃無盡的人流中故意拋錨在暗處。車燈捻熄，戀人身體的溫度正在邊界消融。車子的心臟不再彈跳，只剩下戀人的心臟咚咚響。

我想像著戀人處在包廂式的黑暗，他們正在互探內在美，感覺男生笨手笨腳地扯不開包裹著女性身體秘密的內衣。

我的車輕輕滑過陌生的戀人，我想像著他們的車內地毯或許正淡溢著方才他們在市場吃過夜食後所一路踩過的雨水柏油氣味，以及食物氣味也正在口沫間發酵著。

就像我所搭過的某男車子，一轉開冷氣，我就聞到隔夜的豆漿味，那經過白天熱曬時所蒸出的酸餿味，我可以想像他上午送小孩去上學的途中，調皮的孩子是如何地玩弄吸管而終至將液體潑灑了一車的地毯。男人或許大聲斥喝了幾句孩子，或者只是像是尋常似地轉動方向盤不語，或者情緒好時安撫了一下孩子說沒事沒事，爸爸等會再清理就好了。

這是屬於我不得而知的倫理親情畫面。

是不得而知啊，因我們都只交出自己的一小塊給戀人，何況我從未聞過親情氣味。我常聞到腐朽，一如那些強烈殘存在車內地毯的氣味，包括我可以解析出某一回他或許情急在車內就忽然壓過女身的事後氣味。但何以他能躲過另一個女人的鼻子？那可是個無知的女人或是個隱忍的女人？

我行經戀人交纏的夜晚車流，像是行過一片海嘯肆虐的往事海岸。戀人分手，於是後來我從嗜睡轉成了失眠。

那保險員的昂貴安眠睡衣真是讓我心動。該如何安我眠？念佛號、數羊隻、喝牛奶、泡熱澡……吞煩力平、悠樂丁？

但我其實又深知我不需昂貴睡衣，也不需像那黎巴嫩婦女從烽火區搶救出枕頭。我也不需穿調整型內衣，但我需要調整我的生命感情姿態。

回家，屋前河床在漲潮下顯得巨大而光滑如絲綢，我想學學斗大明月，沉沉躺在河床。我的床很小很小，我眼前的河床很大很大。

夜裡我成了一尾魚，光滑地在月色下悠游，鱗片殆盡，如初生。一切無可記憶，悠悠晃晃。而我在遠方聽見了雷聲，聽見了妳打起沉沉的鼾聲，這聲音可真令失眠者如我羨慕啊。

去圓山看猴子

捷運終點駛到哪？母后從打盹的午後醒來，看著電視播放著捷運列車的畫面時突然地問著。

動物園。臣女答。

動物園？動物園不是在圓山嗎？

那是很遙遠的事了。臣女想，母后的記憶擱淺得太過厲害了吧，這樣地想時，自己的記憶卻也跟著擱淺。

去圓山看猴山仔是卡早最愛的活動。

妳以前都笑妳老爸是猴山仔。

咁有？是妳自己愛笑伊，我唔曾有過。

我記得母親很愛取笑父親像瘦皮猴，瘦田易吸水。印象裡父親眞的是瘦，像竹竿。

那個轉來轉去驚死人的叫啥米……。

雲霄飛車。

贏霄灰車，坐起來驚死了，我被妳阿嬌姨騙去上頭坐，差一點都驚到心臟要停了，妳說。我笑著，想妳胖胖的模樣坐上頭尖叫頭髮被風吹得亂，妳的威嚴在那一刻全瓦解了，被放下來時鐵定是蒼白又想吐。電視上播放著老人玩高空彈跳的影片，妳看了說，老了才找刺激，我一點都不敢。

以前大龍峒有動物祭，因爲靠近圓山，母親說姨婆的大女兒富米年輕時愛唱歌，參加合唱團時還曾經去獻唱過。

富米阿姨說當年在圓山附近的保安宮保生大帝都會在流行性感冒期間出巡，那時候伊的婆家阿嬷會教家人念台語發音的「正氣歌」，好驅走邪毒病菌。

關於圓山動物園，每個人都有屬於他自己記憶的方式。

消失的地景，說穿了是消失的記憶。消失的地景藉記憶還魂，消失的記憶藉感情的再述回溫。

首先是城內的，嚴重消失的是關於母親的記憶。

這塊土地就像被瞋心的猛火所烘焙過的形狀，總是過度使用終至碎痕處處，我們的記憶隨著裂痕縫縫補補，最後棄守，不忍回顧。

當我這樣說時，總有人覺得我甚是懷舊。然如果現狀美好人們豈是願意懷舊，又豈是一個懷舊字眼可以道盡我在母城所見的破碎與難堪。又懷什麼舊呢？我總不會去懷念一輛已被我報廢的汽車吧，若設有懷念只因那輛汽車帶給我的人之記憶。

我記憶台北消失地景，完全依感情爲主，不以地景爲主體，只有如此才於個人的失落有歸位的意義，否則這樣的書寫就成了地史了，而我所在意的是造成主體碎裂的各種小罅隙。於今回想生命裡不斷發生的小罅隙之力道，實是有點像是驅車時，必得躲避往前快駛的卡車所不愼彈落至擋風玻璃的顆粒小石，一只顆粒小石彈撞的一個焦點，即足以擴散其力，遂使整片玻璃嘩啦全碎。

記憶台北我所經歷的消失地景時，我不免想起一個畫面——圓山飯店屋頂陷入火舌吞焰中，我陷入車陣中觀望華美的屋頂逐漸軟陷墮毀，黑煙濃濃旋即吐出一朵大紅蓮。那時妳在我旁邊，我們沉默地看著一場突如其來的火焰婆娑，竄動跳躍墜落，四周是聲音，流動的陰影。

之後，我去國，墮入另一場紐約都會性格的紅蓮烈焰。異鄉裡入夜躺在皇后區的窄小房間，聽著老鼠與大陸老鄉老成的腔調在呢噥著某種逃亡者的窸窣心情。爲什麼我總忘不了這一切的細瑣碎片呢？

我一再尋覓屬於母城消失的地景，我一再回顧屬於自身青春的愛情遺址，我的不堪來自於自我片面的一再凝視，當台北母城的消失地景快過我的筆尖時，當愛情遺址早已被他者棄之如敝屣時，我那麼深情地凝視過往，內裡究是不堪。

不堪者多所任性，遂再三回顧。

地景消失，記憶跟著流亡。

台北母城不提供這樣的相思予深情的我。我只得一廂情願地以個人化感情來書寫，書寫是一種供奉，儀式化這座城市於個體的存在意義（雖然個體在此城漂流，記憶早已面目全非）。

兒童樂園

我知道妳一定要提提這個地方，這個地方的童年氣味，帶點夢癡式的，費里尼式的電影。

童年時，我對於這歡樂的一切，並不會湧上悲傷；只有伴隨著失速的尖叫，翱飛如翅的長髮，我高高地坐在摩天輪上，望著腳下的人聲鼎沸，樹下小販旁的人影攢動，眼前的河水湍湍，在一種模糊的快樂和模糊的失速下，一切也跟著朦朦朧朧。

而朦朧是台北生活的主調，其實並無關於年齡。如果有一天，我對台北周遭的一切，陡然清晰了起來，通常是因為要出門了，出遠門了。

妳說台北妳都不認得了啊，妳眼中的台北還停留在八〇年代，妳最後一次在這座城市做生意。以前那些個小女孩在遊樂場的身影是我企圖尋找的，划電動龍舟、鬼屋、碰碰車，摩天輪上的尖叫聲似乎還音量洪通地散放出來。至今我依然可以回味那種下墜的恐怖，一顆心像是要彈跳出來。

我們總是在旁等著嚇得臉色蒼白的情侶遞給我們放棄搭乘的票，當然都是女生棄之，男生陪著放棄搭摩天輪。

而其實我也挺畏懼的，但又好奇在上頭的滋味，遂也嚇得蒼白地搭乘了。克服過第一次後，再搭一次就好些了。

有一種滾圓圈的搖搖樂，會把人三百六十度滾好幾圈，我們幾個小女生情況未明地就坐了上去，工作人員扣上綁在身上的安全帶後，啓動電源，接著我們便開始滾，接著頭在地腳在上，銅板嘩啦啦的聲響傳來，心裡正在驚呼忘了收拾好銅板的那一刻已經開始感到屁股及大腿涼涼的，穿裙子的我們裙子墜下，兩腳光溜溜地朝天，三角小花褲洩底。接著又滾回了正常的頭上腳下，接著又滾了幾圈。停機後，工作人員遞還給我們方才滾落的銅板。

還有那個連坐咖啡座旋轉杯都會臉色蒼白嘔吐的少年，是我站在兒童樂園時所憶起的深刻映畫。少年是我在暑假剛認識的，小我一屆。然我發育頗不良，看起來似乎我是他妹妹。然而當我們一坐上咖啡杯時，他整個人斜傾在我身上時，我知道，我成了他姊姊。坐咖啡杯會嘔吐的少年日後成了大學詩社社長。

圓山有一種奇怪氛圍，非常大陸。紅色柱子，連餐飲和飯店的商店街都透著奇怪的色相。

在台北飯店逛飯店的精品和商店街，最感奇特，像是在國外度假之感。

無人的遊樂場最是冷清，以前夜行中山橋總會撇頭看一眼兒童樂園，只瞥見高高在上、任強風擺盪的摩天輪搖晃著空蕩蕩的椅子。

我彷彿瞧見自己和妳仍高掛在摩天輪上。妳閉著眼不敢看摩天輪下的基隆河，妳那神情像是吃了什麼極酸極酸的東西，眼鼻全皺在一塊。下了摩天輪，妳說，驚死了，再也不敢坐。姨們笑妳平常大聲公恰北北的，原來是紙老虎。

小時候沒錢搭公車，寒暑假竟然和哥哥堂姊們從三重走到圓山，那年代的小孩眞是很能走路。走路有一種閒散旅行的樂趣。

離開兒童樂園時，通常都會走至前方不遠的基隆河畔河濱公園，在河濱公園野餐，野餐的內容不外乎三明治麵包豆乾之類的。當時這座河濱公園於我的孩童眼光竟有一種亞馬遜河叢林之感，於今經過竟是修整得井然整潔，我懷疑我童年的日光出了差錯，還是這幾年的河濱公園眞的都是長成一個人工有序的光禿樣子，河水靠岸處與草地旁每每被灌入水泥，一旦有水泥，草莽之氣也就消失了。

基隆河，河邊換成河濱公園。

對岸興起一座美術館是後來的此地盛事，美術館也成了我對於動物園的替代渴望。美術館周邊的軍用地也全收納成公園，以前在此當兵者頓時消失其記憶地景。每回來美術館一帶通常都停車至廢棄的足球場，停車場烏漆抹黑的如鬼域，地上永遠有檳榔汁和尿臊味。

這是台北最奇特的閒置場地，一座無人使用的足球場，只有選舉造勢時，人們才以觀足球賽的心情再度佔有這座足球場。

一架飛往松山機場的飛機掠過上空，一朵巨大烏雲罩頂，但無風無雨，只有聲音擾人，這樣的聲音讓一座足球場消失了它的存在價值與生命。

「因爲飛機飛過時，足球比賽進行時將無法聽到裁判的聲音。」我向妳轉述我看到報載的消息，解釋一座蓋好的足球場面臨擱置的原因。妳聽了不可置信地大搖著頭，忽然妳吐出一句話：「這些做官的人攏是吃屎！」（台語總是如此土直。）

「飯桶政府！」則是兒時妳常說的話，當妳務農了半天卻菜價血本無歸時。

不回家的台北人

我說今晚不回去，嗯，不回去了。

妳找我吃飯，遲暮者總感日子惶惶。

妳在電話裡說怕我餓著了，其實是妳煮了好多食物，因爲拜拜，不是怕我餓。妳前拜後拜，拜天神拜佛祖拜地基主拜我父，祈禱裡總有一項：要菩薩和媽祖婆幫個忙，把我的女兒嫁出去。可以想像，妳微胖身影兼且心臟開刀數次的虛身弱體在屋子裡前後移動，燈光總是因爲節省而暗暗的。我和妳若同時出現家裡總是玩著「妳切我開」的遊戲，我走過開燈，妳走過關燈，開開關關，屋裡一閃一滅，組合成我童年對家的視覺光影，妳總寧可我被桌腳撞得瘀青也捨不得半夜留盞燈。

但對於祭祀或關於食物之類的請客，妳則顯得大方，這在我看來是某種隱性互惠。

麻油雞白斬雞薑燒肉片水煮白筍海帶滷肉……，我想像妳從母后成爲女僕的姿態：一早騎腳踏車去傳統市場攤攤尋尋，每一攤妳都熟悉也都不熟悉，熟悉是源於過往妳在市場打滾，不熟悉是我想妳已許久不曾光顧擺滿貨物食色的市集，妳也許害怕靠近那個過去，那個妳曾經丟下我們幾年，妳在天未亮即至淡水河邊的環南市場做批發年代。

那個過去總有許多人，許多勞動者，辛勞無奈長年累積後形成一股終年的怨色，若再加上家庭不幸福者臉上多有戾氣，如幽雲盤結在黑黑的臉上。我想像著妳殺雞的模樣，妳先抓住雞不斷驚恐拍動的翅，拔了些毛，冰冷刀鋒往粉紅的微血管劃下，雞喉見紅，一滴血一滴血的流在缺了一角的瓷碗裡。那個缺了一角的瓷碗約是被用力或生氣洗刷時給敲破的，瓷碗底部是大同，妳去選舉時興高采烈拿回的，一串的瓷碗掛在一塊，被塑膠紅繩綁著，碗和碗之間有粉紅粗糙的紙阻絕彼此相撞。

當年的選舉於妳總是高興，有碗有盤了可拿，也有零星賄賂的五百八百一千之類的可拿，我深刻記得妳說過窮人沒有什麼好堅持的。

喂，講電話要錢啊，妳到底在想啥？我問妳爲何都不回轉？我煮那麼多菜要給誰吃？

妳不是上邀祖宗八代一起下天界來吃飯嗎？我兀自亂講。母親說，神仙攏呷飽了，只有妳最難飼。

我的思緒總比現實飛得更遠，我緩緩告訴妳：「我有朋友失戀要去陪她說說話，所以不回家了。」

是查脯郎失戀？

當然是查某朋友，查脯郎失戀才不會找我給伊安慰。

伊乎人放捨？妳問。我說嗯，放捨，拋棄，其實也不該這麼說，感情的度量不該是如此。

「攏是一堆垃圾查脯郎！啊伊有跟人發生關係否？」妳劈哩啪啦像警察問話，直接如刀。

拜託，我們又不是妳的時代！我間接回答這無聊的問題，未料一發不可收拾，母親叨叨述說要是換作伊絕不饒那男的，我聽了感到可怖，妳的血性依然熾烈。

妳話鋒突轉到我身上，「妳該不會又回頭去找妳那個垃圾男朋友吧？」

「沒有啊，不可能。」

「無最好，不要理那種查脯郎，妳不可心軟，還怕沒人愛嘛，查脯郎四界嘛有，怕沒人愛，騙猾耶。」

「我知道啦，我快來不及了，要掛電話了喔。」

「妳晚了還是回來拿些菜回去吃，這樣妳可以好幾天都有吃的。煮這麼多菜都是祖先鬼魂來吃，我一個老人在家只有電視機陪我……。」

我以堅定口吻吐出個「好」！

如此方止住妳對我的牽絆。掛上電話，砍斷妳的連串逼供。

終於，電話可關機。

出了門，妳的言語還殘留在我的台北腳程。其實失戀的女友早已撫慰過了，剩下的是她自己的能夠與不能夠。我要掛上妳的電話與回絕妳找我吃飯總得抓個急迫理由，我以為有人失戀找安慰是萬分急迫的事。

搭上一輛計程車，司機轉頭說，剛剛和人吵嘴啊？

我融掉一臉的寒霜，牽動嘴角笑說，唉，做母親的總是很會雜念。

母親的話就當寶來聽囉，只要轉念想說以後怕要聽也聽不到就會覺得一切都可忍受了，年輕的司機從後照鏡看了我一眼說。

什麼時候台北的計程車司機也兼看相與心靈勵志？

台北的男女於我像是賓果遊戲大組合。一場萬安演習讓陌生男女闖進一座物質滿滿的超商；一個招手的動作，把我丟進一個陌生空間，和一名計程車司機共乘在流動的台北。

計程車如放映機，將城市風光一幕幕地攝入窗前……。

漸漸的，我鬆掉妳綁在我腳上的情緒絲線，忘了妳對我的情緒勒索。

台北的道德

「有錢不會撿，一堆笨人。」妳看著電視新聞向我說，原來有台北金控業者在東區祭出「看得到賺得到」的百寶箱活動，街頭出現近百個裡面放著現鈔珠寶的百寶箱，有人經過不是來不及反應怎麼回事，要不就是陷入拿與不拿的掙扎裡，膽子大一點的人認爲是企業促銷手法，就把百寶箱扛走了。

妳看著螢幕上那些走來走去賊頭賊腦的人說：「愛吃又不好意思。」後來妳一直問我放百寶箱是在哪個地方？

東區。

東區？東區在哪？

忠孝東路四段以後。

受夠那邊。

我點頭，知道她說的「受夠」是指「SOGO」。她接著卻跳了話題：「拜託，每天聽人在講啥米受夠不受夠，我那天要臭母嫂陪我去逛逛，擠得心臟都痛了，也沒看到什麼特殊的。」不知妳口中的特殊是指什麼？

再細聊是，妳見到有房地產業者在附近撒鈔票，妳要拿傘去接。

我將不忍卒睹這畫面，我說妳別去搶，我給妳錢。「妳給的感覺和搶到的感覺不同啦，妳都這麼大方，不用錢的又不要，妳係要注定散赤（貧）是否？沒錢還愛大方，老了妳要喝西北風囉。以爲天公會幫妳，天公愛幫眞多人哪有時間顧到妳。卡儉ㄟ啦，媽媽給妳拜託啦。」

我們母女看電視，總是結局如此堪憐，妳憐我的大方浪費最後成空，我憐妳的無處不鑽卻總鑽不到油水。

每個人的算盤都打不準。上回母親向流動小販買了件七分牛仔褲，回家試穿時愈看愈不好看，遂趕緊去換，小販不肯換妳錢，而妳又找不到其餘可以替換的樣子。妳遂說，我還你牛仔褲，三百九買的，你給我三百五就好了。和小販囉唆好久才拿到現鈔。

下午妳從打盹裡驚醒，乍然想到妳回家試穿時隨手把五百元擱進牛仔褲褲袋裡，去退錢時忘了這隨手一擱的事。於是妳又白白送人五百元。

妳說一想起就心痛。

原來妳心臟開刀的原因是抽象卻又具體的心痛啊。

我眞希望可以暗藏五百元在妳的褲袋裡，讓妳高興一番才好。可悲劇可能發生的情況是妳拿去丟進洗衣槽了。妳的嚴謹終於抵不過時光的記憶消殞，母后的記憶確實是差很多了。

記憶一差，人的嚴謹尺度也就難以拿捏控制了。

只是妳依然心痛於所失去的錢財與悵然所不能撿到的免費物質。

男人說他只有本能的道德，沒有儒家式的道德。

說的時候「倫理民主科學」標語依然是每座小學的主要學習精神。但這三樣事卻也最難。

路邊有家檳榔攤招牌寫著「道德檳榔」，玻璃屋裡的小姐以暴露來招攬生意，極其光明的「道德」勾引。

我向母親妳說起我的台北生活也展現在彼此對金錢與愛情的差異兩端上。

妳對男女道德嚴厲，相反地妳對金錢的道德比較匱乏。（當然偷搶不在列，但是自動掉在眼前或是賄選之類的錢財妳絕不可能繳回，妳認爲被妳撿到錢是天公有保佑要送給妳的，至於很久才有一次的里長發給妳的錢，妳認爲飯桶政府要賄賂妳，妳當然要收，套句妳的話說，不拿這些人的錢白不拿，要講清高別這個時陣。）

我永遠都記得童年時我們家有一回出現了一個非常夢境的現實。我們家的信箱和水溝一直有百元紙鈔，好像撿不完似的，一張張的紅紙鈔被丟進，送到我們的面前。

先發現的人是妳。我在客廳黑暗的角落做功課（我們家永遠都暗暗的，除了廳堂的神桌有兩盞小紅燈之外，其餘大都藉天光引進某種昏亮），聽見腳步聲沒抬頭，但見妳興匆匆地來到矮茶几前，蹲下時還撞了桌腳，我的筆尖因而劃破了薄薄的作業簿。

「破了啦。」我指著作業本。

「有錢還怕沒得買啊，買一打乎妳囉。」妳說。我這時才正眼看妳，不得了，妳手中抓著好多張紙鈔，開心得不可遏止狀。「妳幫我拿著，我再去看看還有沒有沒撿到的。」說著又衝了出去。

這樣一返一去，這日妳去了幾趟都有收穫。有時一張，有時五張，有時三張，像是有人不斷在發牌似的，而莊主的我們是通吃的贏家。

是誰把錢放水流，流到我們家的水溝前？是誰路過我家，把錢丟進我家的信箱？

眞的，不騙你。這魔幻時刻發生在我的童年，上帝派人來檢驗我媽與我的道德，但失敗而歸。我對錢財的取得有潔癖，不過那是後來的我，對於童年的我見了能讓母親歡喜的錢時也開心地跟著笑，跟著數鈔，雖然有點不安。

當時我們家只剩我跟我媽。（男人都在外打工或住宿外地讀書。）

妳在窗前來來回回覷了又覷，深恐被人發現我們家撿到錢。許久四下都無動靜，無索討者後，妳和我才開心地想著要如何花用，大概有兩千多元吧，當時是個可以很好用的數字了。

聽說撿到的錢要趕緊花掉，不然會倒楣。妳說。

我想買一雙布鞋。我先發難。

妳掐了我的臉頰一下，「妳這個屁蹥啊！」母親開心時會叫我「屁蹥」這類的準台客話，大約就是小孺三長不高之意吧，我的台語不夠好，妳台語很溜。但我每回追問妳意思，妳總是笑翻了天似的不知該怎麼解釋好讓我明白。

後來我們母女抓著撿來的紙鈔，走路有風地去了夜市，像大富翁似的，吃了好幾攤食物，並坐了電動車，且買了衣服鞋子，包括母親的一件胸罩束衣。

我們母女在歸家途中，遇到妳的一個朋友，我明顯感到妳的手搖晃了我一下，我意識到這日發生的撿錢事件要守口如瓶。

「啊，以前的錢眞好用，哪像現在一千元找開後，一下子就沒了。」

到如今我想起這一幕，都有一種很深沉的感受，無關道德的感受。是誰送錢到我家的信箱與水溝的？是上帝嗎？還是一個想要避世的修行者或瘋子？還是母親曾經失聯的男人藉此方式表達他的愛？

我喜歡最後一個可能，我的鏡頭開始拉開。當妳在左顧右盼著神色且又喜又慌張地打撈著紙鈔時，有個高大的男人躲在某個防風林裡看著他的女人，歡喜他的女人撿起他刻意但掩藏的賜予，他僅能夠的賜予，賜予這對母女一個魔幻的午後與跟著來到的富庶夜晚。

而我當時雖然非常地忐忑，夜晚還夢見有人發現原來是我們母女撿了錢不還，發現者來到我的床，硬脫下我的一雙有紫色邊緣的布鞋，且脫下母親妳所新買的胸罩束衣，妳和他發生扭打，我開始用枕頭砸他，用大同娃娃丟擲他，將背面有著鳳飛飛的圓鏡子拋向他。

在鏡子碎裂男子面容流血中驚醒。

妳安然地躺在陰暗的硬床旁，我的棉被已經全部被妳抓過去了，原來我是被冷醒。母親打著鼾聲，睡得一點也沒有道德之虞。

眞好，我聽見鼾聲後才安然地睡。

眞好，有紙鈔丟進信箱和漂在水溝面上的夢幻善男子好心年代。

在等待約會的城市空檔

客廳木桌上擺放著我拿給妳的幾張薄薄鈔票，妳邊叨念著邊就著微光檢驗著鈔票的眞僞。睜眼錢做人！妳老將這句話掛在嘴上。

做人靠的是錢，妳的城市觀。

妳說來不算老朽，只是個過氣無人理的歐巴桑罷了。冬陽隱在雲端，舊式公寓向來窄深悠長，任陽光再熱情也兜不進來。

「妳好像住在美國那般遠……」妳說。

「有一天妳也會和我一樣老去，不要太囂掰（嬌瞋）！」妳在我彎身穿鞋時又拋下此話，冬日午後，我的背後是妳那張映在昏黃屋子的臉，生氣地對漠然離去的我拋下有一天我也會老去的事實，且將像妳一樣孤單老去。

我轉身的心在虛空裡泯泯一驚。

妳的言語如烏雲掠頂時，一輛計程車朝著電話亭附近徘徊對看錶的我猛按了幾聲喇叭，我冷眼地看著那醜黃黃車子一眼，心想就是要搭計程車也絕不搭這種會猛按幾聲喇叭的車。

寧可走路，除非我的腿先投降。

眞不知這是對品味的堅持還是年華愈發築高的挑剔孤僻作祟。

身後百貨公司玻璃門開開關關，冬日寒氣夾送著人工冷氣和甜膩刺鼻的粉香，不遠處的攤販嘩嘩烹炸著發黑發赭的豬血糕，兀自感到一股殺氣騰騰蔓延在身體的血管，搖晃的燈泡下幾張年輕的臉等著，油炸的腥悶混著胡椒味，陣陣纏繞著地下道的污水氣息。眼前是女郎們在招著先前對我大肆按著喇叭的計程車，有的則嬌滴滴然地等待被名車接走。

城市拜金時尚攀爬至極端，儼然已成物質的巴別塔，這是以爲通往不老的巴別塔，青春輕率所加諸在物質上的巴別塔是讓人見不到年華的內裡蘊含，當然就更無視無覺於肉身有朝一日終會傾圮棄離。

可是，爲何我常看不到我生命晚年老去的風景，倒是常看到所處的空間一切突然像被拔掉插頭般的戛然而止。身處城市的這一晌，玩味著如果這時候有一顆炸彈掉下來，眼前這些穿著高跟鞋拎著包包的仕媛淑女逃難的樣子一定很狼狽，她們落荒尖叫，哪裡還管名牌不名牌，推擠的能力恐怕很勇猛，很勁暴，很不Lady。她們還能驕傲地煙視媚行嗎？還能以金錢買青春嗎？還能故作城市高檔人般地作態不已嗎？

也許妳這種勞動者遇到突襲情況時還能氣定神閒，逃難起來應該也會俐落，因爲普通的太平日子裡已經被妳過得很像在過清簡的苦日子了。夙昔的悲辛在妳這一輩人中永遠無法植土開成繁花，悲辛的種子要被妳帶到墳塚上。而我，只是在城市空檔，等人見人，在它的結構裡卻不在它的時間感和流行裡，於是我有了一雙奇異之眼。

我到城市常是爲了各式各樣的會見，但城市人的時鐘老對不準，我習慣把錶撥快個五分鐘，約會空檔成了常有之事。一個人可以做什麼，在百貨公司遊走，聞聞銅鏽味，或是光站在街心，看著慾望街車人流發呆。

等久了，期盼被天使接走，可是天使遲遲沒來。

周圍四方，整座城市的金錢遊戲依然，過往香港時尚名媛炒作的那一套這幾年大肆散佈在台北的時尚社交和媒體圈，這套遊戲像拷貝機般容易模仿，商機無限，慾望無限，何曾停止。「沒有衣服就沒有性」，或者該說「沒有性就沒有衣服」，衣裝已然是女郎在城市誘惑釣餌的工具，成了欲蓋彌彰的遐想發酵劑，是美麗的促銷，是社交競豔評比的展場，端的是身體在排場上的輕重。

表面上城市人以名媛公主稱之，實則上她們每個人都在準備王子的欽點，準備籌碼以發生美好際遇的降臨，時裝成了感情交易的先鋒，成了靈魂買賣的掮客，成了身體入主何家芳心的主機板……，時尚名媛這個詞突然倒回了女人宿命的時光，成了母親妳過往相親時際遇的悄悄再版。時尚精神的質變快速，連我現下用這個詞都顯得輕薄起來，就像愛情這個詞在這座城市被削弱了般。

換個心情，我等人，可時間不等人。

也許我在城市等著約會或者發呆的空檔，我該感謝這些女人們花費心思所營造的人工風景，畢竟花上萬把元置裝身體風景的人是她們，她們以對時尚的無比拜金且自得其樂的熱情，爲我免費走著一場又一場的感官秀。如果我是男人，我當然懂得這種簡單觀望即能獲致的視覺遐想快樂；如果我是這些仕媛，我當然知道被看的內在是又驕又爽的。

我不免也搭上慾望街車，慾望才是身體感官版圖的導覽員，它帶引人們走到百貨公司、咖啡館、辦公室、交誼廳、飯店、賓館、網咖……。

百貨公司精品可人，櫥窗秀是餌，大白天裡身分可疑打扮光鮮的仕女在櫃台和明鏡前成就著下一刻的亮眼，滿街嗶啦啦的市聲市塵則比歲月的腳步還無情，時尚替換的速度比城市人坐下來喝杯咖啡還快。時尚工業到底在城市人的心中發酵了什麼？究竟成全了什麼樣的感情面貌？是不斷把自我色相交給外界？還是讓肉身的自由永遠在追逐競比中見不到天日？

我在每個進入城市的空檔，舉目觀望這座曾經讓我踩在地上有一種浮生若夢的台北城，時尚八卦雜誌月月高懸報攤，每個月風格都讓我覺得相似，每一本都讓我以爲它們之間有互通的流行密碼，大量被流行工業不斷複製更新帶動的相似品味在四周喧喧騰騰。

城市公主所築的外相城堡其實是天真的，或者說是驕傲的，以爲是可以偷天換日的巴別塔，是建築在別人土地的無根仿製城堡，她們在國外流行的品味下發芽，她們的身材臉蛋修飾得彼此都長得很相像，當公主氾濫到全像一個模子打造出來時，公主還能稱公主嗎？

當她們表面互比身世血統和拜金程度時，背面卻不斷地依靠一個個願者上鉤的王子來證明和支撐自己的寵幸身世和魅力指數。名模、名媛是奇特的行業，她們像昂貴餐廳玻璃櫥窗內做得美豔秀色的虛假食物，青春美貌必須妥善定格，否則每個月前浪推後浪，芭比娃娃當然得永保嶄新，儘管內裡腐朽也得對外美豔豔的。

時尚女人只須勤學打扮和訓練品味，於是台北人自誇說和巴黎米蘭東京紐約同步，同步說的其實是品味的直接進口，概念的直接翻譯，連他鄉之城的男女遊戲和時間速度都照單全收。

鑽石恆久，美麗更要恆久。拉皮修臉除皺美白瘦身，是城市永遠不死之古老行業。慾望恆久，感官更恆久。城市人大塊大塊剪輯生命圖像，沒有空檔體會細緻探索深層，寂寞只是午夜忽忽如風吹過的吉光片羽。成名要早，動作要快，城市男女辰光寶貴，美女的辰光更有限，慾望跟著流行打哆嗦。

一個不上班者如我，辰光悠悠，在這座城市顯得極淺極輕。

住在外城的無業者進到城裡，得必須在心理狀態和情緒上要有準備進入城市結構的過渡時間。一旦緩慢就有人要撞我肩膀一把，一旦有所思慮車子就猛按我喇叭，只要眼神停住在某個男人身上過久他就以爲我對他有意思，只要稍稍停駐腳步馬上便被路邊推銷員叫住。若對路況不熟而抬頭東張西望，就有老男人覺得陌生可欺。若哪天正巧穿著層層疊疊的衣裳，就有人多瞄我幾眼，說我很有異國情調。

我在自己的城市，竟是個異國情調的產物。

但這是我的台北，有些路走了十幾年了，許多地標換了又換，許多人離城入城，我也不住於城市了，我和它的關係是可進可退，是有距離的觀照。我雖然喜歡城市，也自承城市的節奏時而有趣，男女歡愛時而悵然；但城市的感情太像便利商店，二十四小時開放，方便到隨便可取得時，來來去去誰在乎誰呢。

許多人事已非，許多感情已走樣，許多緣分已難續，只有慾望從來不肯放棄城市，慾望和城市之間有如公主和王子的等待嬉遊關係。

想到關係時，我在等待的寒風中打了個冷顫，發臭的地下水道趁隙飄進我脆弱卻敏感的嗅覺神經。關係？男男女女，多少直接關係中又引發多少間接關係。

然只要人的性愛慾望是多向發生的，那麼直接間接譜系的關係在男女身上便是一齣齣永不落幕的俗套連續劇。就像眼前對街的一家飯店車庫依舊是車進車出，黑玻璃下不見人臉，只聞流言的無聊氣味。

我一個人，孤立街頭，時光流逝，手機乍響，思緒打斷，對方有事，約會延後，對不起是最後的聲音遺韻。

手機讓約定顯得輕忽，可以決定見不見到一個人，可以片刻決定行走的方位。這時發傳單的女孩不知情的又往我的手中放了一張瘦身折價券。

而我餓了，只想飽身一頓。

從百貨公司直行，捷運在頂上亮晃晃地轟轟刷過，抬頭只見一節節車廂的白燈下一張張疲憊的臉彼此挨著，過氣美女這時候都趕著回家煮飯帶小孩了。這些太太們的臉讓我想起午後在陰幽中孤單看著台語老掉牙節目的母親，曾經年輕的母親，我父親的太太。

過馬路，人人交錯又離去，步履總匆匆，兄弟飯店於前。一樓紀念品店引我駐足片晌，玻璃櫃內擺放著一整排的蝴蝶和昆蟲標本，幾聲日語從自動門送出送進。蝶身翅翼閃熾著藍藍綠綠的螢光流影，安靜地被框在木盒上，邂逅美麗的死亡，死神翩翩微笑以對。蝴蝶，是落單者的靈魂依偎。

「有一天妳也會老，別太囂掰！」我在漫畫王點了一客雞腿飯，百無聊賴地翻閱著時尚雜誌，時尚，抓住了女性情結，我再度想起妳對我拋下的話。城市空檔，塞車時間，漫畫王收容了我。連鎖空間品味粗糙，菸味濃烈雜處在肉身體味裡，而有門的隔間設計，卻正是我在城市空檔所需的安全和孤離，在過度誇耀和擁擠的八卦城市，暫時「拘」留於此，空檔時光顯得還不壞。

阿娘環

台北玉市，過年前後，我進入這個曾經認為俗得不能再俗之地。

十多年來，我不曾來到這個白天也像夜晚的市集。數以百計的燈泡微微搖晃，每個小販都像是橫空而降的魔法人，地獄門的看守人姿態，吉普賽人般地帶來新鮮的事物，玉市早已經不只是賣玉，玉市倒更像是慾市，鋪展人們愛美求財利的渴望，物品已經非常繁複了。

那些物件，是我的台北生活與旅行各地裡所刻意遺忘的氣味，我童年生活的市井氣味突然又迴轉，瞬間敲著我的心房，弄痛我的眼球。

雜蕪中有序，橋下的市集曾是我生活的最大市井夢幻，而我媽出身市井，但我卻花了二十幾年想和其割裂。小燈泡一盞盞地如星辰排列，幾百攤的攤位全鋪著塑膠套，各種奇形怪狀的「心靈」「磁場」物件在那裡極盡伸展姿態。堆成一堆的玉環玉戒被人撈起又擱下，像是風吹風鈴地一陣嘩啦啦響。

妳這玉環金熾熾，不少錢買的？

咦，妳忘啦，這是妳去大陸時買的。母后妳賜給臣女的禮物，母后竟然大方地就給忘了。

咁是這倲款？妳把我的手抓過去，並戴上眼鏡端詳，緩慢點頭，摘下眼鏡。

沒想到俗物愈戴愈水，愈晶亮，唉，妳突然哀嘆一聲說人眞是不比物。

唉，聽說戴這款阿娘環，未婚的女孩會找到好婆家，但爲何獨妳沒有？

這種細窄版的阿娘環原來隱藏著妳「爲我找好婆家」的願望。這種窄版的玉環稱做阿娘環，是母親爲未嫁女兒戴上的祝福。

當妳這樣慨嘆時，我不免想到我父長年在墓穴裡的腐體，他的頸與手皆有著金項鍊與戒指。物件的深情之姿卻是甚比人情冷暖。我手上的玉環通過母后的餽贈，也比妳陪在我生命的時光要長得許多，我日夜無分分秒無間地戴著玉環，自擁有後從沒褪去過，即使穿的衣服不搭或者手背做事有點障礙時，也未曾卸下，久而久之，它也成了我的肌膚，自妳的肌膚移植下來的另一層肌膚，愛的肌膚，拘束的肌膚，跟隨我生死盡頭的一只玉環。

我是透過這只玉環，才在多年後明瞭嚴厲少恩的妳其實心是像凍豆腐般，表面如霜冰的硬，一旦遇熱卻軟，且軟得四處有空心小洞地軟得一塌糊塗。

我手上長年戴著一只綠玉環，自讀大學就被套了上去，除了綠色玉環是我手腕的基本款外，我在此基本款會隨興換上一些水晶之類或珠珠的鍊子，鍊子和玉環相碰，發出噹噹清脆之響，以前和情人躺在床上，情人說我像隻小貓咪似的，還發出噹噹響。現下小貓咪已成了老貓咪，玉環還是玉環，且愈發朝時光逆時的方向而去，猶如日月吸著我的皮脂，愈發青春光可鑑人。偶然碰觸情人肌膚，對方會剎那冰涼。擁有這玉環多年，確切時間未記。就是大陸開放起初幾年，妳去大陸玩買的，那也是妳第一次出國。

妳第一次離開島嶼，第一次見到他者的巨大貧窮之始，見到他鄉貧女小孩，無端讓妳憶起自己那可憐的童年。妳說走到一戶人家門口，見著落魄戶似的人家門前擺著一些首飾玉環，妳便買了幾個玉環。同行者向妳說這玉環根本就是新的，品質不好啦。

妳說還是買了，就是因為賣的瘠瘦女人正好在餵奶，裹著嬰孩的布巾油油破破的。母親說既然要買紀念品當然就買這種紀念品。

於是，我第一次有了來自於他鄉的禮物，來自於母親給我的第一件禮物。玉環戴上太久，現竟已無法拔出，除非玉毀，或隨我骨骸入甕。

玉環老讓我想起法國作家莒哈絲的身影，她在十八歲時離開越南前夕她的母親送她一只玉環，她一直戴到老，有日跌倒玉碎，她住院昏迷近一年，幾年後過世。

玉環和手上的大大戒指每每成了她照片裡最經典最聚焦的飾物。

手部若有玉的熱脹之感，我就知道是大熱天了。一早若手環冰涼，也知天涼。

阿娘環沒牽成姻緣，但卻成了我的小小氣象感應計。

華西街夜市

每個攤位都是食色慾的隱喻。

雜蕪中有序，建國南路橋下這個臨時假日市集是我台北生活的最大市井夢幻，此地的市井又端然和母親做生意時的市井絕然不同了。屬於母親的市集是叫喊一天只求溫飽，此地的市集可能一日成交的是骨董級的價格，是一條可能涉及仿冒與欺騙的傖俗長街。

建國假日玉市，白天常予我夜晚之恍然感，燈泡一盞盞地如星辰羅列，每個攤位都寫滿了慾望的本質。求財求愛，求名求利，求不病不死，求不離不棄。旋轉的冒煙的滾水黃金盤，刻有聚寶盆字樣的漆金元寶，鑲著金色雲朵花邊的景泰藍，麒麟猴子雙獅鯉魚龍虎木雕銅像，長得全一個樣子的書法字畫……這裡的事物有一種複製過量的粗糙所展現的詭異曖昧，甚至有一種非常隱晦的情色流動。

建國假日的玉市雖有俗世的豔俗之姿，但我尚不覺有驚怖奇幻。

若行在華西街夜市，那些成排而列的商家卻讓我更有殺戮戰場之感，各種殺戮，見血與不見血的。

萬華，艋舺，MANKA，同指涉一地。

百年前原住民在港口對著來此以物易物的漢人之「刨空木舟」喊出了新字詞：「Manka! Manka!」，他們的祖先哪裡知道有朝一日他們後代的女人女孩必須在此出賣肉體以交換糧食。

華西街夜市看不見天，天加了蓋子，不時傳來巷內老舊公寓歐巴桑陪老男人唱卡拉OK的台語歌，不知爲何台語歌詞總是悲情，全和失意失戀有關。

總是不太亮的小小店家門口擺著許多小鐵籠，籠內縮蜷著一坨坨無法冬眠的蛇；秋天攤位前擺著多隻繫上草繩的大閘蟹或沙公蟹，牠們偶爾會被人搓弄幾下地伸伸手腳，以此證明自己還活著。或者那些玻璃上黏著青苔、發著髒污的水裡游著像是已成精的鱉龜……。

一鋪接過一鋪，每家店鋪入口前有鋪上紅巾的摺疊麻將桌，賣濕物的就用塑膠防水紅巾，賣乾貨鋪上的是紅絨布。

紅絨布上陳列著賣劣質玉與假蜜蠟等仿古之物：羊脂白玉佩、白玉髮髻、玉鉤、玉帽釦、珊瑚帽花、琺瑯鼻煙壺、刮臉玉板、帽花拆下的銀飾，或者是些春宮圖、男人玩在掌中的鐵球、繡花鞋、蝴蝶或小龍香包、刺繡片……。攤位邊邊通常擺銅器，佛像，掛著一串串五帝幣，招財水晶球和冒著白煙的造景招財器。

夜市民俗療法師正掀起某個氣色發黑的男人汗衫，旋即四周傳來啪嗒啪嗒聲。看板寫的疾病無非都是袪濕、去毒……各種像是熱帶島嶼才有的「毒」。

夜市鵝肉剁骨店生意極好，吃食男人都蹺著腳，抽著菸配啤酒喝。

才吃完鵝肉的剔牙男人與穿著極其緊身冶豔的女子行經我身旁，女子飄來讓我必須暫時停止呼吸的香水味。女人身上的衣服可能出現在夜市這條街上，這街上有幾家服飾，那些衣服的設計挑戰我的穿著思維，我總在想哪個設計師如此「後現代」與「巴洛克」？

這條街的男人全爲了侵入與發洩而來，女人的一切則爲了誘惑與金錢。充滿殺戮和情色、染上死亡和財富的斑斕色彩，每一件男物都標誌著壯陽，每一樣女器皆和色誘連通。

晃動的蛇身喉頭已被男人的手鎖住，男人一刀劃下，取出彈動不已的心。蛇攤男人對圍觀者叫囂，誰要吃心，吃了補心，乎你活跳跳，一尾活龍！圍觀男人面面相覷地笑著，外國洋人相機拍不停。蛇攤男人見沒人吃蛇心，就一口抓起心往嘴裡送，像是馬戲團的表演者般，嘴角還泛著幾滴血。在他邊吃著蛇心，邊把蛇血和米酒倒進幾個小玻璃杯，現場男人這時擁前，手腳明快地搶淨一空了。男人團身旁的女人都很「台」，像是剛從舞台走下似的濃豔，且有著水蛇腰。

集體目睹死亡，人毫無愧色且爭舔活血。

「刨空的木舟」成了「刨空的心」。

如果百年前未受漢化的原住民目睹這些場景，不知他們喊出的會是什麼詞彙？

一條街如此猙獰殘忍，拆穿男女慾望，繁複地搭成了一座性愛宮殿。華西街夜市的性愛宮殿是宮宮相連，寸寸相吸。隨意可遊走，隨意任人出入，很是台北底層的當下現實，在凌亂氛圍裡自然生根。

想想眞心慌，毫不猶疑地走去龍都冰果室吃碗芒果冰，或是吃碗北港燒麻糬和米糕粥，並帶回一碗紅豆湯圓和芋頭湯回家，一路狂吃甜品的姿態，讓我像是在做收驚儀式。

穿出華西街夜市，卻不斷想著台北街頭最靠近情色的畫面是什麼？台北底層的食色性全濃縮在這座夜市了。

日本攝影師荒木經惟來到台北時，曾經張口咋舌地說台北男女眞開放，他看見台北機車族男女這麼地靠近，前後相擁的畫面，讓他見了感覺這是很公開的親密。

台北公開的親密發生在一輛共乘的機車上。

台北公開的親密也發生在一座濕漉漉夜市。

情人夜

妳想看夜景嗎？我問。

夜景有什麼好看，看夜景會生出錢來嗎？母后說。又是錢，無錢無樂，妳的世界價値恆以金錢丈量。

偶爾看一回，就可以作一輩子的好夢。

是什麼款夜景？母后打了一個長長的呵欠。我們像兩個疲倦的一老一小天使，各自懷想一種夜色。

以前的夜晚，總是暗黑黑的，小孩子要出去放把屎，總是被狗啦被鬼啦嚇得半死，夜晚哪裡看得見什麼景色，連躺在身邊的人都看不清楚，有時滿月有光，在廣場上許多人家才把板凳搬出來喝茶聊天。妳遙想原鄉遺事。

角度變化，視野將改寫記憶。

夜景總以俯瞰或是仰望最爲淒美。

行車穿經城市的高架橋，夜晚的燈光一排排延展而去，燈下一層暈霧。前方是紅紅小燈火駛去滑去，對岸是白白小燈駛來迎來。高空隨著飛機下降，高分貝闖進耳膜，機翼閃閃，以音量以陰影逼俯我的車頂，仰望這樣的夜空，在這樣的忙碌高架橋，白紅兩道的燈光刺著瞳孔，圓山大飯店宛如一艘立著的燈船，燈船立在山頭宛如孤立的島，燈火通明的裝飾似乎發出營營碎響，在我看來卻感到一種哀傷。

圓山火燒的那一年我正要離鄉前往紐約，當時對許多事物都有一種離別的氣味。飛簷屋頂燒著，我正車行高速公路，目睹那樣的野性狂熱，大白天的城市火焰，燒得我心劈哩啪啦剝剝響。

紐約的夜無由說，美呆了。

文大的夜，從東山路一路彎上，突然一對對男女就端坐在路邊，一個巨大的缺口出現，原本墨黑的夜突然陷落成「光之湖」。年輕戀人的背影是奇特的，就是坐著看也感到一種騷動和姿態的興奮。擠擠挨挨地坐在石砌的路邊護欄，集體賞夜，賞夜可以如此集體，談戀愛可以如此集體，離我眞是遙遠。

我畏集體。

集體之事，我連在大學生活都感到畏懼，唯一有過一回是在阿里山賞日出。現在想到集體行動都仍不免感到害怕，最可怖的是見到電視上轉播集體婚禮，集體出家。

台北郊區賞夜，充滿吵雜。

賣鹹酥雞的小販旁有義大利咖啡，問題不在於賣的食物，而在於燈光。燈光引線是馬達發電，馬達轟轟然，我在光之湖前瞥眼一會，放眼看去，自覺年華不饒人。可受不了的是那馬達聲，聲聲足以讓我命名的光之湖裂開，光如流水散去洪荒。

籃球場，西瓜盃，學生情侶依偎。

C和我上山。坐在死亡之地的庭園前，文大的墳墓景觀都頗豪華，若非有墓有碑以及墳塋慣見的小磁磚拼貼、松柏樹，我會以爲我們光臨的是尋常人家的庭園。

城市的光在大氣層裡游離著，看起來燈海明滅一片。

我們回歸時，午夜流動小販方抵達這座城市的許多角落，午夜流動小販在十字路口擺攤，台灣的小販像是天生的裝置藝術家，總是擺放得比裝置藝術家還像藝術作品。

原先黃昏時賣著窯燒的土雞和鋼管處女雞的小販，以及削著甘蔗賣著堆滿卡車柳丁的果農都已退位，只剩下一些零星的炭燒味和未撿淨的果皮在嗅聞著消失的時光幽影。

文音 vs. 文盲

你孫女在做記者。母親向祖先靈位說。
你女兒在做記者。母親向父親牌位說（讓我想起某小說家出書時，拿著書到祖先牌位祭拜）。
我女兒在做記者。母親在街坊向友人鄰里說。
我女兒在做記者。母親在電話裡說。
我女兒在做記者。母親向某店員說。
我女兒在做記者。母親午後自言自語。
曾經那是妳作為一個母親的驕傲時光，因為妳所以為的記者角色，竟是最拿得出去的說詞，冠冕堂皇毋須遮掩。

以前妳還以為讀新聞系畢業是要去送報紙。

豈料我當沒多久就按下了熄燈號，從此無業。母親再無炫耀我的話語了，有時被別人問多了，妳就向問的人說女兒有自己的路，我們哪裡管得到，或者妳含糊地說我女兒在寫冊。遮遮掩掩地老說不清，「作家」是母親永遠弄不懂的角色，妳亦怕別人問妳關於妳女兒都在寫些什麼，因為一問就曝白了妳的底層，妳不太識字。

妳對於我辭職之事常耿耿於懷，總怨說我總不顧後半生。且不獨金錢地位的怨嘆，還有我的寫書凸顯了妳的文盲，從小只上幾年課的窘境。

母親是好面子的人，對於一個無業的女兒如鯁在喉。

我只是不上班，並非無業。我說。

沒賺什麼錢的工作都算是找無頭路的人。妳說。

回想起記者生活，是個奇異的時間點。

逆時生活卻不斷吐出流言八卦的城市窺視者，我從來都無法適應的一個短暫身分。

我遠遠拋去的身分，卻被母親妳老掛在口上，像是妳年輕未竟的一場戀情般惋惜的口吻。

另類邂逅

啊妳寫東寫西是有出名否？

出名？怎麼樣才算出名？

就是眞多知影妳的人。

我暗想著怎樣才算多呢？「知影我的大都是喜歡文學的或是看書的人。」

「那就是很少嘛，出名要那種走在路上還是去個餐廳大都會被認出來的才算啦。」母后的帝國當然都是要巨大的，巨大的世界於她才有力，我忘了母親一向是女兒身男兒相。

「那鐵定是沒戲唱的。」我想起張藝謀的話說這時代大師是沒戲的，且想起陳映眞曾經說過這時代的戲他已經沒有台詞了，左翼分子在這時代眞切地說出了巨大的沉默。

「妳哪不寫簡單一點，妳寫那些別人攏看沒，當然唔人買囉。」母親說，竟當起市場評論員，說起我寫的書沒人看得懂的市場通俗角度。聽得我耳膜不禁發痛。

「走在街頭有人認識妳那多不自在。」我說。

「既然要人認不出妳，那妳何必放相片。」妳又說，咦妳開始注意得頗細膩喔。

「那只是氣氛，一般唔識妳的人是很困難從相片認出人的。」我說。

母親卻仍不以爲然，「既然要放相片，當然是要放有效果出來，放半天攏唔人識，叨無是放辛酸呀是放好玩的。」

氣氛，仍是母親無法接受的說詞。在妳看來，每一件事都應該要達到既定的目標或目的，否則都是多此一舉。

在城市碰到一個熱情的讀者時，她以一種溫度探測我，接著眼見著她要開始爲我點餐時，卻見她緊張地再次問我點什麼咖啡，且再次問我點的蛋糕，正當我在想要吃什麼時？她忽然緊張地問我是否是某某某。我點頭。

只見她十分的興奮。這已是我在台北的最大邂逅了。我覺得這種不確定感原來才是最大的快樂。設若像母親所期盼所述說的那種名人，怎能有這種揣測「某個人」的樂趣。

咖啡館已經成爲我的新興邂逅場域，這邂逅是精神性的極致，精神性的交談，原因是我碰到我的讀者，幾乎全是女的（男的可能受不了我的瑣碎，除卻敏感細緻者，有趣的是我的許多男性讀者有不少同志）。我在自己的母城邂逅的是女生，而我在異邦邂逅的是男人，這似乎是很不錯的安全方式。

不好意思好像吵到妳。服務生跑到我的桌前說。

不會啊，我很耐吵，因爲自我世界很強。

之後，她起碼對我說了半小時的話才離去。

星巴克的不鏽鋼垃圾桶外觀總是光可鑑人。寫作在星巴克，只要鄰座的不太離譜，通常聲量對我不算什麼。

一個高中女生在我的隔壁角落，她偶爾抬眼看我，我總以爲那是不經意的抬眼之視。後來學生在離去前經過我的桌前，遞給我一張紙條。我打開紙條，朝她點頭稱是，她笑得好開心，我看清楚她的學校中山女高，看來是爲了準備學測來到了星巴克。

類似這樣的相逢有遇了些回，且都發生在星巴克，看來星巴克隱藏著許多高明的閱讀者。

這是關於我的台北邂逅，都和女性年輕讀者有關。

在台北像我這樣的年齡是不會有邂逅的，因爲這關乎我們島嶼與城市男人品味的目光是落在年輕的美眉身上。

然我覺得也沒有什麼想要邂逅的念頭，因爲放眼望去凡夫者多。母親聽了認爲我這樣想不過是一種自我安慰的託詞。

我想也許我眞的要在台北城市孤獨終老了。

屆時可能我要改變成無性者才能安度晚年。城市凸顯了邂逅的機緣，但同時間也暴露了邂逅底層的危脆細胞皮膜。

台北末代農民

我們從肉圓攤起身，西螺市場裡蹲在地上守著腳邊那一籃還沾著些泥巴的老媪，那籃菜漸漸枯萎。

妳說看這些阿桑，背都駝了，眼睛也快青瞑了，卻還無能休息。

妳看到這些老婦特別有感情，這時候妳就會覺得自己幸運。

「來看我們的地。」妳興匆匆地拉著我的手往那塊荒涼地行去，路過許多用綠色網罩住的田，紗網下戴著花布頭巾的女人不斷彎腰起身，綠野田疇襯著勞動身影有如一張印象畫。

我和妳每一次回到老家鄉下，妳總要帶我去看一回那一塊幾分的地，語氣像是大地主般，其實那塊地小到根本無法蓋房子，只能等著看是否地的前方小路變成大路後升值。

可我喜歡妳帶我去看那塊小小土地的語氣與喜悅之情，妳像是個大富豪的開心，那一分地，像是妳眼中的小宇宙。

那時我也跟著像是將有著優良繼承的歐蘭朵——「除非妳有子嗣，不然妳將一無所有。」我沒有子嗣，但我確信我不會一無所有。

「一甲地的稻米一年總收入也還收不到十萬元。」我們行至另一片水稻田時，妳的故鄉老友正走上了田埂對我們這樣說。

「妳看要不要拿一些高麗菜和柳丁去吃，一籃高麗菜賣五十元也沒人要，一籃柳丁也是，一杯柳丁汁在台北飯店卻是貴淞淞。」

我從妳那裡接過柳丁笑著，妳看著不解，「農民有夠可憐，妳擱咧笑。」

朋友告訴我，農民賣菜賣米一年總收入不到十萬元的荒謬，同時間說起某個農民乾脆將農地農舍開民宿，結果情人節一天總收入就二十幾萬，那間民宿頗有名叫做「人在做天在看」。

人在做天在看，情人節爆滿的一家民宿，他說幹！眞的是人在「做」天在看。

屬於台灣的島嶼荒謬。我轉述給妳聽，妳聽了也笑著，「原來妳在笑佇個。」

我從八里進台北城，習慣行大度路，大度路充滿回憶，其中一則關乎一個大學同學在大度路發生車禍，他躺在醫院時我們幾個女同學都去探望過，去探望前聽說他被撞時失去記憶，醒來忘了自己是誰。我們去看他時，他突然要我吻他的臉頰，我想反正他失去記憶又生病，這要求似乎不該拒絕。吻了他臉頰後，我發現他的眼睛露出一種賊笑，我心裡想他原來沒有失去記憶。但當時年輕忘了該如何去回應他，現在想想應該掐他一記手背或腳板才對。

常不經意行經大度路時就會想起一些和大學相關的事。

關渡平原，是唯一僅存的台北綠色平原。車行其中，我總是會轉頭看幾眼那些美麗的田疇，稻田地景眞的是很美，這是鄉愁式的懷舊嗎？我不覺得，因爲我旅行峇里島時，也深覺那稻田美景是如此人間，如此豐美。梯田層層阡陌，煙塵繚繞，當地農民依然犁田耕種，男耕女織。詭異的畫面卻是不遠處的路旁站著像我這類的旅客，不時總冒出的一堆觀光客，站在岸上看他們勞動，然後不斷地按著快門。走了一批，又來了一批，每天都如此，把當地人的辛苦耕種當成是表演藝術似的。

我常想，他們之中只要父親不堅持種稻了，旁邊的小孩可能輕易地就加入乞憐的隊伍，或者老是在街頭遊蕩，對著觀光客問著要不要交通工具，要不要住宿，要不要換鈔，要不要伴遊。

每一回行經台北大度路，看一眼樹旁空隙所裸露於側的綠色田疇，便覺心情好，惜這塊綠田也已漸被轉成開發地了。

台北最後的平原上有著台北最後的農民在耕種著，犁田播種插秧收割焚燒，日日滑過，季節交替。秋收穀雨，春分秋分大暑冬至，明顯地寫在那塊不太能完全目視的台北最後平原，那些在烈陽下勞動的身影，予我台北城市的魔幻感。每一回經歷這塊平原再進入台北繁華東區時，總是心情也歷經高低起伏。

至於關渡平原為何被保留下來，印象裡似乎是因為避免洪患，平原有疏浚功能。若沒有此考量，一座城市的綠地是很難被保留的。

生活在城市，我很需要綠意的調節。有時從台北城回家的路上，都有一種憂懼的恍然感，深恐這塊平原消失了，離時猶在，歸時不見了，突然被放進很多像是火柴盒的大樓。

同一時間，離開台北，各地總有無數的民宿在被大造中，標榜著純樸回歸原始自然或者體會山林農村生活的假象體驗，在島嶼已宣告來臨。

台灣進入屬於自己的旅遊時代，此過程很慢，我們回頭觀望熟悉的島嶼，是在經歷過世界大旅行之後的故里回歸。

這是一場昂貴的學習。就像我旅行常帶著某種心情逃亡般，我常開玩笑說自己的旅行付出了昂貴的逃亡費。

這樣的昂貴想像，似乎和台北最後一塊平原一樣昂貴，在如此繁華寸土寸金的台北還能保有一座平原，是昂貴無比啊。難怪農民爭相不當農民，他們當然想要賣地。

洪患的地理條件幫我們保留了這座城市的最後平原，也讓台北依然擁有最後的農民，這在巴黎紐約東京是看不到的景象。但我們最終還是對經濟臣服，這塊平原已在消失中了。

曾經，我希望我們不會忘記洪氾，但當經濟利益甚囂塵上時，總是有人企圖想要變更土地以開發商圈或打造房子。

難道每一座空地我們都要築起水泥藩籬？

台北良品

無印良品還沒來台時，台灣有類似的產品「溫故知新」。

微風有了風行日本與不少歐美城市的無印良品，台北慢了這麼多年，後現代的極簡才翩至。在巴黎我常逛無印良品，但只是逛著，每一樣都覺得好，但也都不會想要買，覺得好卻不會買是因爲價錢囉，但也不是，說來似乎是很奇怪的心理狀態。無品牌而成爲強勢品牌，講究環保的物品卻反讓人買得更多，反顏色反設計卻自成格局，愈低調愈高調，陷入一種極簡的做作，是讓人不安的。

就像不知爲何，我在逛著微風廣場的無印良品樓層時，想起的畫面竟是台北平原最後勞動的農民身影，他們之間的連結是什麼，一個是「原始」的簡單，一個是「做」出來的簡單。

當然一樣是素素冷冷的空間，白灰米黑墨綠，男同志或雅痞族的最愛，設計師口中所說的現代極簡美學，轟然降臨台北這座未曾經歷現代主義洗禮就邁入後現代的城市，就像我們直接由農民日出而作日落而息的生活，大跳躍成現代的極簡風格般，對流行全盤接受。繁複的迷宮後現代風格直撲席捲而來，於是這座城市才趕緊補上未曾接續的現代簡約風。在微風出現無印良品，好生奇怪，感覺它不是早該出現在崇光百貨的那個年代才對啊。

一九八〇年代日本西友集團有了此一品牌，最初只有九種家庭雜貨以及三十多種食物，現在卻是琳瑯滿目，從一件內褲一枝筆到辦公桌床墊床舖浴室廚房設備……五千多種產品，從內褲到車庫，從餐飲到家電，從一枝筆到一個辦公樓，無印良品不再無印，簡直到處都是它的「印子」，像是一匹安靜的野獸穿越城市，留下無法抹滅但卻稱作極簡的過境姿態。

就像有些設計師的空間設計標榜極簡，但極簡是最不極簡的，極簡是不斷地用材料去遮掩去施工所造成的極簡，打掉打掉，遮掩遮掩，所費不貲，但稱極簡。

無論如何，這座城市的無印良品來得太慢了，怎慢了十多年才有這款物品？且降落的地點還如此昂貴得奇特。

自此，地下超市美食街及一樓的昂貴品牌和無印良品似乎成了微風的鐵三角。但無印良品和這裡的電影院毋寧於我是最怪之地，晚上十一點多走出微風的國賓戲院，一個原本亮晃晃的百貨櫃內全熄了燈，從派對轉成廢墟，看一場午夜場的電影院，穿出一家捻上熄燈號的百貨樓層，好生奇怪的生滅感。爲何這家百貨公司的電影院要讓人們在午夜看完電影後穿越物質滿滿卻了無燈光的「屍」空間感？這是台北的禪學嗎？

無印良品也讓我有這種帶著「還魂記」的「做禪學」感，再生的環保物質被一種日式的價格在百貨公司標售時，環保成了雅痞，一如禪學成了城市的某種昂貴奢侈般。

一如在城市裡，我不斷地聽著某某人到印度參加奧修營獲得了至高無上的洗滌、一如我聽聞著某某人又去學瑜伽學氣功的養生之道……，這城市的任何「靈修」都是奢侈的一體兩面，就像環保也都是昂貴付出的實相底層。

那吵鬧繁蕪的電影街已經收納成一家頂樓百貨公司的附屬電影院，過去看完電影挨著許多的攤販之景，轉換成一個個光潔的模特兒。

微風廣場，綜合著我對台北某種奇幻跳躍感受的一家百貨公司，從外面的按摩小吃店家到明亮井然的超市，從台北農民到無印良品，從西門町到國賓戲院。

台北，什麼都可能，世界潮流在此可以任意被安置與跳接的存在，一如我的記憶光譜總是在意識流亂射而出。

瘟疫之城

妳可不要到處亂跑。

妳不要沒事跑去公共場所。

妳不要去醫院探病。

妳不要去醫院看病。

妳來電的頻率隨著疫情升高而增多，一堆的不要不要，是這一年的耳提面命。妳給了我一堆以前妳在餐廳炒菜用剩的口罩。

妳說起台灣早年還有的霍亂，衛生所人穿著白衣噴灑著不知名的水霧劑，有人被草蓆圍起來，有人在燒著冥紙。

火光焰焰，人命不知所終。

二〇〇三年SARS期間，重看一回伊朗導演阿巴斯的電影「生生長流」，旁白說：死神突然就會來到，所以生活要盡可能地快樂。

大地震，小孩養大蚱蜢想讓牠和他一起移民。

這年煞思疫情嚴重，多年後如果我們來記憶這一年，我們會如何書寫我們的恐懼，我們對當下生活的感受？戴口罩的人們只剩下眼睛。當人只剩眼睛對話時，只得對望，發現戴口罩者的眼睛都因爲集中而變美了。

城市亂象，恐懼蔓延，自私臉譜一個個地兜在眼前。怪力亂神集結和平醫院的門口作法，一個友人的友人護士身陷其中，後來沒有她的消息了。

有人找輕鬆事做，看周星馳電影搞笑解悶，羨慕能以看喜鬧片就度過黑暗期的人。

「譬如說，像跟自己所愛的人分離之苦這樣純粹一種個人性的東西，現在也變成了多人共有的一種情感，另外便是跟恐懼感摻和在一起的一種長期放逐之感，這種感覺乃是最爲折磨人心的。」卡繆說。

毫無準備的人突然遭受到這種分離的襲擊。母親跟孩子，戀人跟戀人，丈夫和妻子，以爲分離只是短暫的，所以僅僅交換幾句瑣屑的話，因爲大家都確信不消幾天後，或頂多幾週吧，大家就會再相見。然而有人在沒有得到任何警告之下，卻發現自己竟然完全被永久隔離了，被阻止和親人相見，甚至連通話都再無可能。

而我和老兔子相逢在二〇〇二年末，正式交往於二〇〇三年，未久戀情也得病而告亡。我們人在疫區，台北。我們相遇，果眞是愛在瘟疫蔓延時。在中國已經傳出病例時，老兔子正巧重感冒。而我亦被老兔子傳染，病情更甚於他，終日終夜咳嗽不已，幸彼時歧視者尚未全面動員與展開，我們這類感冒重患還未被隔離。但有時我不禁豎起了寒毛想，要是我們眞的是染煞，我們當時會不會太大意了。

染煞，新名詞，一如卡繆時期的黑死病新詞。時間過了，新詞成舊詞，有人陣亡，膽戰心驚遍佈母城。隔離，成了必須。

而寫作早將我隔離，隔離於社會，隔離於家庭，一種置之度外的隔離，我一個人。

直到這一年我遇見他。

這一年出入場合總是被攔截，量體溫，繼之手臂印著橡皮紅章「正常」，或者是小豬小魚小兔子。原本是信籤的戳記突然成了一種要被拒絕或隔離的記號。

我等著他來的時間，觀察著咖啡館來去的人。咖啡館門開，爲了通風，人們一聽見有人咳嗽便立即換位。咖啡館櫃台有洗手液。我們成了蒙面俠蘇洛，我們的眼睛相對，靈魂的窗戶是打開的。

而這一年是我近距離具體地觀察自己的體溫的一年，身體的體溫具體反映我們的身體，從冰到溫，從溫到熱，再從熱到冷。生命的週期。

各式各樣的口罩，一列列車廂，每個人都成了默劇演員。

如我者變美了，因爲暴牙遮掩，眼睛成爲焦點。

眼睛的美，讓我成了中東女人。

當時我扮演著卡繆書裡的「記事者」角色，想要觀察這座城市的浮動心情與事件，但最後我還是僅敘述了自己的心情。一座染煞的城市，像是後花園般，在我們遊園時忽忽心驚，感時光飛逝，一座城市突然斷井頹垣。

巧的是我的電腦軟體因爲中毒而亡，世紀之毒，連我的電腦都強烈中毒。所寫的十幾萬字，如蛀蟲啃噬無痕。

關於我寫他的台北心理空間已具體消失。

我遂只記得和他同遊的地理空間，奇特的是都發生在博物館美術館之類的空間，這些空間在大白天裡無人，冷氣強，文物在發著小燈的玻璃櫃內透著死亡與愛的不朽氣息，而這些空間竟就成了台北人的後花園，談戀愛兼賞畫觀物之地，是城市雅痞戀人的後花園遊蹤路線。

我們戴著口罩穿行許多的博物館，口罩遮住鼻下的半臉，我們遂只能以眼睛專注其中，那是台北城戀情獨特的流年光景。

我們先是去了鶯歌陶瓷博物館，風大，陽光灑進陶瓷博物館，照亮的不是文物，而是我們的心。十三行博物館開館。如船舶般地停靠在河邊。傾斜的本體，象徵挖掘的不完整。

旁邊的蛋形污水處理廠也有一種博物館之感，幾個蛋形連結成串顯得草莽中又有一種獨特的生活存在。污水處理場的巨蛋式存在對應著整個河岸。陽光亮透透屬於南部的亮。但那透亮是熱的，乾熱的，沒有氣味。沒有南方的沙塵焚風沒有南方的鑾澀與人畜共生的雜流氣味。

今年的第一場灼豔豔的夏天是和他同行。印記在一所籌畫多時的史前博物館。

而事實上在八里十三行遺址搶救籌畫的一九九三年已是我們初豐彼此的一年，在台北畫廊，但機緣卻擱置了十年才讓我們再度相逢。

但相逢之後呢？

一如染煞，我們又再度被一座無形海洋隔離。

自此我和老兎子的台北後花園是更徹底荒蕪下去了。

台北人單身晚景難題

半夜鑰匙扭轉開大門，這道門從童年就熟悉。

童年我最畏懼的是下午五時天黑前的蒼白光線，蒼白裡似乎藏有鬼魅魍魎的氣氛，我總是下課進屋後大力地將書包拋擲於空寂無人的地板上，然後跑到外面跳橡皮圈，那是企圖發出大聲響來嚇跑生命裡空無青蒼的可怕。

可是如今，我還能擲下什麼好來嚇跑蒼白？

像是浸在甕裡的客廳，聽得見水管水的流動音，潮濕空氣裡裹著捨不得棄的殘食與各種藥味。佛龕有兩盞五燭紅光燈泡，映著觀音慈眉善目。我夜裡即使閉眼辨識也能指出家具方位，前方有張茶几，茶几上擱著許多紙張，不是沒得獎的彩券就是統一發票。靠窗有藤椅，是父親過世前曾經躺過的地方，藤椅落陷出一個瘦削男子終年臥躺的脊樑變形遺跡，像是一個淺淺的大缽。我常坐在那裡，搖晃著時間，像個父親模樣，有時冷不防妳從廚房窄道步出乍見藤椅上搖晃的我，妳會猛然一驚以為父親重返人間。

為什麼不開燈？妳問。

黑暗比較看得見自己。

說什麼傻話。

呷飽沒？

不餓。

又不餓了，女生乾瘦瘦的不好看。

尋常在家的對話。

離巢前，我悄悄返來看妳，夜晚十二點了。我悄悄進入妳的空巢之穴，像是一道月影，掛在妳的床頭邊緣，凝視著妳老去容顏，聽著妳沉重的呼吸夾帶幾聲的哮喘，喟嘆著妳凹陷如客廳藤椅的臉孔美麗不再。

皺紋成了河流上的水草，黑夜的輪船號沉沒在此，秋日月光慌慌，把妳裹進眠夢的繭。

妳在清晨睜開眼將看見我替妳準備的早餐。

我沒叫醒妳就離開了老屋，我將遠行，離開母穴，讓家轉動在黑夜彼端。

但很快地，一如以往我將在異鄉某旅館的深夜輾轉難眠，記憶潰散一地，我想像著在地球另一端的妳，妳只有電視這個長年好朋友。妳那張臉唯一映著的光源是螢光幕上光譜形成的藍紅閃熾明滅。空蕩蕩的屋內，酒櫃裡仍擺著幾瓶妳所珍視多年的陳年XO、約翰走路、白蘭地……妳不知道洋酒早已普及，早不稀奇了。

妳所守住的陳舊就像台灣幾十年不變的中午時段台語藥酒廣告般。

於是被良心襲擊的失眠夜，將往事撫遍一巡，想是對於自己長久說走就走的自由有了自責。

遂拿起陌生的電話撥某公寓裡總是邊聽台語廣播或是邊看連續劇邊打瞌睡的母親。連母親都快感到陌生了，良心又自責，是誰教我們自責這件事的？中國人的緊密家庭關係常讓人喘不過氣來……這些年妳希望把我嫁掉，而我希望妳有個老伴，免得妳老是目光轉著我跑，我一邊撥電話一邊胡思亂想。

我在異鄉深夜彼端想像杵在白日公寓陰影裡的母親可能無聊地扒飯吃，這時妳應看完了股盤，永遠是輸家的妳。我記得上午聽國際新聞說美國股市上漲，那麼也許帶動了台灣股市，我想這時候打給妳心情應該不壞吧。

媽……我略微顫抖地叫著妳。

哦，妳也知影打電話了，妳眞會飛，飛去天邊海角。

……這裡眞冷，昨天落雪，景色眞水……我談起天氣。

誰人家女兒十幾年來都像妳這麼自由，我一世人連雪攏無看過，哪像妳。台灣忽燒忽冷。對了……妳趕緊返轉來去相親。雖然講妳年紀不小，模樣反正看不出來，去餐廳吃飯燈光弄暗一點，人家還以爲妳才大學剛畢業呢。

又來了，什麼要看我還得調暗燈光，拜託，最好燈光大亮嚇死對方，我心裡這樣說著，嘴巴卻大力吐出：「我——不——相——親！我不相親！」深夜廉價旅館的燈管有點閃爍，馬桶水箱滴答答，隔壁房間老兄約是床戲過後的打呼聲透過薄板震天價響，彷彿我們是一對老夫老妻，須分房而睡。

攏安排好了。

妳別給我大主大意。（遠方女兒，台語轉溜了，但其實很想用英文罵人。）

妳不結婚我很沒面子，人家以爲妳醜八怪，或者以爲妳有怪癖。妳別寫那些有的沒有的書，連我妳都寫進書裡，氣死我了，妳寫那些攏沒人看懂，又不賣錢，妳後半生還是找個人嫁比較要緊。

什麼時代了，只有妳這樣想。我的婚姻跟妳的面子扯在一起，我結婚爲了成全妳的面子？我在遙遠的異鄉愈想愈難過，朋友說母親的話要當寶聽，這樣的話我就是無法當寶聽。

就數妳跟得上時代，說什麼攏是我落伍，就妳最行，寫那些什麼文章，專講一些自由和愛情，這些阮無識，就妳最瞭解。

一個看不起妳寫作的母親妳能回答些什麼？掛上異鄉昂貴電話，我躺在床上竟夜未好眠，想起以前曾經一時軟弱爲了成全母親和眾姨的安排，去相了一次親，那回害我心裡的嘔吐感持續了一年。母親和阿姨們的品味眞讓人不敢領教啊。

在異鄉混了幾個月後，又開始良心不安，上回母女通話彼此不快，這回午夜良心又來擾眠，撥了電話回家，只想報平安，那頭的妳卻又扯起他事。

妳的棉被我全拿去洗，有的丟了，妳的棉被有怪味道。妳說，說話時口裡好像還在吃午餐，嘴巴咀嚼東西又吐出聲音的攪動感。

棉被有怪味道，不就是男人的味道嗎。我想像妳偷偷在我房間擎起棉被四處聞的模樣，妳講得吞吐曖昧，說得好像妳的女兒還是十八姑娘。

那兩床棉被是關乎某男友的全部記憶，這下全沒了，不知該喜該悲。我隨手拿起旅館床櫃上的原子筆戳著自己的掌心肉，直至疼痛感傳來。

電話再度不歡而散，身爲晚輩的良心似乎注定要自我譴責才好度日。

花了昂貴國際電話只明白了一件事：使用者付費。

妳於今也要女兒償還撫養的費用，相親是一種付費的轉移與指涉，妳輾轉要我爲妳的面子與生命的無趣付費。付費有各種方式，我以爲爲了生活和面子而婚盟的代價最高。

隔天我在賣維他命像在賣油漆罐的美國商店買了特大號銀杏丸，聽說可預防老人癡呆症，我深怕妳是否得了老年癡呆症或是遺忘症，妳對我的記憶永遠停留在二八芳齡。都多少年過去了，妳還是不死心地要把我嫁掉，不論我飛得多遠，都阻擋不了妳作這個嫁女夢。

我們彼此屢屢很不爽地掛了對方電話。那夜我躺在異鄉旅店蜷縮成一隻無法蛻變似的毛毛蟲模樣，心裡隱隱作痛。

想著大學剛畢業的某過年前開車擠在返鄉潮，車龜行高速公路往家方向前進，十個多小時才抵家門曬穀廣場，一開車門雙腿忽軟，陡然應聲跪在地上，膝蓋一陣疼痛。妳當時正在矮板凳剝豆莢子之類的模樣，彼時舊厝還未被颱風吹垮，南方猶有鄉愁氣息。妳完全目睹我開車門跪地的姿態，待我站起拍拍灰塵，拿起物品關上車門迎向妳時，我瞥見妳的嘴角抹過一絲訕笑。走近妳時，妳說：「別跪了，跪也沒用啊，妳也知影要懺悔啊。」

噹地一聲，前方天主教會教堂傳來鐘聲。我也跟著訕笑，我訕笑的是教堂，我沒有懺悔。訕笑教堂一如訕笑母親的威權。

我在妳臉上恆常看到一種不信任，妳對我的不信任，或者更清楚地說是不解，永恆的平行線，想起來就讓人氣餒。

以後，每年，我總是收拾行李，讓飛機載我遠離島嶼，往熱帶島嶼荒涼沙漠或更遠更遠的城市行去。然十年逃亡，再也逃無可逃。

妳從一直追問我下一站要飛往哪裡，至今早已不再問。

妳改問我出國這麼久旅費打哪來？金錢與面子，妳生命的兩件大事。

寡母孤女吃飯時光，妳再度說起，不婚的女人要有錢，妳有錢嗎？妳怎麼有旅費？我嘴裡的白飯差點讓我噎著，嗆著，喝著湯，仗著喉嚨模樣不適，我沉默著，妳瞥了我幾眼，依然是狐疑神色。

窗外雪天，暖氣房裡，我看見某異鄉女子卸下衣服，但猶未躺下。一小時十塊美金，姿勢二十分鐘休息五分鐘。離開充滿松節油的刺鼻畫室，美術系某高大男生迎向這個女子，他輕聲問起胸部乳房側邊有菸疤是怎麼回事？

他竟看到了，看到這女子身體裡如一滴淚的傷痕。為此，這女子想愛上他。

妳在想什麼？妳突然拍了我肩膀一記。

我沒有太多旅費時，都借住朋友家。我說。

妳朋友眞多，既然這麼多朋友，都沒人要介紹男朋友給妳？

但我想母親大人啊，妳怎麼能夠瞭解我的世界，我又如何能夠向妳訴說任何一丁點關於我的事。妳聽得下去嗎？妳的世界比鳥籠還小，妳如何聽得進我那廣闊世界的眞實告白？

妳這回一定要去相親。妳又不甘心地說起這檔事，妳根本就是故意讓我心情不好過。

我——不——相——親！我再次字字分明地強調著。

那妳有男友了？

沒有。

沒有就去相親，不要當老姑婆。

我沒有男友，我也不會是老姑婆。我想這樣說會不會終止妳的夢，不會，我知道，只會讓保守的妳氣死，於是我沉默，沉默，長長的沉默如死去的軀殼。

但我沉默，妳卻如海嘯再起。

妳不相親，我就去住安養院，而且妳要給我一百萬。妳說著，說的語氣可不是老人，倒更像是業務員，在向老闆威脅要加薪。

我黑著眼眶，感到飛行了二十幾個小時的腳浮腫和疲累以及時差的睏意一波波地傳導進我的腦神經。我放下碗筷望著牆上日曆，困惑地看著，想起因爲飛行而平白無故消失的時間點，七號不見了，生日，母難日。

我這時也才看清楚我窩的擺設十分讓我陌生，突然從單身波波族變成持家克儉到處充滿回收物保特瓶的獨居老嫗空間。

我呑嚥著痛苦的口水，才想起離家幾個月裡鑰匙交給了妳，但那只是一種預防，並沒有要妳進駐，更沒有要妳棄我物品改成妳的風格。

妳再次說起要去安養院，以後要見我可門都沒有。「我知道妳怕我跟妳住啦，我去住安養院，從此不見妳，我就不信妳不怕鄰居笑話妳勒。」

鄰居？問題不在鄰居笑話我，問題在於妳怎麼看待我們彼此的關係？妳就這樣威脅我，習慣的威脅我。

童年的夢魘語言搗進。「我要去自殺，我要出去給車子撞死，讓你們一世人攏感到罪惡……」母親跳回過去，又成了少婦，不變的是一樣善於威脅其最親近的人，口出恫言嚇語。像是新聞裡男人不娶她就要跳樓的女人，在搖搖欲墜的大樓邊陲哭泣，警方要男人作勢簽了一紙婚姻合同才破涕爲笑。多恐怖的威脅，是誰賦予威脅者這樣的權力？而被威脅者爲何必須履行如此的威脅？

是生命，讓被威脅者投降。我嘆口氣想著，總是生怕生命走絕路，於是服從這樣的眼前威脅。但這回我不想無言離開，放下碗筷站起離開餐桌前我說：「我從來沒有過一百萬，我連幾萬塊都沒有，我也沒路可走，我也不好過啊。」

妳突然聲音猛地放開，尖拔了起來。「就數養妳最沒用。」聽著這樣的聲音分貝，我知道妳的生命力比我強，我很放心，這樣的戲碼，從有記憶就見多啦。

回房間，上網，若是標到便宜機票，我將再度遠走高飛。那些年，我無路可走，只能飛行，威脅我的人是自己的母親，妳以住安養院要脅，要我加入婚盟關係，然而我早已了無心情與無青春。妳以爲妳的女兒都不會老，妳不知十八歲時我就老了，活在一個童年就有語言威脅的家庭，心怎麼會不老？腳怎麼會不飛？

然而，我前行時，頭又總是往後回顧。

在邊界與旅店移動經年，身分早已喪失在海關的戳印裡，我終得承認，怎麼飛也飛不出心的黑盒子，攤開世界地圖再也遍尋不著我曾燃燒的熱情好奇之眼。

時間耗盡青春，和妳的感情垃圾也漸漸找到了「書寫」的掩埋方式。

我該如何爲妳我畫出一幅城市生活晚景？屬於妳我在城市的晚景？

母女的後花園

這雙曾抱過我的手，攤開在我的眼皮下，蔓延著河床水流清石……乾枯乾癟乾燥。

母親也是父親，在父親缺席或消失的長年時空裡，我一直這樣以爲。我甚至以爲母親強悍到極爲完整，可以自成一個帝國，妳是我的天可汗、母后意象始終不變。即使白日那是一座無後宮性氣味的帝國，入夜母身頹唐如無人睬的陰幽宅院。

及至其行至六十歲時，伊突反了性，像是經年鼻塞的人突然一點通似地聞到了飄在空氣的某種消失已久的費洛蒙。

有回妳伸過手掌要我幫妳看手相，說是要看看還有沒有愛情。我怪叫地咦了一聲，妳則快速敏捷地回說：「找個老伴囉。」

倒非我不認同過六十歲者想要有愛情這件事，我永遠都支持愛情應愛到生命的盡頭，就像莒哈絲說的：「情人微不足道，重要的是要保有對愛情的這種感覺。」

而我所不習慣的應該是母親突然就轉了性，妳從年輕到晚年一直都像是中性人，又嚴厲又暴怒，當然也就非常丈夫相，總少了小女人味，又況其愛情音訊無消無息經年，怎突然吹皺春水一池，我聽了實是驚訝。妳總是認爲我應該懂一些，遺傳自我阿公的中藥草和看風水的天性，實則我是五穀不分且關於命運看掌也是標準的半仙。

但對於妳的掌紋卻眞是不曾好好看過，第一次像初戀似的摸著妳的手掌，表皮粗繭，搓挲如磨砂紙，上頭紋路縱橫如河道，三條主流，愛情智慧生命如川流，川流上無島無波紋無岔路無飛鳥無小草，事業線從中指淡淡劃下，金星帶只淡淡一撇，婚姻線清楚一模糊二。清楚的那一條線就是和我老爸的婚盟，淡二線可能是妳的秘密。

但我看不出有何感情緣的再發生機率，妳的愛情線短而潔，不若我的愛情線如叢林般雜亂。然我多麼願意給予母親一個未來的慰藉想望，我說有囉，妳關節腳痛或是心臟不好不要關在家裡，反而妳要多出去爬山，多去參加爬山會和姊妹會，多出去走走就會遇到妳的老伴。

平常都關在家裡看電視聽廣播的老媽自此便多了爬山，聽說還眞認識了一些老男人。只是老年人的黃昏之戀如魔術時間，稍稍遲疑兩行列車即彼此過了時刻表，或者有人在隔天的隊伍裡缺席了，自此不再以形體移動，而是定點魂埋。他們這群隊伍生前喝茶散步相聚，死時彼此送行，果眞是後花園情調，還充滿了情義。

陽明山即是母親的爬山友誼路線，妳和那群老人到現在都稱之爲草山，草山黃昏戀就在一種同盟氛圍裡開始譜曲，所謂同盟即是不論多老年紀的面臨失婚或是喪偶的同掛人，陌生者成了結伴者。

當他們爬山時，他們眼見著植物的花開花落，心裡卻也對應著自己的人生。

他們在花季時很勤於爬草山，邊看著茶花邊指指點點著花魂花齡說：「這蕊十八歲，這蕊等著嫁，這蕊已是老查某，這蕊已經是等要落入土囉。」含苞初放、盛開、凋萎、辭枝……腐朽，他們就這樣邊唱著歌邊賞花，彼此互開黃色笑話或者發洩一些家庭困頓或是兒孫煩惱等人生看法，行過了一段又一段的草山行徑。

省籍問題在後花園的情調裡最沒界線，他們最要緊的是彼此的扶持。

妳和這群早覺會成員若是在雨天時，常相約改成洗溫泉，草山溫泉多，泡溫泉成了你們最具意象的相濡以沫。我無意多揣摩那些肉身帝國已多所傾頹者的畫面，倒思起與妳的泡湯畫面。泡溫泉是台北的後花園一景，屬於母親的泡溫泉和健身有關，屬於妳的女兒通常都是泡湯之意不在湯。

我心裡高興因爲幫妳看相而促使妳有了多走動多爬山的意願，平添了妳灰色人生的笑聲，或者妳以爲妳眞能在早覺會裡覓個老伴？還是妳提早覺悟了愛情這件事的路難行？

陽明山這條茶花路在初冬時絕美，我行過此茶花山路，在茶花開的冷冷時節，茶花很決然，辭枝落地如斷頭，整朵整朵掉落，絕對如武士，絕美如藝妓。

但是正當屬於妳的情調後花園才開始時，關於妳女兒的草山後花園之戀卻才要結束。

這一座草山我現在幾乎是很少想再去，我的兩場戀愛都和這座山有關，和此山的某大學美術系男人脫不了干係，遂觸景傷情多，而我也早已老成，爬山多以爬格子代替，何況也眞不是爬山的料。

記得當時我和C曾經進入他的美術系老巢，並至如庭園的墳墓看景，C指著某棟樓有女學生跳樓，自此鬧鬼頻傳的某個靈異空間。C那日剛從學校教完書碰我，提著公事包，進入校園時還笑稱自己像是個業務員，「像是來學校保養影印機的。」他調侃地自嘲，「還兼保養飲水機。」我接著笑說，我喜歡C有自傲期許的本質也有自我戲謔的能力，但在讚美C的同時，我不免想起他的世故與隱晦，我突然覺得母親似乎安放了批判的質素在其女兒的體內，母后之嘴總似判官。

開車者都有過突然撞見最龐大賞夜客的畫面，在文大籃球場山坳處某路段的年輕男女坐在路岸，看著夜晚人工星光閃閃的盆地入神或只是沉浸在戀人相依的感覺裡，旁邊有卡車型移動咖啡館的馬達聲噗噗地彈動著聲響，小販的燈光，稍遠處的籃球落地聲，後方車流不斷加足馬力上山的引擎聲……，一切清晰可聞，唯有戀人的聲音喃喃直通丘比特愛神的天界。

這時代的丘比特要準備很多的箭才行，可能百發只中了一發，可能射來射去，只是擾人心神卻無法收攝戀人魂魄。

年輕時，光臨陽明山夜晚的後花園似乎情境安好，身軀擺放姿態合宜。老成再去僅存驚嚇或不妥。

草山的清晨屬於爬山散步的男女老人，他們的回春回魂必須在草山的夜晚被他者驗證，屬於夜晚的年輕人將來也都有可能成爲草山早覺會的人，草山的清晨與夜晚，是屬於兩波不同感性族群的人，他們且互為見證與未來接續，但他們在後花園的想望是相同的，都是在族群裡嗅聞著愛情的費洛蒙，嘗試發出愛情的酵素，最後也許都想找個伴。

而屬於我的草山歲月發生在我的年輕時光與年齡的前中途時期，既不屬於清晨的爬山客也不屬於夜晚的賞星族，頗有人生兩頭不靠岸的感覺，不靠岸的搖晃感甚長，不獨是年齡還有社群以及感情之類的無法靠岸，往前往後都有種哀樂不明之感。

和C相逢之前的我也曾在草山荒嬉度日，那時常窩在陽明山某山屋。

我懷疑妳和早覺會的人曾經在我和男人的床邊窗前行過，當我在我的後花園嬉戲時，妳或許和想找的老伴一同行經窗前也說不定啊。

那種老屋時有爬山或散步者誤闖行過遺下嘩啦的幾聲聲響：「啊，沒路了」「走錯了」「佇間石頭屋眞水喔」之類的碎音。那些聲音，恍然是妳行經我和男人共眠的窗前，我不敢探頭看，光聞那神似的歐巴桑聲音就足以讓我躲進棉被裡。

如果母親行經一間女兒的愛之荒屋，那確實予我非常影像視覺和戲劇感的偶然性與冥冥交會之感。

我很喜愛如此地想像自己與妳，想像妳和一個頗談得來的男人一路汗涔涔地行過，因聊天太多而和早覺會成員脫隊，當妳不知情地行經我的愛欲荒屋時，我才正要躺下，且艱難地闔上我的雙眼，以進入激情或失眠的肉體殿堂。

我在草山的後花園直如杜麗娘，情可生也可死。在那早晨聽得見紫鴝東發出鳴叫的某間屋子裡，已是燭火幢幢垂淚到天明，愛情底層爆滿後已然委頓成廢墟，廢墟遺址上也許那一尾蜷曲如碗公大的黃金錦蛇仍交纏在老屋的樑上，吐著後花園的春天將不遠的蛇信信息。

媽媽要出嫁

妳本來想再嫁。

妳沒再出嫁。倒是很久前，妳周邊的弟媳婦們都再嫁了。

再嫁，村人以一種道德眼光殺向年輕守寡女子，女子應該一生事一夫。

第一個衝出這集體肅殺目光的是我的大妗。大舅入獄，她屢屢去探無期徒刑的他，讓村人大受感動。但她卻是不斷地去監獄告訴他：請你給我自由！男人勃然大怒掛上隔著一面玻璃的黑色電話，即再度被法警拘押離去。大妗遂依靠法院來訴請離婚，聽說她先是去三貂嶺當女工，很快地遇見了礦工場的年輕領班，後嫁至宜蘭。那年我三歲，對她僅從照片才有記憶，她長得像是電影柔弱女主角的清純樣貌，但從這件事看起來其骨子裡卻十分烈性，因爲最後她連帶也因離婚而失去了女兒之監護權。

第二個再嫁者是小妗，當年小舅車禍往生，小妗生下遺腹子就離開了。外婆家裡當時的許多新入厝的家電用品還四處貼著金紅「囍」字，新人結婚照還高高掛在老眠床上，一切隨著生者與離去者都顯得無比刺眼。

那輛被撞爛的機車，就像是小舅舅破碎之軀。

外婆至死前都還恨著這個年輕豐滿帶點騷氣味兒的小妗，我對她很有印象，因爲她和小舅舅談戀愛時，時常在月光下散步經過我童年的窗前。當時我以爲這樣的戀人眞是美好，如月光之美好。我攀在窗櫺上，輕輕哼著小夜曲，直到母親妳來捏我大腿，要我勿偷窺他人玩親親。

妳在摯愛的同父不同母的小弟葬禮上，哭得聲嘶力竭。這是我見過妳這一生除了父親過世外哭得最劇烈的一回。那時我才七歲，目睹那樣的哀傷，卻無法明瞭妳往後是如何走出哀傷。是因爲當時生活的艱辛使妳無法繼續有時間空隙哀傷，還是妳總是在午夜暗泣，只是我不知而已？

然後，未亡人的命運也輪到妳了，妳的名字印在白色的紙張上，妳有個新頭銜：護喪妻。

希達多王子年輕時步出皇宮，他看見生命四門——生老病死四門，他問著自己：「我躲得過這樣的命運嗎？」他知悉絕無可能，只要是人就躲不過這樣的命運，於是希達多王子探視妻兒後，夜奔叢林，菩提頓悟，人間佛光自此劈開大道。

早婚的妳在走進初老時期芳心曾大動。我想妳對上天祈求的秘密或許終將成功了。是妳一個朋友介紹認識的五十五歲男人吧，聽說是鰥夫，有一子，兒子在國外，你們兩人際遇彷似，且都愛唱歌，相貌也算登對，遂一拍即合。

我很久後，才在台北接獲妳告知的電話，感到不可置信地，卻又暗地祝福著妳。

我和妳碰面，想告訴妳儘管去尋找妳的幸福，不要守寡過久，有個老來伴是幸福的。我遂向妳提及關於我所履及的奇特島嶼「金門」，一座性與死亡的斷裂之島。

我告訴著妳，關於金門的男人與女人。軍人與妓女，還有獲頒「貞節牌坊」的女人。妳問我什麼是「貞節牌坊」？

我想起曾經和妳穿過新公園（二二八和平公園）的那座清代遺跡「黃氏節孝坊」。

妳說不記得長什麼樣子了。

我簡單說，那是政府頒的，年輕守寡守貞潔且盡孝道的女人將獲頒一座供子孫緬懷驕傲的牌坊。

妳反問我要這牌坊幹嘛！沒錯，我也不知道。

我想那麼大的匾額，或可拿來當桌子。但其實我內在這樣無聊地想時，我心裡實是無比哀愁，因爲我深知那些古老女子的夜晚，她們的煎熬與受到村落集體目光的監視之難。

我繼續對妳說，戰地女子長年守寡者眾，古老貞節牌坊高高掛。一文一武的金門島嶼，充斥著雷區鐵絲網與阿兵哥和八三妖（八三一）女郎拉扯的掙扎對比，其內外性格，一如島上的性與死。

風中草原有種悲涼容顏。一座孤立的貞節牌坊在豔陽下散著模糊的魅惑，再轉個彎，剛毅的風獅爺揚著男性神性的威武樣貌，瞬間驅走了貞節牌坊的女魂怨魅。同樣的花崗岩石材，雕刻著男女負擔的不同歷史形象。

妳問那金門的男人都在幹嘛。

我說街上閒晃的多是男人，有當兵男人、當家男人和遲暮男人。屋裡做事的總是女人多，冰果店水餃店麵線店乃至菜販小攤販等等勞動之手寫滿了女人的風霜，女人從處女之身勞動至出嫁生子直至老媼，無盡的勞動與勞心勞神勞身，無事不勞，也就很快地老了。

瓊林宗祠牆壁刻著貞節婦女名冊與守節撫孤教子行儀，無自家芳名的女人在宗祠裡發著光，因爲她們是年輕守寡且把兒子培養得很「將才」，一門三寡——某氏二十九歲守寡，某氏二十六歲守寡，某氏二十九歲守寡……。

重複的數字與守寡字眼，讓我在歷史陰風裡感到背脊發涼。

我不懂貞節，也許我更懂八三妖。然彼女子或此女子，不都是歷史兩極之無奈。床枕上的孤涼或濕熱，也是父權與戰爭歷史的悲哀烙印。在這樣的兩極裡，更有獨特的長期守活寡女子，丈夫遠行南洋者眾，獨留女人守空閨，守活寡者生命亦慘烈。

歷史陰風穿進穿出，如貞節牌坊般荒涼。隨後，八三妖也人去樓空。

我對妳說起曾於早些年代在金門當兵者四處流傳著的一句順口溜：「妳看妳的報，我打我的炮。」

妳還沒會意過來，我說就是那些妓女光著下體躺在床上卻都是在看報，趴在她身上的陌生人點數到了，她放下報紙，然後手指按一下鈴就又換下一個，有些衛生官兵每月還得拿著棉花棒去沾觸妓女下體，將檢體送檢以防性病。

妳聽到我的解釋，笑到眼睛都流淚了。

說完八三妖與貞節牌坊的島嶼對立故事，妳搖頭嘆息。妳遂勸我找個人早點嫁了，要嫁給有緣又有分的人。妳想起遙遠的村落，妳的那些入主別人家的弟媳婦們，妳說有緣沒分最可憐，一切都沒轍。

是啊。我也這麼對妳說。

但我畏懼結婚，我畏懼忠貞之難。我太前憂後慮瞻前顧後了，所以難在生命打上這個深結。

但妳要結婚了，妳的女兒將當伴娘。

老宅院陰暗，我看著陌生的未來父親從狹長的房間走道往我走來，我非常非常地感到莫名的緊張，好像在哪遇過他但卻說不上是在哪碰面。

「妮娜。」他喚著我的小名，像是一個熟識者般的親切溫度，他伸出手禮貌地和我握了一下。「妳們母女長得很像，看起來像姊妹。」妳在旁聽了笑得像是春天綻放的花，我也笑著，手心卻出了像流血不止的汗。就在隔日婚禮舉行時，我聽見男人吐出溫柔的「我願意」時，我差點從座位上跌下，像教堂十字架上劈來一道雷光似的，眼前出現了我和即將成爲我父親的男人一同躺在床上的畫面。

即將成爲母親丈夫的男人曾經在某陌生汽車旅館的黑暗空間等著我，我依著地址前往，並在黑暗裡完成交易，因此取得了那年我讀大三時的額外一筆金錢。幾年前的夜晚，我極需錢，而妳在南方又生病。我在假日裡去鋼琴酒吧當吧台女，搖著泡沫，端出一杯杯美麗彩色的雞尾酒。彼時女公關經理說有個客戶從南方上來，給了我一張寫著夢蘭汽車旅館的地址後，她要我去見見他。「這客人是好客不是傲客，是某個朋友的好友，他說要年輕大學生，我就想是妳囉，妳別怕，純聊天而已。我跟他說妳需要錢，他馬上就說那就是妳了。」

我第一次去那個陌生地，身體不斷發抖，我看不見對方的臉，只聽見他的喘氣聲。後來他溫柔地遞給我一筆錢，在黑暗中他開口說了那晚唯一的一句話：「聽說妳媽媽生病，多照顧自己啊，小公主。」

小公主與「我願意」，其音調竟是完全一樣。我在婚禮上突然淚流，阿姨望著我，直以爲我眞孝順，替自己的母親找到第二春而歡喜地流下淚。

而我想的是，這即將成爲我繼父的這名男子，曾經和多少像我一樣的女孩一夜遇合，他終於再度找到合法性愛的妻子了。

我在那婚禮上看見妳的笑，透過婚盟，擁有安全感的笑。

於是妳對我的控制終於遠去了。

我是該感謝這男人。

然這只是我的一場夢，不要害怕，是夢就會消失。

之後，妳離開男人了，而我也又回到我的城市，帶著只有我知道的夢中秘辛常一個人閒晃在城內。我在城市裡已然摘除我所寄居的慾望核心，一個如子宮般的感官核心。

我將進入個體的無慾時代。一如妳也沒有再嫁，我不敢問妳後來事實發生的眞相。或許妳將來會獲得一張由我頒發的「烈女牌坊」，因我等待我的夢境成眞，我盼妳幸福，盼妳面對妳自我的內在慾望，雖然時光流逝多年，妳已經更老了，但我知道曾經妳有春夢入妳床枕。春夢爲伴，何恥之有。

只是，凡所有的情慾最後都成了一種魔術沾，它沾惹一切——沾惹肉身，沾惹口沫，沾惹體液，沾惹事件，最後沾惹上記憶，記憶成了我們心的宿主與敵人。

肉身成道的佛陀開示：「心若滅亡罪亦亡」，我們如何滅心？

當心成了記憶房間裡的一個蜘蛛網時，我們可能分手，再見就是五年。我們也可能聚守，卻在五年後分離。

這座城市的愛情子宮是有進駐期限的，就像我們在母體裡近乎十月的期限。

關於妳我的故事猶然是悠蕩在子宮裡的慾望新生兒，沒人會在意的女子歷史情節，在這座城市裡，妳我的慾望故事注定胎死腹中，因爲集體目光足以殺人。

一條街兩張臉

比如這個時候，窗外是電影散場的人，他們帶著窩在冷氣房夠冷的寒氣，臉上表情是在談著剛剛放映的他者人生。濃妝豔抹的是有點上年紀的奇怪女人，和她們錯身的是對面大同國、高中的學生……。

長春路盡頭，松江路。這條街是白天的台北華爾街，到了夜晚卻成了台北的華西街。

路上的盆栽是個奇景。

盆栽乾枯地被任意擺在騎樓的角落，元寶的盆栽塗著粗糙的金漆，金漆是一種擬色，好讓塑膠的盆栽看起來有一種視覺的重量。然而隨著台北的酸雨，很快地金漆的元寶就露出了塑膠底色，像是整形後暴露原形的女人。盆栽植物多是馬拉巴利樹或是金錢樹，枝脈多飾有綁著金色鈴鐺金色小魚金色寶瓶金色蝴蝶，很快地，它們不再發亮發財，它們金豔豔地蒙著城市的灰塵。郵局銀行證券商房地產公司穿著制服的小姐蹬著疲乏的高跟鞋，像是拎著垃圾袋地把這些盆栽粗魯地往角落一擺，好像它們死了，見不得它們的破敗。

大多時候，我們總是很晚才會來到這條街。那時整條街的喪葬業拉下鐵門了。

後來我才想是妳很怕看見棺材店，這讓妳想起死亡。母親說，人生這麼苦，爲何我卻這麼怕死，眞係毋明白。

我也不明白，我覺得妳突然經過棺材店時長智慧了。

那些塑膠製供盤多是紅色的，底層拓有塑膠的鴛鴦雙魚或者蓮花圖案，塑膠紅盤堆疊在白色磁磚洗手台的櫃子上方。

每個老婦都拎著塑膠袋對著每個過路人說著買香否？買個香吧！

形狀像是A罩杯乳房的尖錐形甜糯米頂端黏著一粒龍眼，走遍世界也找不到相同的獨特食物，連結著我對家鄉和母親的記憶。

這天是個例外，我們白天就來到這條街了，因爲有看時辰的關係。我們在宮的前後拜了拜，祭天拜地，願人間少苦多樂，少貧多金。母親把香往大爐一插，忽然轉頭問我，妳得獎的獎金大概都花光了吧，我眞不知妳老了怎麼辦。

我乾乾地對妳笑著說，得獎的錢又不是錢母，它不會再咬錢進來，只會愈來愈少不是嗎。何況我還把獎金拿去修補五年未修的牙齒。

難得來，妳興起想去算命，妳有十多年不曾走過這個不見光卻要爲人指光的街。入地下道，文鳥卦、手相、面相、星座、米卦、紫微命盤、流年、易經、姓名、測字……卦攤如星圖。「鳥怎麼可能幫我們算命？」妳先用排除法，最後妳看中一間看起來不會騙人的攤位坐下來，我不知道妳評斷不會騙人的標準是什麼。

那人開口就說，阿桑，我看妳是眞正的艱苦人！

是啊，我講給妳聽，我一世人實在有夠歹命！三歲死老母，五歲阮卡桑娶後母入厝，後母只對親生好，苦毒我尬我大兄……想起有夠可憐，三餐毋通呷，十九歲緊嫁乎鍾家，哪知鍾家對阮尪也毋好，分財產時，古意人沒分半項，了後我尪擱早死……啥米叫做享福？從來攏毋知。

妳竟然在算命攤裡毫無預警大泣流淚，只因算命仙一句「艱苦人」，妳便情緒如洩洪般地傾吐給陌生人，我想妳也許邊涕泣不已還邊想著眞準眞準。我在旁怔著，不知如何是好，倒是呆呆地想，任誰看到妳那個時代的女人也都會這樣推論，何況妳寡宿過久，以至於顏面多風霜，即使白目者也能看穿，即使盲眼人也能以粗糙紋路來辨識眼前人累積的苦楚。但對於妳那樣大量的目屎流，流在人人行經的地下道算命攤，延伸而過的店家擺滿香燭紙錢乾糧龍眼乾旺旺仙貝發糕甜糯米，總有難以解析的氣味在地下道陰涼的氣流裡兜盪，通往出口的光使得往上爬的人影成了黑色塊。

我的媽媽在此條街如此地傷心著，她掉進了我所未能參與的屬於她的童年少女悽慘光陰，她還沒走進鍾家前的萎弱樣貌。之後，萎弱母親成了巨人，打從我認識她就有了一種微微胖胖的中年模樣。自此，她像個男人。

過去攏過去囉，阿桑毋免傷心囉，人生是要往前看。算命仙終於講出眞正的內心話，看來我媽哭得如此傷心是帶點撼人力量，連女算命仙聽了都覺得難受。妳止住了淚，方想起是來問別的事。末了，妳還定要算命仙幫我看手相及卜個米卦。卜好後，排著，眼前半仙靜默。我瞥見這半仙的一抹怪異的笑，我想難道她看出了什麼。她在我媽面前顯得有點欲言又止。啊伊是嫁得出去呀是這世人要做老姑婆？母親急問。

不會啦，伊感情線和婚姻線有夠豐富，只是……

只是按怎？

伊愛防止交到已經結婚查脯郎，女半仙說。

妳聽了冷冷地瞥了我一眼，嘴裡卻說：伊袂啦！伊毋是傻人！我開朗地笑接說是啊，怎麼會，又不是笨蛋。

女半仙也跟著笑，和我對看一眼。「妳是陰女，白天通常無精打采，晚上才有精神。」我聽了點頭，可什麼是陰女，連我都不懂。「就是過了晚上十二點生的，半夜生的女生就是陰女，男生就是陰男，都是習慣晚上做事的命格。」

我們母女聽了哦了一聲，遂感放心。妳說「陰」聽起來像是不祥，而我則以爲「陰」很奸詐，都非我所有。原來是指「夜晚」，那倒眞是如此。我確實是那種不論睡多少小時白天總是容易頭痛且無精打采的人，除非必要上午絕不醒來。但是晚上，除非很累或是旅行，否則是不過半夜兩點後通常是無法入睡的。

當我們結束妳執意要來的算命後，走出松江路地下道時，天光已經有點淡薄，四月的風起兮，我們才祭拜過妳的亡夫我的亡父不久。

妳忽然打了我一記臂膀，「媽媽跟妳講喔，妳千萬不可跟人姘，嫁不掉就算了，不要和已經結婚的鬥陣，知否，男人都是呷碗內看碗外，妳千萬不可給人睏（睡）爽。」

我聽了母訓，眞是背脊發涼，多感官情色的字眼，字字都和性及騙有關。

妳對於社會上結婚者且還想要出軌的人是非常不齒的，我聽來跟著無比驚心動魄起來，心想眞是難爲妳了。

沒啊，哪有可能，我沒在傻。我安慰著妳，眼睛不看妳卻低頭看著穿涼鞋的腳趾頭，我的尾趾甲斷裂了，拇趾則沾了早上畫圖的顏料，倒像是塗了不勻的指甲油般。眄了妳的腳趾一晌，看見妳原本渾厚的腿與腳於今已疲軟。

我們之後往前走，在行天宮外，又想吃東西，遂向迎面的第一個流動小販一個戴著碎花巾斗笠的疲倦老婦買了一桂花糕、一個甜糯米，甜糯米上頭有粒龍眼。母親撥開包住甜糯米的透明紙，取出龍眼乾剝去殼。

妳卡早最愛呷龍眼乾。

嗯，我點頭，想起鄉下外公秋天烘烤龍眼乾的乾爽午後。行天宮祭祀一番，我見喃喃低語的妳一晌，我以腹語聽見妳的願望，我知道妳定然把剛才在算命攤問的話又再次拋給關聖帝君與媽祖婆。

再度行走行天宮外，街上是連結成列的葬儀社，妳說看了很「燠熱」感。

之前，姑丈過世，我們才來此地過。

我感覺行經此地時身旁所經的都是剛才才洗過屍化過屍妝的人，他們身上有一股來自奇異世界的消毒水味。穿黑色海青的誦經團與喪家停車進入，幾個持十字架的修女錯身。

台北昂貴的死亡地，看著自己的過往一幕幕地滑過。身旁有我難得同行的母親，身體已經很差的母親，總是又嚴厲又激烈的天可汗，總是對於女兒懸念再三的母后。

我如此意念紛呈，但不知妳在想什麼？

只見妳說，走快一點吧，這個停滿棺材的街讓我很不舒服。

我遂加快遲緩的腳步。到了建國南路後，彷彿才吸到空氣似的，我見到妳才鬆了顏面神經與步履，像是甩掉了後有追兵的陡然一派輕鬆感。

我內心笑著被意念追逐的母親啊。當下很想抓住妳的手告訴妳，死者不可怖，死亡也不必慌，因爲都是要經過的，既這樣就只能只好放鬆了。然我畢竟沒有抓起妳的手來給妳這樣的虛假安撫，我們之間太缺乏這樣的身體語言，突然這樣一抓反而像是在提醒妳什麼似的，這樣貿然的親熱很不宜。

入榮星花園，綠樹遮天。尋覓涼處，吃著剛買的祭品，看著公園裡的人生流動。拍婚紗的業者看起來非常職業的指導新人姿勢，新娘新郎在我看來都長一個樣。媽媽妳卻說他們長得眞水，眞美！語氣裡竟是十分欣羨。我懷疑以我的眼力都看不太清楚長相了，妳那老眼昏花哪裡見得美或醜，妳一逕把結婚的人都歸爲美吧。

看見婚紗我突然想起一件事跟妳說說聊聊。

我說大學剛畢業時，我曾經去當過攝影助理一個月，我的工作是教新娘擺姿勢。

擺姿勢？妳毋曾結過婚的人教新娘擺姿勢？

就是做做樣子嘛，然後就要他們對看啦，親嘴啦，看這邊看那邊，還有教新娘如何彎身幾度以擠出漂亮動人的乳溝。

三八雞，我哪毋知妳做過這麼多事，傻膽。呀妳教別人那麼多項，自己卻攏用不到，只有妳沒穿過新娘裝。妳看別人作新娘攏水噹噹，只有妳無愛，一世人要做孤單老人。

而當時路邊果真有卡車用火爐在賣著燒烤的「三芭雞」與「鋼管處女雞」，連「強堅鴨」的招牌都有，這個時代的「文字」是不是生病了，到處是諧音的用語，還是我的品味太頑固？

但行過攤販後，很快地我又把意識拉回自己身上。

我開始沉默起來，深知無論話題怎麼牽引，妳都有辦法牽到我身上，好像是感情的牽魂人般。情牽萬牽，意念追蹤器。

在榮星花園的另一方（往復興北路）盡頭出口，路口旁原本有一家三層樓的補習班。曾經在那邊我當過三個月的班導師，我指著那已經成爲生活工場之類的店家向妳說著。妳又非常驚訝地看著我，好像第一次認識我似的神情。妳搖搖頭不解說，做那麼多事，也沒有賺到錢，也沒交到男朋友，妳是怎樣在台北過日子的，我怎麼想也想不明白，哪換作我是妳，我早就嚇嚇叫了，媽媽做代誌，從來不蹉跎的，攏是一定要做得到，是拚命做的。哪像妳，畏畏縮縮的，做東做西，代誌做一、兩個月哪有效，攏是沒睬工的。

妳頗適合活在巴黎，曾經巴黎的女流長輩都以沙龍或是工作場域來釣金龜婿。務實的媽媽，豈知我內心遙想起的自我形象是如何地被時光巨大震晃，舊我像是一個反覆被倒帶以致模糊磨損皺塗的膠卷般，反覆倒帶者總是想要看清楚某個片段到底什麼環節出錯了，又或者尋找整片圖像裡的細微躲藏角落的物件，找出生命發展成如今這副德行的蛛絲馬跡。

我繼續述說，若一路往前會走到健康路，當時我來這家補習班上晚課時就是從健康路搭公車過來。

妳沒聽過健康路，我說隔壁街即是南京東路。

妳聽了方點頭說：「妳卡早搬厝速度甲換頭路同款多，才有了妳電話，妳就搬厝了，妳不累啊，犯罪人逃亡才說搬就搬，妳是在避啥，搞成自己像是失蹤人口同款。」

我確實在躲避什麼嗎？躲避每一回愛情的緝捕金牌令或是金錢困窘的追殺令？

歲月的時間流沙不斷地往下滴漏，滴漏完畢，就是進入殯儀館的前兆了，時間滴漏再倒立一次，生命重新計時，又是一個新生兒降世，慈愛者抱小孩去給恩主宮收驚拜拜。

生命流沙，輪迴的靈。我們母女是多少世前結的緣？媽媽從來都不思索這些，我總是深深感到驚怖與羨慕，老想著何以妳能活得如此現世？

沒有前世今生的現實過活，其實是好的。但我總陷入寫作者的宿命，不斷地在流沙裡懸宕記憶。明知一切無可記憶，卻仍一再受記憶勾招。

妳知道剛畢業的那些年像我這樣的人，生命總是極易就陷入整座城市的流沙，城市的流沙專門讓意志不堅又常神智恍惚的年輕女子往下跳。

於今回首，這城市流沙是值得年輕時感受的，雖然生命裡自此有了荒涼荒蕪之感，但也只有年輕才承受得起那樣的下墜與無重力的輕飄感。

一趟松江路行，穿越命運的迷宮，從死到生的復活，我倒像是個「舊我」導覽員，導覽著母親妳來看一看我曾經在台北城市如流沙般沉墜的幾個地標。

我的城市地圖囊括悲與喜，是一張愛情與生活的流亡地圖。其中的高低潮有點像是松江路，一條從生到死之路，中間經過焚香祈願、死亡、婚配儀式，從喜到悲，從悲又到喜，悲欣交集。一條街兩張臉，它是我生命一體兩面的縮影。

城市公園速記

伯父一家後來北上住在青年公園附近。

童年的寒暑假，我常會被堂姊帶到她家玩耍，且通常一待就是好一陣，多到妳常來電催我返家，妳用強硬口吻說不要打擾人家太久，我堂姊才把我送回家。

這個堂姊大我甚多，我讀小學三年級時她就已讀高中。印象裡青年公園和植物園總和她連結在一塊。記憶最深是有一回我手髒了看到前方有一灘水，遂奔去彎身洗手，結果手一聞卻是尿臊味，原來是前方廁所流出來的尿液，我當時小並無能力察覺，手往鼻息一聞，差點沒放聲大哭。堂姊接著走過來，看到我張著兩隻小掌哭喪著小臉時，她差點沒笑死在公園裡。

後來因為她的放聲笑，我也跟著笑。她說可別跟妳媽媽說，會被伊罵死喔，我大力點頭，像是共同的秘密般。然後才繞了個彎，到公廁洗手台洗淨手。

另一個秘密是，堂姊當時喜歡上建中某男，常約會在植物園，她以帶我為幌子在此有了人生的第一次青澀約會，那個場面說來一點也不刺激，就是牽牽手，用書打打對方，男生企圖在打鬧裡偷襲一點快感之類的。

然後天黑了，我們一路故作尖叫地跑出一座公園。

以前在台北讀師大附中的大哥每每返家後向我們說，台北有座國父紀念館，國父紀念館總是展出可憐的大陸同胞苦難照片，骨瘦如柴的小孩、吃樹根樹皮的人、被綁著示眾的人。可憐的苦難同胞照片被當作特展地昭告島嶼人民的幸福。此也是反攻大陸解救苦難同胞的愚民政策之一，其中又以國父紀念館和中正紀念堂爲兩大代表，當時我們聽著大哥的口吻，想像著吃樹根樹皮的皮包骨同胞，都非常努力地把飯扒完，免得遭天譴。

國父紀念館連結的人除了我小學時已讀高中的大哥外，也在日後連結著我的感情地圖裡刻痕最深的情人某印記。

情人某也早已成了陌生的某人，然國父紀念館依在，情人夜晚的交纏飛沫像是飛蛾撲火地消殞無蹤。後來我又和此情人某在松江路的松江詩園相遇相偕，但我們之間已經被時光機器作弄了些年，愛情未質變，但是際遇卻已無能爲力再走下去。

伊通公園，連結另一個情人的公園。

都市的綠樹公園是城市的一只肺，樹葉鋪上一層薄薄的佈滿沙塵，汽車廢氣讓公園的樹葉沾著油膩，兒童遊樂設施，翹翹板溜滑梯鞦韆……，彈簧鴨子、彈簧綿羊、彈簧小豬……。

那年我在南京東路某報待過兩年多，常晃蕩伊通公園。又伊通公園旁的「伊通畫廊」曾是台灣當代藝術的先鋒站，也是當年我常晃遊之處。

只是當愛情鐘擺不再擺動後，我對這座城市的地圖好像就鮮少再履及。

關乎情人的畫面與實質是難以言說的，小說裡的虛實表達或比散文眞切。

散文的眞實細節盡是刪節號。

城市無森林

妳記得有一年過年我們在台北新公園？妳問。

記得。回答時腦中放映著舊膠卷。不知爲何童年有個過年我們母女來到台北，父親與哥哥都不在場，我現在回想起來是父親在嘉義山上打工沒假（又或者可能在一堆工人中聚賭，事實誰也不知。兩個哥哥到我堂哥堂姊家的山上玩幾天）。只剩我和妳兩個人四處閒蕩，一個家分成三個地方，各玩各的，男生一國，女生一國。

我記得這天我央著妳出門，我並沒有察覺妳的疲憊與潛藏的憂愁，聽著外面的鞭炮聲，一直想要出門玩玩，走走。

後來我們來到新公園，新公園的過去和現在並沒有什麼太多的變化，入口前的算命攤和羅馬神廟拱柱式的博物館仍是一樣的情調。走了一陣路，妳說累了要先休息一會，拉著我往白色鐵椅上坐。我說想吃ㄅㄚˇㄅㄨˋ，外頭有小販一直按著喇叭，賣冰淇淋的喇叭聲就好像搖鈴賣豆花或者敲著答答答聲的花生糰糬流動小販般之易於辨別，就是小孩子也能快速辨認小販所賣何物的不同單音。

妳說自己有壓歲錢，自己去買吧，我在這裡等妳。

我三步五步就跳走了，往出口跳開時，還回望了妳一眼，見妳安然坐著，周邊有許多的台北人幾代同堂散步地行經妳身旁，顯得妳好像是落單台北城的流浪女人。

新公園側門出口是鐵製的一種旋轉門，一方按著橫鐵管推出去，一邊順著方向兜了進來，太胖的人可能會卡住。向入口掛著歪扭「冰激淋」字眼的小販走去，等了幾個人後才輪到我，等待時注視著冰淇淋裝在鋁錫製的冰桶內，鋁錫桶外泛著水滴，圓蓋擱在一旁。輪到我時，我買了兩球檸檬黃和草莓紅各一球，從小販接過後，一個轉身連舔都還沒舔就突然被一個冒失鬼小男生給撞了滿懷，兩球沒有很牢靠在餅乾捲裡的圓滾滾冰淇淋應聲飛地，只剩一只餅乾捲在我的手裡寫著可笑姿態，兩球冰淇淋彈撞到一旁一個女人的腳下。她把我罵了一頓，罵我弄髒了她的美麗新鞋，我不敢看她，卻怔怔盯著冰淇淋在地上逐漸被陽光蠶呑而逝。

男生不好意思地只悶低著頭趕緊離開攤販，我也不敢多看這壞了我好事的男生一眼。當時隊伍重新排又長，加上我從小很膽怯，遂只好佯裝沒事地走了。唯一的大人是那個小販，他背對著我跨在電動三輪車上正忙著舀給下一個，他也無法站在我這邊幫我討回公道。

拿著上頭沒有冰淇淋的餅乾捲走回公園內，心裡很害怕我媽會不會不見了，好在一轉進公園就見到妳的身影，還在打瞌睡。見到我走近，淺眠地醒來說，咦這呢緊叨窣（吸）了啊。

我悶悶地沒說話，心裡很是悵然。想待會請媽媽走公園的另一邊，打算買粉紅色的棉花糖來吃也好。

我永遠記得那個過年的下午，我和妳孤單的身影突然闖進一個台北公園的白日溫情裡。

於是，我每每經過台北新公園就會想起那掉落地上的兩球可口冰淇淋（新公園改成二二八公園我還是很不習慣，像是改寫了我的記憶般地不想這樣呼喚它的新名）。

我不知當時辛苦而可憐的媽媽在想什麼，還是妳就只是累了，過年前在市場跳樓大拍賣的作戰下，連續好幾天才攢了點錢給我們一家子過年，而父親在山上打工未回，哥哥們去他方度寒假，妳對哥哥們一向寬鬆許多。

而我們就這樣地過了個無聲的台北新公園遊蹤，我那兩球掉在地上的冰淇淋，逐漸地融化融化，最後像羊水爆破般地流淌。

這座公園內的博物館前算命攤不知和我童年時所經過的人是否相同，而我知道博物館裡的鯨魚標本還在那裡唱著無聲的海洋悲歌。

當時看見鯨魚標本以爲見到一座漂浮的島嶼，那些巨大的支架，是如何撐過牠的海中歲月，我總是望著深覺美麗與悲傷。這種自小就有的濫情似乎不好，但總是如此地具體成形在我的淚腺組織裡，明知濫情濫情有害健康也有害藝術的前進，可我每每思及過往就掉入無可救藥的感傷書寫。

博物館對面的銀行建築浮雕框住阿公時代的美麗，面對銀行的富庶燈光，我們總顯得貧瘠。而當年那個讓我們母女敬畏的總統府紅樓是殖民產物，如今卻是不斷抗爭的權力座標。然而那個年代，我和妳卻活得那麼地殖民。女人的命運被男人殖民，也被她的祖國殖民。心情永遠忐忑，錢包永遠匱乏。

只有公園號的酸梅湯與重慶南路的某些書店依然是我們對老區的記憶閃亮光譜。買一杯酸梅湯或者買一本書是當時我媽還可以爲我做的事。

然我是永遠都弄不明白的，人們砍掉很多的自然之後，再花很多的錢財建造出的擬自然公園，永遠有造假的仿冒老石、被修剪得奇形怪狀的樹、被小孩子寵愛又遺棄的遊樂設施，褪色的白色斑馬、灰色大象、咖啡色長頸鹿任其日曬雨淋，最後不知所終。然後怪手進駐，一座公園又變成了房地產，建築預售屋招牌築著另一個夢幻空間。

販售夢想，哪一座城市不擅長？城市本身就該擅長築夢。

但是夢想棲息地需要不斷被保養，因為它叫做公園。一旦公園不保養，就像女人不護膚地老去，頓然一座公園的白天將成為老人與可能的妓女打交道處，入晚即是少年的毒品天堂。

然而城市的有關單位似乎總不明白（特別是離開市區後的公園，此以台北縣最多），很多的公園造景看起來像是閒置的空間，那麼多的石頭堆在一個空間，像是墳塚般。

晶華飯店下方的公園在大白天裡無人，欣欣百貨旁的公園更顯得十分詭異，那麼多的假山假石卻被稱做「公共藝術」？究竟這是什麼樣的新生？我總不明白。

天母公園

然而有些公園我是喜歡的，天母公園一帶，車少樹多。老公園內隱藏有台灣原生植物之美，樹木高聳遮蔭，是城市少見的古樸公園。早上天母公園外圍街道是天母市集，上午十點前來此走動，購買陽明山一帶農人蔬果，一路採鮮回家。

母親亦喜這裡，妳從陽明山泡溫泉前也常和老友們在這裡做做甩手抖動的簡單運動。

那些在空地上運動的人，看起來總像是被集體催眠的表演者。

早上公園旁的小路上總有陽明山的台北最後農民挑來賣些時蔬果菜，就擺在地上，一把把青菜還沾著泥巴和露珠，水果長得精瘦不若超市好看，但內裡頗甜滋，總是筍橘之類的常見。山路總有早覺會的人正下了山，我想妳會不會也在裡頭梭巡一番，要是妳早上見了我出現在此，妳定然要和那些阿公阿嬤朋友說著：「咦，今日咁有落紅雨，你們看看，眼前的人是誰，我女兒，沒錯，但哪有可能？」

我遇到母親，在這座公園。

那天住天母的朋友要懶惰的我同去走走，動一動。說是要教我好好打打功法，我對功法好奇，這功法一詞，有如江湖再現地令一向好奇的我心癢，好像練好了就可以飛天走壁。

天母公園沒有被修整得整齊，以致大樹都很奮力生長，某些角落倒有渾然天成的草莽氣味。樹根氣鬚長長落地，草地凍露水，等待初陽蒸發。

甩手五百下，甩沒幾下就累了。接著伸展雙手，冥想雙手到達無限遠。再來是瞪大眼做猴子蹲。朋友說我連走路都不對，「行住坐臥一般人都沒做好，小孩子是用大腿肉走路，到了成人就習慣用膝蓋走路，這樣很容易受傷。」她拍著我的下體兩側：「妳走路會陰部要夾緊。」她眨眨眼接著神秘地說：「這樣練功還可以練性能力。」然後兩個女人在四周都是老人的早覺會公園裡大笑起來。

母親聽了更是大笑！

後來我也沒再去，因爲還是無法早起。不知女友的性能力練就得如何，但我只消想起她走路的姿態即聞到了整座公園的草莽魅力。

老公園總會讓我聞到媽媽嬤嬤們獨有的老人味。

台北客的出走計畫

胖胖魚是我的老友，在台北這座疏離得很熟悉的城市認識十年之譜者絕對是老友了。我認識他時自己也剛當記者未久，一九九四年還是一尾十足的菜鳥，而他已當攝影記者多年。兩年後我辭職飛去紐約，他依然在報社爲城市的大城小調東奔西走，在台北城市流蕩當時以爲無盡的青春。

他是一尾胖胖雙魚，像紅龍之類養尊處優地在魚缸裡，他無法被丟入無邊無際的海水，安全感是他所具體擁抱的渴求，而曾經台北是他的安全感來源，就像我賦予台北母城的羊水溫暖血液予我如子宮的形象般。

一種朦朧幻覺似的安全感將他的一生綁在新聞界，諷刺的是新聞界日日逐新嗜血，但他卻反覺得安全。我想其安全感的來源無非是穩定的月俸生活，一座安定（即使是無聊）的城市，熟悉溫情的人際網絡。然而此刻的他卻開始對我述說著他的出走計畫，在三二〇後他所陷入鄉愁（仇）式的莫名心情跌宕，我從未見過他那胖胖柔軟的溫和身軀會前所未有地進入強硬而扭曲的掙扎樣態。

經過政治動盪，胖胖魚掉入嚴重出走心情，從小在此生長的這尾台北魚卻開始想是不是要移居海的那一岸。然而台北客可沒有紐約客的絕佳行動出走能力，因爲胖胖魚像多數人一樣早已習慣台北的社會關係，習慣這種制式的安全。

問題是他習慣擁有核心的權（錢）卻又受不了核心的腐朽。

我說那你總得丟出一些東西才能走得成，你不能又要自由又要權錢。他卻常是嘲諷地對我說：「對啊對啊誰像妳一枝筆就好了，妳總是出去那麼久，出去那麼久才說妳很愛台灣。」這樣的視野我能回應什麼？我只好說說海明威、亨利米勒當初離開美國到巴黎和愛不愛他的祖國有何關係？他們永遠是創作裡的精神浪蕩子，永遠都必須承擔自己面臨生活的乾涸，不能諉過生命的荒蕪於社會政經環境，藝術家的出走是為了視野，是因為世界在召喚，豈能等同於祖國這類的愛與不愛之命題，多少流亡者的作品都是最穿透核心力量的。

有人為台灣民主政治辯護，可誰為瘋子般執著的藝術家辯護？我想起梵谷當年被阿爾市居民以聯名方式訴請政治手腕，最後迫當地政府要驅逐他和拘禁他的悲劇。藝術為何不能超越政治？這課題是更重要的，於今藝術不見，城市醜陋政客氾濫，這於我才是悲傷的城市，悲傷的島嶼底層。

電話那頭的敘述者仍然概括地輕鬆說反正妳都是可以的。

我哪裡都可以的，恰恰相反是我都是不得不然。我說我不上班恰是因為個性無能，像我在我家也是完全不可以，我得端莊作淑女，我還得謹言善行。

母親妳是非常強硬派的綠，強硬到我不能在妳面前述說綠的不是，強硬到這島嶼沒有別的顏色存在。

牽手活動那回妳竟一個人被陌生的巴士載到陌生的苗栗進行牽手活動，守寡經年的妳可能生平第一回在陌生的公共空間牽到了一個陌生男子的手，且牽的時間還那麼長久且心情陷入空前激情的小說式荒謬。

我問妳爲什麼是被載到苗栗，我開始想像妳疲憊的身影搭上客運卻被丟在一個地方進行宣示活動的不安。然妳卻忘了自己隨時暈倒的心臟血管危險並津津樂道地說：「笨啊，苗栗攏是宋的地盤，所以沒人會去牽手，我是自願去苗栗的。」說完妳還拿出花了兩百元買的牽手護台灣白色棒球帽給我直說著：「妳戴看看！妳看妳戴起來多好看。」其實我頭小戴什麼帽子都還算好看，妳卻心理認定就是這頂經過綠色加持的帽子所加分我身的。

我在妳眼中是無可救藥的永遠在野者，加上被貼上一身的波西米亞流浪血液，妳也確實是無法明瞭我作爲一個作家所必須堅持的邊陲角色，妳總是一心地把過錯推說是我從小所交往的好友許多是外省掛，我都被洗腦了。妳如此數落著我時，我心裡想起以前同學打電話到家裡和妳各說各話的情形，最後二者皆惶惶然匆忙掛掉，我返家時妳說恁朋友卡電話來，攏唔知伊勒講啥？攏聽唔。隔天同學也說她好緊張，阿桑之後的台語全接不下去。然而我並不想阻止妳的綠色捍衛，因爲妳確實長期活在糾葛中，五十年來，電視的語言都是只讀小三就輟學的妳所陌生的，妳被世界隔離如此久的黑暗心情我非常地理解。加上我們村落宛如寡婦村，祖父輩甚多歿於白色恐怖，諸多叔公被槍殺，祖父輩送綠島，出來非疾即傷。妳總是不斷說起妳小時候的夜晚被警察敲門以亮燈臨檢的害怕情境。

我心裡對歷史時空是存在著更宏觀與和解的想法，但我對人性沒有辦法，母親妳是具體被語言隔離與被歷史不幸仇殺所捕獲的人，妳的捍衛與決定權是我這一代所無法改變的，而我也不想改變妳。

屬於妳的歷史，自有妳自己的詮釋權。

然而當胖胖魚這個台北客在捍衛他的外省心情時，我卻也掉落同樣的感受裡，我無法改變他對於民主過程的看法。但我比較難過的是，胖胖魚大我不算多歲，認眞說也都可說是同一代人，但他的強硬和我那個長期活在政治陰影的母親之強硬又有何不同？恐懼把他們推向封閉。

妳仍在開著電視看，台語新聞讓妳終於走出聽盲。然而可怕畏厭的電視聲音仍在高亢放送著擾人惱人的高分貝喇叭與教條，我最怕聽見台上的人在一連串的宣揚後突然發出一句：你們說「好不好！」好不好不是疑問句而是肯定句，台下的人遂又一陣叫好且發出喇叭，是誰發明這些噪音的？而電話裡的台北客正在述說他的無法忍受，已經到了他必須出走的地步了，他的無法忍受正是來自於政客，他叨叨說起十九歲時其父親臨終時對他說：「把我的骨灰移回湖南。」

台北客這個敘述者繼續說他的苦，說著說著聽我悶聲不附和時，他隱隱覺得我的態度太局外了，「妳沒小孩所以不知道現在的課本都和我們以前不一樣，我的出生地變成高雄，但我一直覺得自己是湖南人。」敘述者繼續說他三歲就離開出生地高雄來到了從此胡不歸的台北，台北是他求學成長結婚生子工作之地，他說著說著，我跟著聽著聽著，但仍不明白四十年仍然無法讓他徹底留在台北的原因究竟是什麼？他的嚴重失落怎會只是因爲一場政局而破碎？他又不是搞政治的，他是個攝影者，攝影的藝術世界難道不足以替代我們對現世的不滿？藝術無法衝出圍城的原因是什麼？

我常看著電視裡的群眾，我想國家主義的理想真正內涵？擁有純然個我（特別是創作者）的世界絕對不會建立在外在的破碎，難道這些人都沒有「我」了，所以才這麼快速地「丟」出自己。我總是迷惑走進公共活動的人，如果沒有新聞攝影機拍攝他們，那他們的「原我」原貌是什麼？他們還會如此以身體來激情化暴怒化一個議題嗎？

我的思緒飄太遠了，台北客繼續敘述他的遠走高飛計畫。他說起要到甘肅玉門關賣燕石，「出了玉門關的人都會撿一粒石頭往關內丟，說是日後一定像燕歸來。我只要在關口賣著這些石頭就夠了，毋需成本，僱一個姑娘守在關口撿石頭就好了。」我聽著感覺這計畫像是在做放生鳥或放生魚的無本生意，買來放生的魚和鳥又被人抓了回來再放，老是這一批魚和鳥在被放生和囚禁。

在玉門關賣燕石，相思的燕石，離鄉者注定像如候鳥，燕歸來的石頭，這究竟是何所喻？面對身分與認同，到了他地還要丟一顆相思的燕石以明志？

台北客說他每一年還贊助湖南表哥的兒子念書的心情，忽然話鋒又從玉門關一路說到落腳蘇州也挺美的，在蘇州河畔竹林內築一茅屋，命名為「何叟老廬」。我笑說這老廬聽來像是專門接待台灣客用的，「我會留一間給妳。」我笑著接受，但心裡卻哀嘆，說了半天，情慾的底層都被台北客忽略敘述了，說穿了台北女人早沒有丫鬟角色了嘛，到尾來台北客幻想到對岸尋的其實是廉價的鄉下服侍「丫鬟」。

你眞捨得下台北？就為了執政者繼續綠了下去？

當我這樣一問時，前面一個問號他當然是否定的，任何一個台北客都難捨眞切生活的台北，至於後面一個問號他說他不只是因為政治這樣，他也有感於身為台北客的不足，他無所適從的東西已愈來愈多。我以為他會說起這麼多年所從事的狗仔報導攝影的無能，但他扯到的還是政治，「妳不知道連憲政都要修改了嗎？」

他還是缺少從邊陲看核心的力量，他丟棄攝影創作投向記者的安全職位，也導致了他初老的生命無所適從的空空然流失感。但我不能說，我不能說，一說就是被頂回來：「是啊是啊，妳不上班妳有辦法。」我不上班，我沒辦法，我只是以減法過日罷了，恰恰相反是沒辦法。

聊天尾聲，我說那我一定到蘇州老廬去拜訪你這個老友，屆時你一定是派丫鬟迎接老友，一時可能是你那幫鶯鶯燕燕讓我受不了。我有許多台北快至中老年的男性友人（文人畫家居多）總想著這樣的「老爺與丫鬟」的終老畫面，而我的女性台北朋友的終老畫面卻大都是「青燈伴古佛」。

「那是我五十歲的夢，還要再過五年。」他說我怎麼直接把過程省略就跳到結果了。我還以為出走者發出強烈渴望與對現實不滿時都是立即要出走的，誰知他還要等五年。

五年世事難料。胖胖魚台北客的出走心情是急迫的，但還要再擱淺五年，我聽了想起他在年輕時其實就已想過出走的，但個性使然終是一直在媒體窩著，於今他把一切的生活沉滯危機都丟給了政治環境。這不也是某種對自己生命的推諉？

但我能說什麼？幾年前我因呼吸不過來出走紐約時，他已經發出過羨嫉的眼神了。掛上電話，看電視的妳已經打起瞌睡，吵鬧的新聞依然吵鬧。胖胖魚還是胖胖魚，我想像著明朝他揹起相機在港商八卦雜誌裡實質老邁卻得佯作衝鋒陷陣的模樣。其實我才不管政治，如果到玉門關或是蘇州河畔可以讓他的生命更好更有活力，那當然是要支持他出走的啊。

可我知胖胖魚一時是走不了，感情畢竟是人心最大的牽絆。

移動的宿舍城

中美斷交後，這座島嶼才開始長出一丁點「根」來，各種建設從此時間點燃燒，因為遺民意識到回不去了。最早或可追溯至十大建設，或者近些年的捷運年代，城市風景四處集結著組合型的勞工宿舍。彼時台北像是一座四方形連結而成的房城。組合屋外懸吊著勞工者的汗衫，到了夜晚他們喝保力達B，發著熱燙的目光盯著行經而過的任何一個陌生女子，並說著我們聽不懂的語言。

這不奇怪，妳在經濟起飛年代，也落腳台北鐵皮屋之類的宿舍殼。妳說有一回從城市返鄉，在木麻黃小路遠遠地就瞥見古厝的某間房子冒出煙來，妳一直跑一直跑，跑到小厝前，看見眾人圍繞在稻埕，妳哭著說小孩還在裡面啊，妳坐在地上捶胸頓足，直到看見有人把已有點昏沉的我抱了出來，妳才轉涕為笑。

那樑柱發黑的西廂房小厝，後來改建了。火苗是從稻草房竄出的，可能有人經過亂丟菸蒂引發的，但妳總是認為是我和同伴貪玩所致（因為我也曾發生煮紅豆湯煮到沒水而把鍋子整個燒壞之事）。

宿舍城，任何一座新興城市皆有的臨時光景。早年嘉南平原興修水利田圳，或者把時光推到稍晚的興建偉人陵寢中正紀念堂時也該有過這樣的宿舍城吧，集結勞役民工的短期宿舍，成為移動的漂流之屋，可組合當然也就可以拆遷。

我一直喜歡「組合」之人事物，它意味著由各種片段組合了完整，少一個螺絲釘都將無法組合。但妳喜歡固定之人事物，一體成形，沒有縫隙。

宿舍城是九〇年代台北大興土木的奇怪地景，這是可移動的宿舍。另有一種宿舍，它不移動，但人在裡頭移動。

那是女工的年代。不論是高雄加工區或是北淡線沿岸工廠。（妳每每經過淡水高樓遍地都感驚嚇。女工年代的妳和一群女人戴著口罩，集體在輸送帶轟轟響的生產線上十分忙碌。但聽說妳常太有個性了，屢為勞工爭取利益向老闆嗆聲，妳常扯下制服忽然吐出：「老娘不幹了！」）

於是妳又回到辛苦的流動個體戶。妳總忘不了妳得在妳的男人也就是我的父親離去後，妳的肩膀被生活的勞動所迫，妳很容易就被各種往事的回憶壓彎。妳常說起過去在這座城市打拚的事給我聽，所有的東西（包括感情）妳都以金錢來秤其價值，「斤斤計較」是妳身上流動的血液字詞。

孩童時我曾和妳趕早市，那種天未亮的市集充滿肅殺之感，雞鳴生死，豬羊片片，而勞工們的臉色似沉浸在一種說不出的苦色裡，燈泡晃動晨風中，天邊的雲已裂開光色。剛剛從南部一路以時速百公里殺上來的卡車司機們，正數著老闆給的鈔票滿意地蹲在血水混雜的泥地吃陽春麵早餐。

妳告訴我，當年豬雞的好價完全取決於抵達市場的「速度」，於是在省道飛奔、腳踩油門的卡車司機隨著老闆在座位旁秀著鈔票邊喊著：「緊駛！加錢加錢！錢都給你！只要趕緊到，20塊，50塊，100塊……緊緊緊！油門催落去，緊駛！」

那些司機都叫拚命三郎或再見阿郎。

孩童的我在旁邊幫妳收錢找錢，總暗暗祈禱菩薩助妳一把，讓妳批來的蔬果可以快點被光顧一光。因爲若是生意很差，妳的臉色也會很差，那麼我的皮得繃緊一點。「眞係夠可憐！妳時常哭爸哭夭（餓）！」妳說。

沒得煮的米缸經常空空年代。

妳說曾揹著剛出生沒多久的我，妳月子也沒坐，就去稻田插秧，一日薪二十五元。摘完菜後妳還去擺點小攤，妳說起踏在春日寒水時，雙腳幾乎發抖，妳想掉淚，但卻先聽我在背後啼哭起來，妳的堅強於是止了淚。

然而妳的身骨可能因月子沒坐，遂早衰。而妳說我也可能因爲沒喝奶水，加上常斷炊，因此日後長得幼小。

之後農地消失，兼且歹年冬，妳再次扛起包裹，可謂是第一代直銷。

母親妳永遠無法忘記四處流徙的城鎮跑單幫年代，妳說再怎麼樣也都供我讀書，沒有把我送去當女工，但我卻也跟著打了不少工，在那個四處急徵女作業員的經濟起飛年代。

小時候做的童工才多呢，客廳即工廠年代，做梳子做小豬做聖誕樹做鑰匙圈……我媽還批過牛仔外套釘鐵釦的工作，我總釘得歪七扭八，論件計酬永遠比鄰家小孩慢。

父親闔上眼斷氣那一刻，未亡人突然放聲大哭，放聲至驚天動地的氣勢，然後父親的未亡人從哭聲裡迴轉時，抓著我的臂膀走到角落有著哀傷神色的大哥面前，依稀記得未亡人哭泣說：「你係做大哥的，將來不管如何，你愛照顧伊。」

母親在四九天裡成了護喪妻。

而從此大哥成了父親。

讀私校學費貴，加上距離的地理現實，使得我須住校或租賃在外（妳不知我早想離家的詭計，卻搞得像是我的成績單分數落點僅能塡此校的樣態），妳說我們家不曾出現讀私校的人，卻因我破了例，妳的帝國將因我讀私校而更顯得底層的落魄，妳攢眉不語，我開始不忍想起我因功課太爛時，妳給了我補習費的疲乏背影，妳像是勞動過度疼痛似的彎著腰，並給了我一件過大的外套，說是市場批發時買的，妳說補習班有冷氣，說女中學校的夾克總是不暖。

但補了那麼久，用盡了妳用勞動換來的鈔票，我仍考上私大。

正當我被自己一心的任性而導致某種內在自責時，小我媽十五歲的阿姨出現，她問我考完大學了要不要到朋友的成衣廠打工？我還沒回答，妳就拍了我一記說，當然要去打工，不然妳通天都在玩樂，和一些不三不四的人玩得整日不見人影。

妳口中不三不四的人，我於今想來很想笑，倒讓這些朋友揹黑鍋了。

宿舍年代的生活，每一代都過著不同的日子與幻想。屬於母親妳的女工宿舍生活沒有「換鑰匙」的遊戲，也沒有時間好傷心。妳們擁有女工年代相濡以沫的情誼，妳們在那裡曾玩著大量兌換券的生活，那是兌換券剛興起不算太久的年代。各式各樣的折價券、刮刮樂，可減少五元十元的小小樂趣。

我記得，妳曾交代我到城市時順路去一趟百貨公司化妝品專櫃，說是幫妳兌換從某女性或者報紙雜誌之類剪下的5ml活膚眼液兌換券。等我非常不順路地來到那家百貨公司時，我才發現不知何時那兌換券已經被我下意識地連同統一發票之類的當廢紙扔了。

我電妳，妳聽了竟回答那妳再去買一本雜誌剪下印花。

我說，媽妳瘋啦。

兩本才七十九元啊。那個化妝品一瓶70ml要兩千五百元，5ml絕對物超所值超過七十九元的。何況雜誌妳留著看，化妝品就留給我。

這是某些女人的邏輯。我聽了心想這女人老是打破東西，買的什麼粉餅嘩啦一聲碎成一堆粉末廢物。化妝品和保養做臉一樣是無底洞，就像喜餅的幸福廣告。用了依賴感就越深。

然對女工而言，或許這樣的依賴說來無非是生活的樂趣犒賞。

北淡線第六月台

北淡線第六月台，通往淡水的車子和渡輪，載著奔波的人潮。女作業員、學生、茶室女人、觀光客。

有的人的生活充斥數字與條款，像商人。有的人的生活總是升等與聘書或是寒暑假考試等等，像老師。我大表姊也是生活在數字裡，但她只是個成衣廠的小會計。

我在大學開學前隨著大表姊來到台北車站，北淡線第六月台。

在竹圍下車，當時竹圍有非常多的成衣廠還有福樂冰淇淋工廠等。見了成衣廠女工頭，女工頭長得很像電視劇常見的壞女人眼角吊稍俐落模樣。十八歲的我看起來大約有點像是緩慢兒。「這是計件的，妳動作要快一點才會賺到多一點錢。」女工頭說。我的工作是檢查做好的成衣有無完好，有缺陷的在問題處貼標籤且打落一旁。女工頭教著我檢查的步驟與重點，像是拉鍊啦釦子啦，有無縫合好之類的，甚且要比比兩邊褲管有無一長一短，或是Mark有無遺漏。

大表姊幫我安排住在工廠宿舍，都是不想上課的女孩或是家裡無力讓她們再升學的女生集結。然後大表姊就到不遠處的冰淇淋福樂工廠上班了。我心裡想爲何我不能到冰淇淋工廠？夏天在冰淇淋工廠不正好嗎？後來想可能大表姊怕我老是吃冰淇淋吧，我是後來假日去找她時才發現形狀做壞的冰淇淋都可以拿起來吃，如果一天做壞好幾個不吃肥了才怪。

印象裡成衣工廠好像就是當時很有名的蘋果牌，工廠很大，有宿舍餐廳還有個供員工使用的籃球場。籃球場總是有年輕的男工人在打著球，我每天進到餐廳前都會先經過籃球場，有時會聽見男生吹著口哨。但女工那麼多，誰知道他們在吼什麼。

當時的女工宿舍很簡陋，雙人鐵床，可住上八個人，一個共用的衣櫃，洗澡如廁都在外面。當時只住了四個，她們每天都會叫我大學生，等著夏天要進大學的打工女生在她們眼中似乎是了不起的知識分子，所以對我說話都少了女工的粗魯感，其中有個很瘦但動作非常快速的女生對我極好，檢查好的一落落衣服要綁在一起時，她都會過來幫我拉住一邊，免得傾倒了功虧一簣。

某日小女生說，喂，打籃球的男生有人把妳叫做貂蟬喔，四大美女從妳進來後就補齊了。當時十八歲，大概都好看吧，而且我很沉默，休息時老是窩著看書或是發呆，大約男生看我是有點跩的樣子，所以才選了我，總之我想不是眞因爲我的長相。倒是女工宿舍的四大美女，聽起來像是台語片時代的電影。

很快地九月學校開學，我便離開了曾經魔幻似地住了一個半月左右的女工宿舍，搬進大學宿舍。同居者氣質自此完全不同。

但我還頗懷念我的十八歲貂蟬時光。

那時大表姊的期待是從女工變成職員。

職員就可以頭上不用綁三角巾，不用穿藍色長褲和水藍色襯衫。不用被劃分成兩半，藍領與白領。

總幻想會嫁給工廠小開的女工們，最後都玩起了鑰匙遊戲，嫁給了和她們一樣的另一個藍領，從此生活進入雜亂吵鬧的世界。

當成衣廠移到對岸後，我見到女工們騎著摩托車去廠裡收拾放了一輩子東西的抽屜，抽屜裡無非都是些小東西，梳子口紅小鏡子衛生棉記帳本水杯茶包毛巾……，就這麼些了。

黃昏市場

說起來，我現在的日子竟也露出了妳早年生活的粗荒光景。

有時我會去黃昏市場買點菜，黃昏市場總會蹲著幾個老婦，老婦前面是個簡陋的竹籃，竹籃上幾把乾乾枯枯的青菜。我總不敢多視一眼，怕照見那張因滿面愁容而過早衰頹的臉，那種臉會勾起我的痛，私痛與共痛，私痛是想起母親，共痛是想起許多人的母親，那背後一家子的所牽所繫。

小時候和妳逛夜市，也會遇到幾個老婦。其中一個老婦是妳的朋友，妳總會在我們漸行漸遠後向我說起，可憐的查某，伊尪死去，僅靠伊攢食。逛到另一處角落又有個老婦，妳向其微微笑後，轉身又向我說起。原來那是大哥同學的母親，那個同學後來考上醫學系，我還有印象。後來再經過她，總想起她的兒子正在讀台大醫學院，她每天從早賣菜賣到晚，供兒子讀書。

市場，有我和妳及對某些老婦人的想像與憐惜。宿舍城，從高速公路到捷運，吸引一代又一代的打工潮，從南方移民到泰勞異鄉客……集結著勞工的移動之殼，也有我對妳的回憶。

我常在孤獨的城市時光，倒帶去看那個場景——一個年輕的母親帶著台北攢錢的鈔票，從城市返鄉，卻在木麻黃小徑曾見古厝某間房子冒煙，這母親一直跑一直跑，氣喘如牛地跑到小厝前，看見眾人圍繞在稻埕前。這母親直大哭著說：囝仔呀地內底啊！囝仔呀地內底啊！

妳見火勢隨海風轉大，妳未見到妳的女嬰孩，妳想嬰孩還在屋內，妳頓倒泥地搥胸大哭著……直到看見有人把已有點昏沉的我抱了出來。

我的臉黑黑的，妳的臉紅紅的。

我們再次相見，妳抱起我，親了我。我聞到妳身上汗水酸臭和狐臭氣，妳的手環得我緊緊的，那是我們的生死場，以肉身相搏。

我寫這麼多的文字給妳，我想再次呼喚妳，雖然我曾那麼地畏懼妳——妳那被生活淬鍊出的無比嚴厲神色與堅毅身骨，那從來都是我所匱乏的啊。

我但願妳明白，寫這些字詞幾乎動員了我內在的能量，才能再次把它們從回憶的死海裡打撈出來。我在敘述妳的同時，也曾見了自己肉身的萎去，看見了愛的本質從來不曾離開，妳我之間的問題不是愛，而是太多愛。

這人間的生死場裡，焚燒不休的恆是愛，愛成劫灰，我們為愛出生入死。這些話對妳說出口很是濫情，但不說卻異常難受。

血性的妳，野性的我，交集的時光闊別多年已然來到。

然後我們會看著對方說，妳怎麼還是老樣子！

從哪裡說起
從何處開始
如何標誌我們所經歷過的地理與心理空間
我接續母后妳的記憶總是零碎而亂碼叢生

這城永不老
老的是我們

從我吸到第一口空氣就開始有的老樣子
我的哭啼妳的疼痛——
母音子音在那黑夜的剎那交織成
妳我的老樣子

這城永不老
老的是我們

——本書曾以「我的天可汗——記台北母城」爲名，獲二〇〇一年台北文學獎創作年金補助，二〇〇三年完成結案，二〇〇六年部份發表於印刻文學雜誌「台北的開羅紫玫瑰」專欄。二〇〇七年定稿。這本書可視爲我對台北、對母親的「補遺」，至此我所關注的「台北」「母親」的母題書寫，才稍稍有了完整。

國家圖書館出版品預行編目資料

少女老樣子 / 鍾文音著.——初版——臺北市
：大田，民97.05
面；公分.——(智慧田；081)

ISBN 978-986-179-091-6(平裝)

855 97005545

智慧田 081

少女老樣子

鍾文音：著

發行人：吳怡芬
出版者：大田出版有限公司
台北市106羅斯福路二段95號4樓之3
E-mail:titan3@ms22.hinet.net
http://www.titan3.com.tw
編輯部專線（02）23696315
傳眞（02）23691275
【如果您對本書或本出版公司有任何意見，歡迎來電】
行政院新聞局版台業字第397號
法律顧問：甘龍強律師

總編輯：莊培園
主編：蔡鳳儀　編輯：蔡曉玲
行銷企劃：蔡雨蓁　網路行銷：陳詩韻
校對：謝惠鈴 / 鄭秋燕 / 陳佩伶 / 鍾文音
承製：知己圖書股份有限公司．(04)23581803
初版：2008年（民97）六月三十日
二刷：2008年（民97）七月十四日
定價：新台幣 350 元

總經銷：知己圖書股份有限公司
（台北公司）台北市106羅斯福路二段95號4樓之3
電話：(02)23672044．23672047．傳眞：(02)23635741
郵政劃撥：15060393
（台中公司）台中市407工業30路1號
電話：(04)23595819．傳眞：(04)23595493

國際書碼：ISBN 978-986-179-091-6 /CIP: 855 / 97005545
Printed in Taiwan

廣　告　回　郵
北區郵政管理局登記證北台字1764號
免　貼　郵　票

＊請沿虛線剪下，對摺裝訂寄回，謝謝！

To：**大田出版有限公司　編輯部收**
地址：台北市 106 羅斯福路二段 95 號 4 樓之 3
電話：（02）23696315-6　傳真：（02）23691275
E-mail：titan3@ms22.hinet.net

From：地址：..

姓名：..

只要寄回少女老樣子回函卡，就有機會抽中鍾文音新書！

今年夏天，鍾文音將推出另一部新作：《大文豪與冰淇淋——俄羅斯紀行》
只要在少女老樣子回函卡背面留下正確的**姓名**、**E-mail和聯絡地址**，
寄回大田出版社，
你就有機會抽中鍾文音新作！
限量5本！書上還有鍾文音的親筆簽名喔！

活動截止日期：2008年8月30日
（將於9月底前公布得獎名單）

得獎名單將公布於**大田出版會員討論區**，請密切注意！
歡迎加入大田出版討論區會員！
大田會員討論區：http://discuz.titan3.com.tw/index.php
大田日文系部落格：http://blog.pixnet.net/titan3

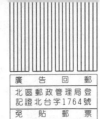

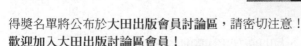

閱讀是享樂的原貌，閱讀是隨時隨地可以展開的精神冒險。

因爲你發現了這本書，所以你閱讀了。我們相信你，肯定有許多想法、感受！

讀 者 回 函

你可能是各種年齡、各種職業、各種學校、各種收入的代表，
這些社會身分雖然不重要，但是，我們希望在下一本書中也能找到你。

名字／＿＿＿＿＿＿ 性別／□女 □男 出生／＿＿年＿＿月＿＿日

教育程度／＿＿＿＿＿＿

職業：□ 學生 □ 教師 □ 內勤職員 □ 家庭主婦
□ SOHO族 □ 企業主管 □ 服務業 □ 製造業
□ 醫藥護理 □ 軍警 □ 資訊業 □ 銷售業務
□ 其他＿＿＿＿＿＿

E-mail/＿＿＿＿＿＿ 電話/＿＿＿＿＿＿

聯絡地址:＿＿＿＿＿＿

你如何發現這本書的？ 書名：少女老樣子

□書店閒逛時＿＿＿＿書店 □不小心翻到報紙廣告（哪一份報？）＿＿＿＿
□朋友的男朋友（女朋友）灑狗血推薦 □聽到DJ在介紹＿＿＿＿
□其他各種可能，是編輯沒想到的＿＿＿＿＿＿

你或許常常愛上新的咖啡廣告、新的偶像明星、新的衣服、新的香水……
但是，你怎麼愛上一本新書的？

□我覺得還滿便宜的啦！ □我被內容感動 □我對本書作者的作品有蒐集癖
□我最喜歡有贈品的書 □老實講「貴出版社」的整體包裝還滿 High 的 □以上皆非
□可能還有其他說法，請告訴我們你的說法

＿＿＿＿＿＿＿＿＿＿＿＿

你一定有不同凡響的閱讀嗜好，請告訴我們：

□ 哲學 □ 心理學 □ 宗教 □ 自然生態 □ 流行趨勢 □ 醫療保健
□ 財經企管 □ 史地 □ 傳記 □ 文學 □ 散文 □ 原住民
□ 小說 □ 親子叢書 □ 休閒旅遊 □ 其他＿＿＿＿＿＿

一切的對談，都希望能夠彼此了解，否則溝通便無意義。
當然，如果你不把意見寄回來，我們也沒「轍」！
但是，都已經這樣掏心掏肺了，你還在猶豫什麼呢？
請說出對本書的其他意見：

大田出版有限公司編輯部 感謝您！

＊請沿虛線剪下，對摺裝訂寄回，謝謝！